Der Koffer meiner Mutter

Für all diejenigen,
die sich der Trauer ergeben, sie anziehen, sie spüren,
sie schmecken, bitter und salzig, sie mit allen Sinnen erfassen,
das Gefühl haben, an ihr zu ersticken, und dann auferstehen.

Christina Haacke

Der Koffer meiner Mutter

Roman

SCHWARZKOPF & SCHWARZKOPF

Inhalt

PROLOG

Ich bin dem Tod begegnet. Genau dreiundzwanzig Treppenstufen musste ich hinaufsteigen, wenn ich in der Eingangshalle des Krankenhauses stand und zum Zimmer meiner Mutter wollte.

Ich bin diese Stufen oft hinaufgegangen. Langsam. Schleppend. Mich am Geländer hinaufziehend.

Und schnell. Hinunter. Fast fliegend. Mit dem Kopf bereits draußen. Den Körper kaum noch wahrnehmend. Auf der Treppe. Im Krankenhaus.

Meine Mutter war krank. Acht Jahre lang.

Und dann ist sie gestorben.

Ich war ein Kind, als sie krank wurde. Und erwachsen, als sie starb.

Meine Mutter hieß Gesche. Ein Name, den ich heute selten höre. Und wenn, dann zucke ich jedes Mal ein bisschen zusammen. Unbemerkt. Von anderen. Weil Gesches so selten sind. Und ich dann immer an meine Mutter denken muss.

Es gab in meiner Heimatstadt im vorletzten Jahrhundert eine Giftmörderin. Sie hieß mit Vornamen ebenfalls Gesche. Diese Frau ermordete fünfzehn Menschen, darunter ihre Eltern, ihre Kinder und ihre Ehemänner, und wurde dann zum Tode verurteilt. Es gibt heute in der Altstadt einen Stein, auf dem die Menschen, wenn sie vorbeigehen, verächtlich ausspucken. Ich habe das als Kind auch oft getan. Ich wusste nicht warum, aber alle taten es. Also auch ich. Als ich älter war, habe ich meinen Opa mal danach gefragt, und er erzählte mir die Geschichte. An der Stelle, an der heute dieser Stein liegt, wurde die Mörderin damals enthauptet. Als Zeichen der Verachtung, aus Aberglauben oder einfach, weil alle es tun, spucken die Menschen heute noch auf die Stelle. Ich weiß noch, dass ich meinen Opa lange angeschaut habe, an meine Mutter denken musste und mich geschämt habe.

Meine Mutter war eine kleine Frau, blond, mit blauen Augen. Bereits mit dreizehn Jahren überragte ich meine Mutter um gut fünfzehn Zentimeter. Manchmal standen wir nebeneinander, und ich verspürte plötzlich den Drang, sie ganz fest in den Arm zu nehmen, sie festzuhalten und nie mehr loszulassen.

Meine Mutter war sehr zerbrechlich. Schon immer gewesen. Und sie war sehr unsicher. Fühlte sich ständig ungeliebt. Unverstanden. Unbeachtet.

Als Kind verstand ich es nicht. Ich wunderte mich. Über ihre Stimmungsschwankungen. Über den Hass. Über den Liebesentzug.

Ich litt darunter. Sie litt darunter. Meine Schwester litt darunter. Mein Vater litt darunter. Und als die Krankheit kam, da wurde es noch schlimmer.

Aber das ist eine andere Geschichte.

Dreiundzwanzig Treppenstufen.

Wenn ich heute Treppen hinaufgehe, dann zähle ich immer die Stufen. Ich kann nicht anders. Ich steige Stufe für Stufe hinauf, und wenn ich bei dreiundzwanzig angekommen bin, dann ist es, als würde ich wieder vor dem Zimmer meiner Mutter stehen. In der einen Hand die Tasche mit den frischen Nachthemden, die andere Hand auf dem Treppengeländer.

Meine Mutter war allein, als sie starb.

Ich bin zehn Minuten zu spät gekommen.

Als ich sie das letzte Mal gesehen habe, war ihre Hand noch warm.

Dreiundzwanzig Treppenstufen.

Ich bin acht Jahre lang diese Treppenstufen hinaufgegangen.

Hinabgeflogen.

Ich denke oft darüber nach, wie mein Leben heute wäre, wenn meine Mutter noch leben würde.

Ich glaube, ich würde mich nicht gut mit ihr verstehen.

Ich glaube, wir hätten uns nicht viel zu sagen.

Ich glaube, wir wären uns fremd.

Dreiundzwanzig Treppenstufen.

Ich bin dem Tod begegnet.
Er fühlte sich warm an.
Habe Hallo gesagt.
Und bin dann leise weggeflogen.

Autobiografischer Tagebuchauszug vom 17.02.2004. Sieben Jahre, drei Monate und acht Tage danach.

1. Teil

Davor

··················

Smells Like Teen Spirit
NIRVANA

1.
HEUTE

Das Sterben begann in der Küche. Neben einem Topf Chili und zwischen Pappbechern mit schalem Bier.

Damals wussten wir das alle noch nicht. Aber im Nachhinein glaube ich, ahnten es viele von uns. Sophie und Greta zum Beispiel. Oder vielleicht auch unser Kater Fritz. Man sieht es den Menschen manchmal an, dieses Sterben, ohne dass man merkt, was man da genau sieht. Es ist mehr eine Ahnung, ein ungutes Gefühl. Und dann macht es plötzlich »peng«. Meistens sehr laut. Und meistens bricht dann eine Welt, oder zumindest das, von dem man glaubt, dass es einen umgibt, zusammen.

Wie ein Kartenhaus.

Und viel später dann, endlich, weint und nickt und weint und nickt man gleichzeitig. Weil man es eben irgendwie wusste. Dass da einer stirbt. Mitten unter uns. Neben einem. Einfach so.

Meine Mutter hat einmal zu mir gesagt, dass es für sie eigentlich keinen besseren Ort zum Sterben gäbe als die Küche. In der Küche wäre es immer irgendwie gemütlich, es würde meistens gut riechen und die Fliesen am Boden machten es im Fall der Fälle auch nicht schlechter. Zumindest nicht für die, die nach dem Sterben aufräumen müssten.

Ich weiß nicht, ob das alles so stimmt.

Das mit der Küche und dem Sterben und der Gemütlichkeit.

Aber meine Mutter hatte immer ihre ganz eigene Vorstellung vom Leben.

Und vom Sterben.

Ich habe ihren Koffer gefunden.

Er stand ganz hinten auf dem Dachboden, hinter der alten Nähmaschine und unter dem antiken Esstisch meiner Urgroßmutter.

Ich heiße Elli und ich lebe.

Vielleicht ist es an der Zeit, endlich auszupacken.

2.
1997

»Nun nimm doch mal.«

»Ich will aber nicht.«

»Ist doch nichts dabei.«

»Verpiss dich!«

Der süßliche Geruch von Marihuana wehte durch den Raum. Kurt Cobain sang mit kratziger Stimme und ein halbes Dutzend Jugendlicher sprang dazu im Wohnzimmer umher. Tilman baggerte an Julia herum, und ich war auf dem Weg in den Keller, um meiner Mutter unbemerkt die nächste Flasche Wein zu klauen.

Es war »School's out«.

Ab morgen begannen die Sommerferien.

Und ich war die Gastgeberin.

Und nüchtern.

Verdammt.

Wenn man siebzehn Jahre alt ist, dann ist man in erster Linie siebzehn Jahre alt. Die Volljährigkeit scheint zum Greifen nah und ist gleichzeitig unendlich weit weg. Man hat die ersten Alkohol- und sonstigen Abstürze hinter sich, aber noch nicht so viel Erfahrung gesammelt, als dass man damit Eindruck machen könnte. Wenn man siebzehn ist, dann war man schon mindestens einmal richtig verliebt. Hat geküsst, geknutscht, vielleicht sogar gefickt. Hat geweint vor anderen, hat gekotzt vor anderen, und sich gewünscht, jemand anderes zu sein. Wenn man siebzehn Jahre alt ist, dann wollte man mindestens einmal bereits sterben. Hat mindestens zweimal seinen Klamottenstil komplett geändert, den Musikgeschmack mehrfach infrage und dann komplett in die Ecke gestellt.

Wenn man siebzehn ist, ist man irgendwie erwachsen, aber eigentlich noch ein Kind.

»Elli«?

Smells like teen spirit.

Tatsächlich.

Und im Hier und Jetzt in voller Lautstärke.

Fast wäre mein Name irgendwo in der Musik und dem pogenden Haufen untergegangen. Ich warf einen suchenden Blick durch den Raum, fand aber niemanden und irgendwie auch nichts und wollte gerade weitergehen, als Sophie neben mir auftauchte. Sie beugte sich zu mir, fast umarmte sie mich und flüsterte mir ins Ohr.

»Soll ich dir helfen?«

Sophie ist meine beste Freundin. Sie ist ebenfalls siebzehn, das verbindet, wir gehen zusammen in die zwölfte Klasse und ich liebe sie. Sie teilt alles mit mir, gibt alles und darf alles. Und das seit bereits zehn Jahren. Sophie ist der ernsthafteste und ruhigste und ausgeglichenste Mensch, den ich kenne. Ihr Vater ist Landschaftsarchitekt und ihre Mutter Floristin. Als Kinder haben wir viel im Park gespielt, weil man das als Kind in der Stadt eben so macht, und Sophie musste jeden Baum umarmen, der uns begegnete. Und ich musste das auch. Weil das bei besten Freundinnen für immer und ewig so ist. Das war nicht immer einfach, das mit dem Umarmen, denn der Park war groß und es gab viele Bäume.

Einmal hat meine Mutter die Polizei gerufen, weil es bereits dunkel war. Als die Beamten uns fanden, lagen wir unter einem Ahorn, die Augen mit seinen Blättern bedeckt und die Hände ineinander verschlungen. Sophies Eltern freuten sich und gingen am nächsten Tag mit ihr in den Botanischen Garten, meine Mutter ging mit mir zum Therapeuten.

Aber das Beste an Sophie ist, dass sie problemlos eine Flasche Wodka trinken kann und mir keine halbe Stunde später ernst und vollkommen nüchtern ihre Hilfe anbietet.

Stumm nahm ich ihre Hand und zog sie weiter durchs Wohnzimmer. Im Vorbeigehen registrierte ich die Kerzenwachstropfen auf dem Teppich, die Zigarettenkippen auf der Fensterbank, Julia und Tilman, die nun auf dem Sofa knutschten, Tobias, der gerade einen wirklich beeindruckend großen Joint aus seiner Jackentasche fischte, und ihn.

Ich beschleunigte meinen Schritt.

Wenn man siebzehn ist, dann war man bereits mindestens einmal richtig verliebt. Ja. Ja.

Elli und Lars. Lars und Elli.

Verliebt?

Lars ist ebenfalls in meinem Jahrgang. Und ich weiß nicht mehr, wie lange ich ihn bereits mag. Ich habe ihn kennengelernt, da war ich dreizehn. Dreizehn Jahre, sehr groß und sehr unsicher. Lars ist auch groß und lang und, um ehrlich zu sein, nicht wunderschön, aber fast. Er hat etwa kinnlange Haare, meistens sind sie fettig, grüne Augen und er spielt Handball.

Ich habe bis heute genau zwei Sätze mit ihm gewechselt.

»Oh Entschuldigung, war das dein Fuß?« Das war am 6.4.1993 um 11.15 Uhr im Sportunterricht in der achten Klasse. Wir spielten Volleyball und er stand hinter mir.

Und: »Frau Bünger ist krank, Bio fällt aus.« Das war am 4.11.1996 um 9.58 Uhr auf dem Flur vor dem Klassenraum in der elften Klasse.

Beide Male antwortete er: »Ja, alles klar.«

Wenn man siebzehn ist, dann ist das mit der Liebe immer noch keine einfache Sache. Nein. Nein.

Um ehrlich zu sein, ich glaube, ich habe gar keine Ahnung von der Liebe. Und ich habe auch gar keine Ahnung, wie das funktioniert. Mit der Liebe. Wie man verliebt ist. Also, glücklich verliebt. Unglücklich war ich schon oft verliebt. Das hat immer geklappt. Da wusste ich, was zu tun war. Schmachten, weinen, schweigen, schmachten, enttäuscht werden, Fotos ausschneiden, schweigen, interpretieren, falsch interpretieren, schweigen, Fotos zerschneiden und wieder weinen. Aber das mit dem Glück. Das ist mir ein Rätsel. Es zu schaffen, mit dem Jungen, der meinen Kopf, meinen Bauch und mein Leben so durcheinanderbringt, zusammenzukommen und dabei noch glücklich zu sein, das erscheint mir unmöglich. Und unendlich weit weg.

Momentan stand Lars in unserem Wohnzimmer.

Gefühlt war das auf dem Mond.

Sophies Hand entglitt meiner. Ich drehte mich zu ihr um und schaute sie auffordernd an.

»Rot oder weiß?«

Sophie verzog ihren Mund zu einem Grinsen.

»Du bist tot.«

»Also rot.«

Mit einem Ruck zog ich den Vorhang beiseite, schob den Riegel zurück und schlüpfte durch die kleine Tür am Ende des Flures. Ein paar Sekunden später stand ich in unserem Keller vor dem Weinregal, hörte die Bässe über mir dumpf dröhnen, Sophie oben an der Treppe leise mitsummen und überlegte.

Meine Mutter heißt Marlene. Und sie liebt Wein. Sie trinkt jeden Abend ein Glas. Nie zwei. Oder drei. Auch niemals nur ein halbes. Immer ein Glas. Mal rot, mal weiß, mal billig, mal teuer. Sie behauptet, dass sie dieses eine, stille und einzige Glas Wein jeden Abend braucht, um den Tag zu beenden. Wie eine Schulglocke die Stunde. Oder die Schiedsrichterpfeife das Spiel. Ich fragte sie mal, was passieren würde, wenn sie dieses eine, einzige Glas nicht trinken würde. Sie sagte, sie würde immer weiterrennen. Wohin, fragte ich. Und sie sagte, durch das Haus. Bis zum Morgen und noch weiter.

Meine Mutter schreibt Kurzromane. Für Frauenzeitschriften. Diese meist zweiseitigen romantischen Geschichten, die man in der Sorte Zeitschriften findet, die man nur beim Arzt liest. Die Melodramatik liegt ihr also im Blut.

Ich verstehe mich nicht so gut mit Marlene.

Meistens verstehe ich sie gar nicht.

Aber ich bin auch siebzehn. Und sie ist meine Mutter.

Ich entschied mich für eine Flasche Dornfelder. Oben hörte ich Stimmen. Sophie und eine weitere, die ich nicht erkannte. Kurt sang nicht mehr. Stattdessen knarzten die alten Dielen über mir zu *Aero-plane* von den Red Hot Chili Peppers. Mit der kühlen Flasche Wein in der Hand ging ich die Kellertreppe wieder hinauf.

Marlene würde toben. Ja.

War mir das wirklich egal?

»Zeig her!«

Ich hob die Flasche und drehte das Etikett, sodass Sophie es lesen konnte. Sie ließ sich Zeit.

»Gut«, sagte sie schließlich.

Dann sahen wir uns an.

Sophie und ich kennen uns, seit wir sieben Jahre alt waren. Als ihr Großvater starb, saß ich drei Tage hintereinander mit ihr in ihrem Baumhaus. Es war November. Und sehr kalt. Wir lutschten Smarties und tranken heißen Fencheltee. Als ich mit zwölf erfuhr, dass mein Vater doch nicht tot, sondern ein Arschloch ist, da nähte mir Sophie eine Stoffpuppe und wir stachen tagelang Nadeln in deren kleinen, prallen mit Watte ausgestopften Bauch und warteten darauf, dass meine Mutter zusammenbrach.

Sophie und ich haben bereits viel zusammen erlebt. Das macht stark.

Der Dornfelder in meiner Hand war Flasche Nummer sechs.

Lächerlich war das.

Ich straffte meine Schultern, strich mir mit der linken Hand eine Haarsträhne aus dem Gesicht und lauschte. Merkwürdig ruhig war es hier auf dem Flur. Was wohl Lars gerade tat? Ich schüttelte leicht meinen Kopf und sah wieder zu Sophie.

»Feiern?«

Sophie, die gerade ein zerknülltes Päckchen Zigaretten aus ihrer Jeanstasche zog, lächelte leicht und nickte dann.

»Immer.«

3.

»Noch einen Kaffee?«

Greta, die am großen Küchentisch saß und lustlos in einer Zeitschrift blätterte, nickte, ohne aufzuschauen. Marlene nahm die Kanne aus der Maschine, kam herüber und füllte beide Becher zum dritten Mal an diesem Abend, dann ließ sie sich auf den Stuhl neben ihre Freundin fallen und nahm einen vorsichtigen Schluck von der dampfenden Flüssigkeit.

Sie schmeckte bitter.

Also gut.

»Wann waren wir eigentlich das letzte Mal auf einer Party?«

Greta antwortete nicht, sondern blätterte ungerührt weiter.

Auf dem Flur schepperte es. Dann hörte man es kichern. Und dann war es wieder still. Teenagerpartystill.

Marlene seufzte.

Greta hob den Kopf, schob die Zeitschrift mit ihrem linken Arm beiseite, griff ebenfalls zum Kaffeebecher und lehnte sich zurück.

»Bereust du es?«

Lautes Lachen. Irgendwo klirrten Gläser. Jemand fluchte. Jemand anders lachte wieder.

»Hm«, machte Marlene.

Die Musik wurde plötzlich lauter, jemand musste aus dem Wohnzimmer gekommen sein, zwei Schatten huschten hinter den Milchglasscheiben der Küchentür vorbei. Stimmen, geschlechtslos, auf dem Flur.

Die beiden Frauen lauschten stumm ein paar Sekunden, gaben dann aber auf.

Marlene seufzte ein zweites Mal.

Als Elli sie vor drei Monaten gefragt hatte, ob sie ein kleines »Sit in« zum Sommerferienstart machen dürfte, da war das zum einen noch unendliche drei Monate weit weg gewesen und zum anderen war Marlene eine junge, moderne und coole Mutter.

Also saß Marlene nun jung, modern und cool in ihrer Küche. Zusammen mit Greta. Viel Kaffee und einem schwarzen Herrenhut, der auf Gretas Kopf saß. Und fühlte sich alt. Sehr alt. Viel älter als die fünfunddreißig Jahre, zwei Monate und fünf Tage, die sie war. Und das machte sie wütend. Sehr wütend.

Und dabei ging es nicht um irgendwelche Vasen, die zu Bruch gingen, oder Rotweinflecken, die geliebte Möbel verunstalteten.

Diese Party, die ihre Tochter veranstaltete und die dort draußen in ihrem Wohnzimmer stattfand, diese Party machte sie alt.

So alt, dass sie in der Küche ausharren musste, verbannt, geduldet und auf den Status des unsichtbaren Aufpassers degradiert. Nicht, dass sie gern mitgefeiert hätte, nein, nein. Darum ging es nicht.

Marlene war heute Abend eine Mutter. Ein Elternteil. Eine Mama. Sie fühlte sich.

Alt.

»Du siehst, verdammte Scheiße noch mal, schlecht aus«, sagte Greta.

Sie hatte sich eine Zigarette angezündet und inhalierte tief. Dabei sah sie ihre Freundin mit zusammengekniffenen Augen an. »Und du hast abgenommen. Das letzte Mal, als wir uns gesehen haben, das war vor drei Wochen. Bevor ich zu dieser Produktion nach Berlin musste.« Sie nahm noch einen tiefen Zug von der Zigarette und beugte sich dann vor.

»Ist alles okay?«

Wieder schepperte es dumpf. Stimmen wurden laut. Leiser. Die Musik setzte kurz aus, dann war alles wieder beim Alten.

Genau.

Sie fühlte sich.

Alt.

Unendlich alt.

Marlene hob den Kopf, sah Greta an und strich sich eine Haarsträhne aus dem Gesicht.

»Ich bin alt, Greta.«

»Du bist bescheuert, Marlene.«

»Und alt.«

»Aber vor allem bescheuert.«

»Okay.«

»Essen wir jetzt was?«

4.

When I grow up there will be a day
when everybody has to do what I say.[1]

Kaum waren die Kinderstimmen verstummt, verwandelte sich der Raum in eine auf und nieder wogende Masse. Zak Tell spuckte die Worte auf der CD wie einen schlechten Geschmack aus, die Masse machte es ihm im Hier und Jetzt nach. Bier ergoss sich aus überschwappenden und zittrig gehaltenen Bechern auf den dunkelroten Perserteppich, Asche rieselte aus im Mundwinkel gehaltenen Kippen langsam zu Boden. Jemand hatte einen der cremefarbenen Vorhänge von den Wohnzimmerfenstern abgerissen. Dieser wirbelte jetzt plötzlich durch die Luft, wie eine weiße Wolke, und die Masse verschwand kurz, um gleich darauf wieder aufzutauchen und sich erneut treiben zu lassen.

Von dieser Wucht.

Und dieser herrlich harmlosen Gewalt.

Ich saß in einer Ecke des Raumes mit angezogenen Beinen in dem alten und zerschlissenen Sessel, der schon meinem Urgroßvater gehört hatte, rauchte und schaute.

Möglichst cool.

Lars stand mir gegenüber, auf der anderen Seite des Zimmers, weit genug weg, um nicht mit ihm sprechen zu müssen, aber nah genug, um ihn heimlich beobachten zu können. Die Masse versperrte mir ab und an den Blick, aber meistens war es perfekt.

Er war schön. Wie er da so stand. Und nicht rauchte, nur trank, wenig lachte und existierte. Hier. Bei mir. In meiner Welt. In meinem Wohnzimmer.

Perfekt?

»Elli.«

Sophie war plötzlich da, kniete vor meinen angezogenen Beinen, vor dem alten, zerschlissenen Sessel. In der einen Hand hatte sie eine Flasche Wodka, in der anderen eine Zigarette.

Ich lächelte sie stumm an. Sie lächelte zurück, beugte sich zu mir und flüsterte mir etwas ins Ohr.

Dann verschwand sie wieder in der Menge und ich folgte ihr. Erst auf dem Flur vor der Tür zur Küche blieben wir stehen.

»Wie schlimm ist es?«

Sophie hob ihre Arme, umfasste im Nacken mit beiden Händen ihre langen blonden Haare, zwirbelte sie um ihre eine Hand und band sie mit der anderen mit einem Gummi zusammen.

»Es ist widerlich«, sagte sie, als sie fertig war und ihre Arme wieder sinken ließ.

»Er hat ins Waschbecken gekotzt. Und daneben auf die Handtücher. Und darunter auf die Badematte.«

Bitte nicht.

Sophies Pferdeschwanz schwang fröhlich hin und her. Ich schüttelte meinen Kopf und biss mir auf die Lippe.

Drei Typen, die ich nicht kannte, drängten sich an uns vorbei. Einer sah Sophie an. Sophie sah zu Boden. Die Beastie Boys sabotierten das Wohnzimmer. Ich traf eine Entscheidung.

»Kaffee?«

»Wer?«

»Ich.«

Einer der Typen, am Ende des Flures angekommen, drehte sich zu uns herum. Hohe Wangenknochen in einem schmalen Gesicht. Traurige Augen, ein lachender Mund. Sophie spürte, ignorierte und nahm dann meine Hand.

»Ich auch.«

Mit fünfzehn gab es Tolga. Mit fünfzehn gab es acht Monate lang Sophie und Tolga. Am 16. Tag des achten Monats gab es plötzlich nur noch Sophie. Weil es manchmal einfach so ist mit dem Geben. Irgendwie gab es da etwas und plötzlich ist das weg. Es war weggegeben worden. Irgendwohin. Von irgendjemandem. Wo es niemand mehr finden konnte. Sophie hat danach gesucht. Seit dem 13. Tag des siebten Monats. Als sie das erste Mal merkte, dass sich etwas verändert hatte. Aber es blieb verschwunden. Und dann hatte es einfach noch etwas gedauert, und dann wusste sie, dass es *es* nicht mehr gab. Das. Die. Das große L. Sie. Als Paar. Futsch. Aus. Vorbei. Seitdem gab es niemanden mehr. Außer Sophie natürlich.

Nichts.

Ich weiß, Sophie hat Angst. Nicht vor der Liebe, aber davor, noch einmal dieses Verschwinden zu erleben. Dieses Bodenlose, Unbeschreibliche. Sie glaubt, dass es viel einfacher gewesen wäre, wenn etwas Schlimmes passiert wäre. Lug, Trug, Gewalt und so.

Denn dieses Verschwinden. Diese Liebe, die schwindet. Langsam, bis nichts mehr da ist, das ist grausam.

Sagt sie.

Ich machte einen kleinen Schritt nach hinten und spürte etwas Hartes in meinem Rücken. Ohne mich umzudrehen, ertastete ich mit meiner freien Hand die Türklinke, drückte sie hinunter und drehte mich gleichzeitig langsam herum. Die Tür ging einen Spaltbreit auf.

»... und seit wann hast du das?«

Ein Luftzug an meiner Wange. Die Küche roch nach Gretas Parfum. Süß und schwer. Ich zögerte.

»Seit ein paar Wochen.«

Marlenes Stimme, leise, aber klar und melodisch.

Ich spürte Sophies Hand in meiner, fühlte ihren Atem an meinem Ohr. Wie Kinder am Heiligabend drängten wir uns zusammen.

Irgendwie war alles plötzlich seltsam. Still.

»Machst du was dagegen?«

Ein Feuerzeug klickte, Besteck klapperte, wurde abgelegt. Ein Stuhl gerückt.

»Ich habe einen Termin. Nächste Woche.«

Marlene räusperte sich. Fast unhörbar. Wieder wurde ein Stuhl gerückt.

»Gut.«

Jemand pustete in mein Ohr. Ich lauschte und spürte. Hinter der Tür. Vor der Tür. Je nachdem, welche Perspektive man hatte. Ein paar Sekunden. Schweigen. Auf beiden Seiten. Dann schloss ich in Zeitlupe die Tür.

»Keinen Kaffee?«

Ich drehte mich zu Sophie um, die immer noch meine Hand hielt. Ich nickte erst und schüttelte dann meinen Kopf.

»Keinen Kaffee.«

Sophie sah mich an, runzelte nachdenklich ihre Stirn, löste dann ihre Hand von meiner, kramte in ihrer Hosentasche und zog eine Softbox heraus. Langsam zündete sie zwei Zigaretten an und hielt mir eine davon hin. Ich nahm sie und nahm dann einen tiefen Zug.

Irgendwas hatte mich gehindert, in die Küche zu gehen. Es hatte einfach nicht gepasst. Der Moment war falsch. Ich war falsch. Sophie war falsch. Marlene und Greta waren falsch. Wir vier in dieser Minute zusammen, das war falsch. Das war nicht richtig.

Türen sollten manchmal nicht geöffnet werden, sondern fest verschlossen bleiben.

Besser war das.

»Feiern?«

Sophies Stimme wurde fast übertönt. Die ersten Takte von *Killing In The Name* dröhnten aus dem Wohnzimmer zu uns herüber.

Ich erinnerte mich plötzlich. Das Waschbecken. Die Handtücher. Hohe Wangenknochen, traurige Augen, lachender Mund.

Ruhig sah ich meine beste Freundin an.

»Immer.«

5.

Als ich am nächsten Morgen aufwachte, wusste ich, dass mir nichts passieren würde. Ich wusste, dieser Samstag würde harmlos werden. Ich wusste es einfach. Ich wusste, wenn etwas passieren würde, dann würde ich damit umgehen können. Es würde mich nicht zerstören. Oder verletzen.

Ich wusste, mir war schlecht.

Und als ich mich das erste Mal über der Toilette erbrach, schwor ich, niemals mehr zu rauchen, wirklich niemals mehr.

Drei Stunden später gab es zum Frühstück frisch gepressten Orangensaft, Schwarzbrot mit Sellerie und Quark und zwei Zigaretten. Dazu eine müde und wunderbare Sophie am Telefon und keine Marlene.

Meine Mutter war geflohen.

Morgens um vier Uhr, als die letzten Gäste meiner School's-out-Party verschwunden waren und ich die leeren Weinflaschen zurück an Ort und Stelle bringen wollte, hatte ich im Keller einen Zettel gefunden. Er war mit einer rosa Haarspange an der Wäscheleine mitten im Raum befestigt gewesen.

Darauf stand in Marlenes Schrift: *Bin mit Ian Curtis Whisky trinken. Du weißt, was zu tun ist. M.*

M. wie Marlene, weniger wie Mutter. Und ja, ja, ich wusste, was zu tun war. Natürlich wusste ich das. Und es war okay.

Nachdem ich also gefrühstückt und die ersten Schwüre des Tages bereits wieder gebrochen hatte, band ich meine Haare zu einem Pferdeschwanz, schlüpfte in mein Kurt-Cobain-Shirt und meine alte 501 und machte mich an die Arbeit.

Ich putze prinzipiell allein. Anders ausgedrückt, die Anwesenheit eines anderen Menschen bei der notwendigen Säuberung von Gegenständen, Böden, Tischen, Fenstern und so weiter, empfinde ich als unerträglich. Sophie würde mir immer helfen, auch andere Freunde, ich lehne das aber immer ab. Es würde die ganze Arbeit, die ohnehin schon wie ein Berg vor einem steht, unüberwindlich scheinbar, zusätzlich belasten. Der Berg auf dem Berg. Sozusagen. Ein Doppelberg, der einen erdrückt. Zerdrückt.

Ich habe das von meiner Mutter. Immer wenn einer von uns putzt, wir putzen abwechselnd, nur die Fenster macht ein Mann, der dafür Geld bekommt, dann geht der andere weg. Weit weg. Damit der andere Luft hat.

Irre, sagt mein Großvater. Das sei irre.

Originell, sagt Greta.

Besser, sage ich. Gewisse Dinge macht man besser allein. Ohne Mutter. Und ohne Tochter. Je nachdem eben, von welcher Seite man guckt.

Gegen Nachmittag sah unsere Wohnung wieder so aus, wie Wohnungen von unabhängigen, alleinstehenden Frauen mit fast erwachsenem Kind aussehen. Bunt, groß, intellektuell, chaotisch, politisch korrekt, merkwürdig still.

Ich glaube, der Mensch, mit dem ich irgendwann putzen kann, der ist dann mein Mensch.

Mein Lieblingsmensch. Mit dem alles möglich ist.

Draußen war es sonnig. Durch das geöffnete Fenster wehte mir ein lauer Wind entgegen. Es roch nach Sommer. Ich strich mit dem Lappen noch einmal über den Rand des Waschbeckens, ordnete die Handtücher daneben, überlegte kurz und unangestrengt und stopfte dann den früher mal cremefarbenen, jetzt schmutzig braunen Vorhang in die Waschmaschine und drückte auf den Knopf. Mit einem leisen Rumpeln begann sich die Trommel zu drehen. In der Küche nahm ich eine Tasse aus dem Schrank, ging zur Kaffeemaschine und schenkte mir ein.

Fünf Minuten später kam Marlene nach Hause. Die Haustür, ihre Schritte, wie sie einmal im Laufschritt durch die Wohnung flog, ihr Duft, Jil, immer war es Jil Sander, der ihr vorauseilte und der einen Moment lang den Geruch des Essigreinigers in meiner Nase verdrängte.

Dann stand sie in der Tür zur Küche und lächelte.

Tatsächlich.

Marlene ist eine schöne Frau, das sagt zumindest Sophie. Und Micha, einer meiner besten Kumpels, findet das auch. Ich kann das schlecht beurteilen. Ich sehe Marlene nicht so. Nicht mit solchen Augen. Ich sehe eine große, schlanke Frau, die sich ihre schulterlangen Haare dunkel färbt. Ich sehe eine Frau, die ein paar Falten um die Augen hat, Mitte dreißig ist, die eine schwarz umrandete Brille trägt, weite Blusen und meistens Jeans. Wenn mir jemand zurufen würde, denk an deine Mutter, dann hätte ich ein ganz bestimmtes Bild von ihr vor meinem geistigen Auge. Eine im Schneidersitz auf ihrem Stuhl vor dem Computer sitzende Marlene, die abwechselnd tippt und raucht und tippt und ihre Haare rauft und ab und zu aufsteht und durch das Zimmer rennt, schnell und manchmal verzweifelt, und dann weiter tippt und raucht und rauft. Das ist für mich Marlene.

»Hat es sich denn gelohnt?«

Hm, dachte ich.

»Gelohnt?«, fragte ich.

Marlene machte drei Schritte auf den Tisch zu, zog dabei ihre helle Strickjacke aus und ließ sie über den Stuhl fallen. Sie lächelte immer noch.

»Meinen Wein zu klauen.«

Marlene ist Mutter geworden, da war sie etwas älter, als ich es heute bin. Sie war achtzehn, hatte gerade das Abitur gemacht und bereits einen Studienplatz für Germanistik in der Tasche. Alles toll eigentlich und plötzlich alles ganz schlimm. Ihre Eltern sind damals sehr böse gewesen. Zwangen sie aber zu nichts und zu niemandem, und als ich dann geboren war, da war ihre Welt wieder relativ in Ordnung. Die von meiner Mutter jedoch völlig auf den Kopf gestellt. Die ersten vier Jahre haben wir in einer WG gelebt, keine Kommune oder so, dafür war Anfang der Achtziger keine Zeit mehr. Zumindest im Kosmos meiner Mutter. Während sie also an der Uni war, passten sehr viele verschiedene Menschen auf mich auf. Ich erinnere mich noch an Georg, den Maschinenbaustudenten, der mir immer Mützen strickte und Handschuhe und Socken. Oder Belinda, die wie meine Mutter Germanistik studierte und mir beibrachte, wie man mit Hilfe eines einfachen Drahtes ganz leicht Türschlösser öffnen konnte. Oder auch Martin. Oder Tanja. Oder Gaby mit den langen Ohrringen und den Glitzerketten. Greta war ebenfalls eine von ihnen. Sie war damals mit Volker zusammen, der zwei Monate lang für den gehörlosen Rico zur Zwischenmiete in der WG wohnte. Volker ging irgendwann, Greta blieb. Schon damals trug sie immer einen Hut. Und sie backte jeden Sonntag einen Napfkuchen. Mit Kakao und Puderzucker. Und dann saßen alle in der Küche um den großen Tisch, rauchten und aßen. Und ich hockte unter dem Tisch, zählte Füße und war glücklich.

Niemand hat in dieser Zeit nur ein einziges Mal nach meinem Vater gefragt.

Zwölf Jahre lang dachte ich, er sei tot.

»Ja, es hat sich gelohnt.«

Ich sah Marlene herausfordernd an.

Nichts würde mir heute passieren. Nichts.

Marlene erwiderte meinen Blick. Ohne Lächeln jetzt. Aber ruhig. Freundlich. Sie ließ sich mit einem kleinen Seufzer auf den Stuhl neben mir fallen, griff zu meiner Tasse und nahm einen langen Schluck von dem Kaffee. Dann lehnte sie sich zurück, fuhr sich mit beiden Händen durch ihr Haar und schüttelte leicht den Kopf.

»Elli …«, sie stockte.

Blass sah sie aus. Und irgendwie klein. Mir war plötzlich kalt. Ich zog die Schultern hoch.

»Ja?«

»Ich hab dich lieb.«

6.
HEUTE

Ich weiß gar nicht mehr genau, wie es dazu kam. Emma, meine Tochter, war gestolpert und hatte sich mit dem Kopf an dem alten Buffet im Esszimmer gestoßen. Es war nicht schlimm, eine leichte Beule würde es werden, nichts Dramatisches also, trotzdem war ich in die Küche gegangen, um etwas Eis aus dem Gefrierschrank zu holen. Auf dem Rückweg, ich hörte Holgers tiefe und beruhigende Stimme und Emmas mittlerweile nur noch leichtes Schluchzen, kam ich im Flur am Schlüsselbord vorbei. Fein säuberlich hingen dort alle Schlüssel des Hauses aufgereiht neben- und untereinander. Und an jedem einzelnen Schlüssel war ein kleiner Zettel befestigt.

Ich blieb neugierig stehen und beugte mich vor.

»Gästezimmer links, Gästezimmer rechts, Schlafzimmer Eltern, Kinderzimmer links, Kinderzimmer rechts, Badezimmer oben, Wohnzimmer«, las ich mir selbst halblaut vor.

Meine Großtante Inge war also nicht nur eine sehr liebenswerte, sondern auch eine sehr ordentliche Person. Momentan befand sie sich für eine dreiwöchige Kur in Binz auf Rügen. Und Holger, Emma und ich kümmerten uns um ihr Haus. Zum ersten Mal, denn das hatte bis jetzt immer die Putzfrau von Tante Inge erledigt, doch die lag mit einem Oberschenkelhalsbruch im Krankenhaus.

Es war ein Drama.

Also gossen wir Tante Inges Blumen, holten die Post aus dem Briefkasten, machten abends brav Licht und morgens die Fenster weit auf.

»Keller, Abstellraum unten, Dachboden …«, las ich weiter.

Aus dem Wohnzimmer erklang helles Kinderlachen.

Ach, ja.

Der Dachboden. Als Kind hatte ich ein paar Mal dort oben gespielt. Überall standen alte Möbel, die mit weißen Tüchern abgedeckt waren, Spinnweben hingen in den Ecken, es roch nach Staub und

Erinnerungen, aber insgesamt war der Raum sehr hell und freundlich gewesen, gar nicht Angst einflößend oder unheimlich. Während der wenigen Besuche, meine Familie war nicht so, nicht besonders familiär, hatte ich die Erlaubnis bekommen, dort oben spielen zu dürfen. Stundenlang hatte ich mir Geschichten ausgedacht. Aufregende und abenteuerliche Geschichten. Geschichten von Prinzessinnen, die hier oben eingesperrt worden waren und die von edlen Prinzen gerettet wurden. Die Möbel unter den weißen Tüchern wurden zu Hofdamen, stattlichen Pferden und grausamen Rittern. Ich kämpfte, lachte, weinte, brüllte, tanzte und versteckte mich.

Es war herrlich.

Irgendwann war damit dann Schluss. Wir fuhren nicht mehr nur selten zu Tante Inge, sondern gar nicht mehr. Ich habe dieses Haus damals erst wieder betreten, als Marlene …

»Mama!«

Emmas Stimme. Hell und aufgeregt. Das Handtuch in meiner Hand fühlte sich nass an.

Der Dachboden. Mein Gott, eine Ewigkeit war das her.

»Maaama!«

Jetzt lauter. Ungeduldiger. Ich wendete mich schnell von dem Schlüsselbord ab.

»Ich komme!«

Als ich ins Wohnzimmer kam, lag Holger keuchend auf dem Boden und Emma balancierte stehend und strahlend mit weit ausgestreckten Armen auf seinem Bauch.

»Mama, guck mal, was ich kann!«

Ich blieb abrupt stehen, kämpfte kurz mit mir, verlor und lächelte dann meine Tochter an.

»Ich bin sehr beeindruckt«, sagte ich, während ich nun langsam näher kam und mich leise seufzend neben die beiden Artisten im Schneidersitz auf den Boden sinken ließ. Das mittlerweile tropfnasse Handtuch legte ich auf den Teppich neben mir. Das brauchte hier offensichtlich niemand mehr.

Und Binz auf Rügen war ja weit weg.

»Ich bin eine Zirkusprinzessin!«, rief Emma jetzt und begann gleich darauf, ihr rechtes Bein zu heben und nach hinten auszustrecken. Holger, immer noch keuchend, aber jetzt auch noch entschuldigend in meine Richtung lächelnd, hielt seiner Tochter schnell beide Hände hin. Diese schüttelte heftig den Kopf und beugte sich stattdessen noch etwas weiter nach vorn.

Keine Sekunde später lag ich unter der kichernden Emma. Und keine zwei Sekunden später kringelten wir uns alle drei auf Tante Inges feuchtem Teppich und lachten, bis uns die Bäuche wehtaten.

Schön, dachte ich später im Auto.

Ich habe ein schönes Leben.

Emma spielte auf der Rückbank mit ihrer Puppe Gerda. Gerda hatte sich den Kopf gestoßen, und Emma legte ihr ein Taschentuch auf die Stirn und erzählte ihr, dass das Eis sei und dass ihr das auch immer helfen würde. Sie müsse sich keine Sorgen machen, ihr Kopf sei bald wieder heile.

Holger fuhr konzentriert die zwanzigminütige Strecke von Tante Inges Haus zu unserer Wohnung. Sein Blick lag ruhig auf der Straße. Ab und zu sah er mich an, lächelte, löste seine rechte Hand vom Lenkrad und drückte meine linke, die locker auf meinem Oberschenkel ruhte.

Seit fünf Jahren waren wir zusammen, seit vier gab es Emma.

Schön hatten wir es.

Es war bereits dunkel, die Straßenlaternen tauchten diesen trüben Herbsttag in ein warmes Licht. Es hatte den ganzen Tag geregnet. Doch nun war es trocken.

Morgen.

Heute war Sonntag.

Morgen am frühen Abend würde ich allein zum Haus fahren. Holger hatte momentan lange im Büro zu tun und Emma war beim Musikunterricht und danach bei einer Freundin.

Ich würde ihn mir nur kurz ansehen, die Treppe hochsteigen, durch die Luke klettern, mich ein paar Sekunden umschauen und meinen Erinnerungen ein wenig näher sein. Da wäre ja nichts dabei.

Und sie?

Der Herbst war dieses Jahr früh gekommen. Windig war es, grau. Die Menschen draußen eilten die Straße hinab und zogen ihre Köpfe tief zwischen die Schultern.

Emma hielt Gerda nun fest im Arm und redete leise auf sie ein. Holger fuhr ruhig und gelassen. Nichts an ihm wirkte beunruhigt.

Schön haben wir es, dachte ich erneut und schloss die Augen.

Einfach nur schön.

Und sie?

War tot.

7.
1997

»Sie ist komisch.«

»Marlene ist immer komisch.«

»Nein, diesmal ist sie wirklich komisch.«

Sophie saß im Schneidersitz auf der Schulhofsmauer in der Raucherecke und aß einen Apfel. Ich stand vor ihr und rauchte. Niemand war bei uns oder auch nur in unserer Nähe. Es waren Sommerferien. Keiner betrat in dieser Zeit freiwillig das Schulgelände.

Deshalb waren wir hier.

»Was meinst du mit ›komisch‹?«, fragte Sophie und biss erneut in ihren Apfel.

Ich inhalierte hektisch, blies den Rauch in die Luft und sah sie an.

»Ich kann das nicht beschreiben. Sie verhält sich anders. Sie *ist* anders«, antwortete ich. Meine Freundin runzelte leicht die Stirn, drehte den Apfel in ihrer Hand und biss dann wieder hinein.

»Ein Typ?«

Ich schüttelte den Kopf.

»Unmöglich.«

Marlenes letzte Beziehung war Jahre her. Ich mochte Rainer. Bis vor zwei Jahren hatte mir Rainer noch jedes Jahr zum Geburtstag eine Karte geschrieben. Er und meine Mutter waren vier Jahre zusammen gewesen. Er nannte mich immer »Specht«. Warum weiß ich nicht, aber auch das mochte ich. Ich kannte niemanden, der Specht genannt wurde. Außer den Specht an sich natürlich, aber der zählte nicht. Vor Rainer gab es noch Tom, aber der durfte nie bei uns übernachten. Und nach Rainer hatte auch keiner mehr bei uns geschlafen. Einen Typen konnte es nicht geben. Sollte es nicht geben. Meine Mutter liebte in ihren Romanen. Leidenschaftlich und unendlich. Und was das Wichtigste war, immer mit Happy End.

»Stress im Job?«

Wieder schüttelte ich den Kopf. Wir schwiegen ein paar Minuten. Ich rauchte und Sophie aß. Dann hob sie ihren Arm und warf den Apfelstrunk nach links Richtung Büsche. Mein Kopf schmerzte. Irgendetwas bedrückte mich. Drückte auf meine Brust. Machte das Atmen schwer.

»Elli?«

»Ja?«

»Sag, wo sind wir wohl in zehn Jahren?«

Sophie war aufgesprungen und stand nun sehr gerade vor mir. Ihr weißes T-Shirt hatte einen Fleck auf der Brust.

»Ich weiß nicht …«, begann ich, ließ gleichzeitig meine Zigarette fallen und drückte sie mit meinen grünen Chucks aus. Gerade als ich weiterreden wollte, hörte ich plötzlich hinter mir eine dunkle Stimme.

»Hallo Sophie.«

Lars?

Ich drehte mich herum.

Tatsächlich.

»Hallo Elli.«

»Hallo Lars.«

Schnell sah ich auf meine Armbanduhr. Nummer drei am 15.7.1997 um 16.46 Uhr. Vergiss das nicht, dachte ich.

»Wir müssen gehen«, sagte ich.

Viele meiner Freundinnen verstehen mich nicht. Diese Freundinnen haben fast alle seit Längerem einen festen Freund oder hatten zumindest für eine längere Zeit einen festen Freund. Sie lieben. Haben Beziehungen. Haben Sex. Haben noch keinen Sex. Haben keinen Sex mehr. Sie verstehen nicht, warum ich so bin, wie ich bin. Ich bin siebzehn. Ich habe es versucht. Aber irgendwie will es nicht, geht es nicht, klappt es nicht. Und trotzdem ist er immer da. Bleibt er immer da. Egal, wo ich bin, egal, was ich mache.

Lars.

Ich bin verliebt. Will mehr, will gleichzeitig nichts. Wie passt das überhaupt zusammen? Wie kann man so empfinden?

Ich glaube, ich bin ein Freak. Total verrückt.

»Tschüss Lars«, hörte ich Sophie leise sagen.

»Tschüss Sophie«, hörte ich Lars leise antworten.

Auf dem Fahrrad trat ich so fest in die Pedalen, dass Sophie hinter mir zurückblieb. Erst in ihrer Straße wurde ich langsamer, und als ich vor der Villa ihrer Eltern anhielt, hatte sie mich wieder eingeholt. Sie stieg ab, schob ihr Rad durch die Pforte, schloss sie und sah mich dann über die Schulter hinweg an.

Ernst und ruhig, wie es ihre Art war.

»Freibad, morgen?«

Sophie würde nichts fragen, nichts sagen, alles so verstehen, wie es passiert war. Das war Sophie. Sie kannte mich. Sie kannte das. Lars. Sie wusste, wie sehr ich litt.

Ich schüttelte den Kopf.

»Ich kann nicht. Ich muss mit Marlene in die Stadt.«

Sophie zuckte mit den Achseln. Ihre langen blonden Haare kringelten sich etwas an den Schläfen. Es roch nach Grillkohle. Bier und Sommer.

Zu Hause angekommen legte ich mich auf mein Bett, zog die Beine an und rollte mich auf die Seite.

Ich war siebzehn und verrückt.

Der laue Sommerwind blies durch das offene Fenster und bauschte die Vorhänge auf. Kinderstimmen drangen zu mir ins Bett. Lachen. Ein Hund bellte.

Ich war siebzehn und total verrückt.

Und in zehn Jahren wahrscheinlich noch genauso einsam wie jetzt.

2. Teil

Dazwischen

·················

Firestarter
THE PRODIGY

8.

»Was nimmst du?« Marlene klappte die Speisekarte zusammen, schob sie beiseite und hielt gleichzeitig Ausschau nach dem Kellner.

»Ich glaube, ich nehme einen Kaffee.«

Der Kellner kam an unseren Tisch, zückte einen kleinen Block, reckte sein Kinn und lächelte auffordernd.

»Zwei Kaffee, bitte, und noch ein Glas Leitungswasser«, sagte Marlene und wandte sich zu mir. »Für dich auch?«

Ich nickte stumm. Der Kellner verschwand, wir schwiegen, der Kellner kam zurück, wir tranken.

Der Kaffee schmeckte bitter.

Also gut.

»Ich möchte gleich noch in diesen kleinen Laden Ecke Schwesterstraße«, sagte Marlene und zündete sich eine Zigarette an.

»Okay«, sagte ich und lehnte mich zurück.

»Okay«, sagte Marlene.

Okay, okay, okay, summte es in meinem Kopf.

»Ich bin krank.«

Schwül war es heute. Ein Tisch draußen wäre angenehmer gewesen, aber Marlene hatte gesagt, sie wolle lieber drinnen sitzen.

Warum eigentlich?

»Elli, hörst du mir zu?«

»Natürlich.«

»Ich bin krank.«

»Okay.«

»Okay?«

Krank, krank, krank, summte es.

Der Kellner tauchte neben uns auf. »Könnte ich bitte schon jetzt abkassieren? Meine Schicht geht gleich zu Ende. Sie können natürlich noch bleiben, es wäre nur nett …«, sagte er.

»Natürlich, natürlich«, sagte Marlene schnell und fischte ihr Portemonnaie aus der Tasche.

»Zwei Kaffee, richtig? Dann bekomme ich fünf Mark und 60 Pfennig.«

Marlene gab dem Kellner einen Zehnmarkschein. »Machen Sie sechs Mark daraus.«

»Danke«, sagte der Kellner und schob zwei Zweimarkstücke über den Tisch. »Einen schönen Tag noch!«

»Bitte«, sagte Marlene und nahm die Münzen zwischen Daumen und Zeigefinger. »Ihnen auch!«

Krank, krank, krank, summte es.

»Hätte ich mehr Trinkgeld geben müssen? Wahrscheinlich hätte ich das tun müssen. Man sagt doch immer zehn Prozent, nicht wahr? Das wären dann 60 Pfennig, also 6,20 Mark. Aber klingt das nicht bescheuert? Ich runde ja immer viel lieber auf die glatte Zahl auf. Aber er war so freundlich. Jetzt fühle ich mich schlecht.«

»Wirst du sterben?«

Es klirrte, als Marlene die Münzen fallen ließ. Ein paar Sekunden sahen wir uns stumm an.

»Ja.«

»Bald?«

»Ja.«

Bald, bald, bald, summte es.

Ich versuchte zu begreifen. Marlene beugte sich über den Tisch. Legte ihre schmale Hand auf meine geballte Faust. Lächelte schief.

Komisch.

Das hier war komisch.

»Das ist ein Scherz«, sagte ich.

»Nein«, sagte Marlene.

»Nein?«

»Nein.«

Schwer lag die Luft auf uns. Zwischen uns. An der Ladentheke wischte sich der Barkeeper mit einem hellen Tuch die Stirn ab. Draußen füllten sich die Tische. Sonnenbrillen wurden abgenommen, Stühle gerückt. Ich nahm einen Schluck von meinem Kaffee. Marlene schwieg.

Sprachlos.

Es war Sommer. Ich war siebzehn.

Nichts konnte mir passieren.

Alles konnte mir passieren.

Und da begann Marlene zu weinen.

9.

Was macht man, wenn man weiß, dass man stirbt? Fährt man noch einmal zu allen seinen Lieblingsplätzen? Hat man noch einmal oder endlich den besten Sex der Welt? Verkauft man alle seine Sachen? Verkriecht man sich tagelang? Weint man nur noch? Schreit man? Verfasst man sein Testament? Schreibt man Abschiedsbriefe? Versöhnt man sich mit seinen Feinden? Verkracht man sich mit seinen Freunden?

Was macht man, wenn man weiß, dass es einen bald nicht mehr gibt?

Meine Mutter beschloss als Erstes, sich einen Wellensittich zu kaufen.

Also stand Hansi von nun an im Arbeitszimmer auf dem Schreibtisch meiner Mutter und zwitscherte den ganzen Tag vor sich hin. Am Abend verschwand Hansi unter einem dunkelroten Tuch, verstummte umgehend, und es war fast so, als sei er niemals da gewesen. Am nächsten Morgen dann, wenn meine Mutter so schwungvoll wie ein Stierkämpfer das Tuch von dem großen Käfig zog, stieg Hansi zwitschernd wieder empor und blieb, was seine Präsenz anging, im übertragenen Sinne natürlich, den ganzen lieben langen Tag dort oben.

Sechs Monate hatte der Arzt gesagt.

Marlene hatte noch sechs Monate zu leben.

Hansi würde sein neues Frauchen also definitiv überleben.

Ich hasste ihn.

Ich hasste sie.

Und ich war sprachlos.

Was tat man, wenn man erfahren hatte, dass seine Mutter sterben würde?

Man schwieg.

Ich schwieg.

Es war, als hätte ich meine Sprache verloren. Nicht meine Stimme, die hörte ich ab und an, aber ich verstand nicht, was mein Mund, meine Lippen und meine Zunge formten.

Ich hatte aufgehört, mir selbst zuzuhören. Ich hatte aufgehört, meiner Mutter zuzuhören. Ich fand, es war alles gesagt worden. Kein Wort konnte etwas ändern, kein Ton etwas verbessern, kein Laut diesen Albtraum beenden.

Als wir an dem Nachmittag vor drei Tagen nach Hause kamen, da machte Marlene eine große Kanne Kaffee und wir gingen ins Wohnzimmer, schlossen die Fenster, sperrten Licht und Leben aus und setzten uns auf den Parkettboden.

Marlene weinte nicht mehr, sie berichtete. Zuerst in kurzen, knappen Sätzen, dann immer ausschweifender. Ganz am Ende weinte sie erneut, zündete sich eine Zigarette an, lachte blöd und tapfer und tapfer und blöd, und dann klingelte das Telefon und meine Mutter lief aus dem Raum, um in ihrem Schlafzimmer das Gespräch anzunehmen.

Meine Mutter hatte Krebs. Im Endstadium. Die Metastasen waren bereits überall in ihrem Körper. Gestreut, so hatte meine Mutter es genannt. Der Krebs habe gestreut. Es gäbe zwar die theoretische Option einer Chemotherapie, aber die Wahrscheinlichkeit für eine Heilung sei sehr gering. Sehr, sehr gering. Und meine Mutter hatte sich dagegen entschieden. Bei drei Ärzten sei sie gewesen, ja. Alle hätten die gleiche Meinung vertreten, hätten die gleiche Diagnose gestellt, ja, ja. Sie habe die Symptome verdrängt. Habe ihre

Beschwerden nicht ernst genommen. Ein wenig Gewichtsverlust, ein wenig Schlappsein, leichtes Fieber, geschwollene Lymphknoten. Mein Gott. Diese Form des Krebses sei eben sehr tückisch, würde schnell streuen, sei sehr aggressiv, ja, ja. Nun sei es eben so, wie es eben ist. Sechs Monate, ungefähr, plus minus natürlich. Die Ärzte seien ja keine Hellseher. Sie habe jetzt eine Woche überlegt, wie sie mir das sagen solle, und habe dann mit Greta beschlossen, es ganz direkt und normal zu machen. Ohne viel Drama und Schnick-schnack. Drama sei ja schon so genug vorhanden. Ich dürfte jetzt auch weinen. Oder schreien. Oder auf sie einschlagen. Alles sei er-laubt. Sogar erwünscht. Und sie habe gestern auch schon die Adres-sen von zwei wirklich guten Therapeuten herausgesucht. Da könne man ja mal anrufen.

Ja, genau.

Fick dich, Mutter!

Während Marlene im Nebenzimmer telefonierte, saß ich in unserem Wohnzimmer auf dem zerkratzten Parkettboden, trank heißen und bitteren Kaffee und wartete.

Worauf?

Das weiß ich nicht.

Mehr.

Vielleicht darauf, aufzuwachen. Vielleicht darauf, woanders zu sein. Vielleicht auch einfach nur darauf, dass meine Mutter wieder ins Zimmer kam.

Sie kam nicht mehr zurück.

Und am nächsten Morgen zog Hansi bei uns ein.

Sie habe sich immer schon einen Wellensittich kaufen wollen, verkündete sie. Einen grünen und süßen Sittich. Bereits als Kind habe sie so einen haben wollen, aber nie habe das geklappt. Wenn nicht jetzt also, wann dann?

Hansi knabberte keine fünf Minuten an seiner Hirsestange, als ich meine Sprache verlor.

Und ich hatte sie bis heute nicht wiedergefunden.

Sophie würde nachher vorbeikommen. Wir hatten keinen Saft mehr im Haus. Marlene war beim Arzt. Hansi zwitscherte. Und meine zu Fäusten geballten Hände fühlten sich taub an.

10.

Sie hatte das Gefühl, in diesem blaugrünen Raum zu schweben. Leicht, fast schon schwerelos. Nur dumpf drangen Geräusche zu ihr hindurch. Da ein Lachen, hier ein Juchzen, aber nichts von Bedeutung, keine Worte, die sie hätte verstehen können, verstehen müssen, da war nichts laut in ihrem Kopf. Nur ein Rauschen. Ein monotones, konstantes und beruhigendes Rauschen. Sie ließ sich weiter fallen, immer tiefer sinken, unbemerkt und unauffällig.

Und wartete.

Marlene war nicht beim Arzt. Marlene war im Schwimmbad.

An der Tür zur Praxis hatte sie sich spontan umentschieden. Was sollte das Ganze auch? Noch ein ernstes Gesicht, noch ein mitleidiger Blick, noch mehr Hoffnungslosigkeit? Noch eine Sprechstundenhilfe, die hilflos herumdruckste? Noch eine Arzthelferin, die ihr mit einem zu Stein erstarrten Lächeln Blut abnehmen wollte? Nein, danke. Heute nicht, morgen meinetwegen, aber heute will ich das nicht, hatte sie gedacht. Heute will ich was anderes machen.

Heute möchte ich es anders machen.

Und dann war sie ins nächste Kaufhaus marschiert, mit festem Schritt und erhobenem Kopf, hatte sich einen Badeanzug, der ihr viel zu groß war, sie hatte ganz vergessen, dass sie nun in Größe 36 passte, und zwei Badetücher, ein großes blaues für den Körper, ein kleines rotes für den Kopf, gekauft und war in die Badeanstalt gefahren, in die sie bereits als kleines Mädchen gefahren war.

Der Eintritt kostete drei Mark. Sie bezahlte mit einem Fünfmarkstück, steckte das Wechselgeld in die Tasche ihrer Jeans, bedankte sich artig und ging langsam durch das metallene Drehkreuz. Ein älterer Mann kam ihr entgegen. Er schaute auf ihre Brüste. Sie setzte die Sonnenbrille ab.

Im Wasser fühlte sie sich wohl. Immer schon war es ihr Element gewesen. Mit ihrem Großvater hatte sie schwimmen gelernt. Sie waren immer zu einem See gefahren, der in der Nähe ihres Elternhauses lag. Sie waren langsam ins Wasser gegangen und ihr Großvater war ihr nicht von der Seite gewichen. Wenn es doch mal einen Moment gab, in dem sie spürte, dass ihre Kräfte sie verließen, streckte sie beide Arme aus und schlang sie von hinten um seinen Hals. Nach ein paar Metern ging es dann wieder und sie löste sich von ihm und fixierte wieder das Ufer vor ihr. Irgendwann hatte sie es dann geschafft. Sie war durch den ganzen See geschwommen. Und ihr Großvater, sie hatte ihn geliebt, ihr Großvater, ja, das war eine andere Geschichte.

Während der Schulzeit hatte sie es in die Schulmannschaft geschafft. Sie gehörte zu den Besten ihres Jahrgangs. Später war sie mit einer Kommilitonin regelmäßig schwimmen gegangen, dann ab und zu mit Elli, als diese noch klein war, und dann lange Zeit gar nicht mehr.

Warum bloß?

Was hatte sie gehindert?

Marlene merkte, wie ihr Brustkorb scheinbar immer enger wurde. Sie befand sich immer noch im Schwimmerbecken, in vier Meter Tiefe. Ihr Blick lag immer noch auf den grünblauen Kacheln, mit denen das Becken ausgestattet war, noch immer drangen die Geräusche der anderen Badegäste nur dumpf zu ihr hinunter.

Jetzt aber schloss sie die Augen, genoss diese endgültige Dunkelheit, öffnete sie wieder, blinzelte einmal, zweimal und wusste plötzlich, dass sie es nicht eine Sekunde länger aushalten würde. Jetzt war es vorbei. Jetzt musste sie aufgeben. Sie drehte sich noch einmal um ihre eigene Achse, stieß sich dann leicht vom Boden ab und ließ sich zurück an die Wasseroberfläche treiben.

Ihr Brustkorb brannte, als die frische Luft ihre Lungen erreichte.

Schwindelig war ihr.

Am Beckenrand stand ein junger Mann.

Weiße Badelatschen, weiße Shorts, weißes Polohemd mit der Aufschrift »Bade-Aufsicht«. Schwarze Haare, gebräunte Haut, dunkle Augen.

»Alles in Ordnung bei Ihnen?«

Marlene machte zwei Züge, dann war sie an der Treppe angekommen.

»Danke, ja.«

»Sie waren ziemlich lange dort unten«, sagte der Mann.

Marlene hielt sich am Geländer fest und stieg langsam die Stufen hinauf. Am Beckenrand angekommen, fuhr sie sich mit beiden Händen durch das Haar, legte ihren Kopf auf die Seite und schüttelte ihn leicht.

Er sieht gut aus, dachte sie und lächelte.

In der Umkleide, sie hatte sich eine von diesen kleinen Kabinen genommen, die von zwei Seiten zugänglich waren, Durchgangskabinen sagte man wohl auch, vielleicht auch nicht, sie wusste es nicht, aber es war ihr auch egal, lehnte sie sich mit der Stirn an die Wand und weinte leise.

Ich weine zu viel, dachte sie.

Elli müsste weinen, dachte sie.

Vielleicht beim Therapeuten, dachte sie.

Ich muss es Otto sagen, dachte sie.

Schön war er, schluchzte sie.

Jemand klopfte an ihre Kabine. Lauschte, blieb stumm und ging.

Ihr war kalt. Nach einer Weile zog sie sich an. Erst den Slip, dann die Jeans, dann den ausgeleierten BH, dann die weiße Bluse. Die Münzen in ihrer Hosentasche klimperten, als sie sich mit beiden Händen durch die nassen Haare fuhr, zwei der Tabletten schluckte, die der erste Arzt ihr verschrieben hatte, den Badeanzug in das kleinere rote Handtuch wickelte, das andere Handtuch vergaß und die Umkleide verließ.

Die Sonne blendete sie, als sie auf der Straße stand. Es war Sommer. Lange hatte sie nicht mehr so einen Sommer erlebt. Sie konnte sich tatsächlich gar nicht erinnern, wann es mal so schön gewesen war. Die Tage waren lang, heiß und sonnig, die Nächte lau und kurz. Nächste Woche musste der neue Roman abgegeben werden, gern ließ sie ihre Geschichten in dieser Jahreszeit auf Mallorca spielen oder auch Ibiza. Ihre Leser liebten das. Sie nahm sich vor, es dieses Mal anders zu machen. Es war einfach zu schön hier. Daran konnte man nicht vorbei, und wenn der Roman im Magazin erscheinen würde, dann wäre es Herbst und die Leser würden sich zurückversetzt fühlen. In diesen tollen und umwerfend schönen Sommer vor ihrer Haustür. Wer brauchte da irgendwelche Inseln im Süden Europas?

Ein halbes Dutzend Kinder stürmte an Marlene vorbei, die immer noch auf dem Bürgersteig vor der Badeanstalt stand. Ein hellblonder Junge, vielleicht zehn oder elf Jahre, rempelte sie von hinten an, Marlene taumelte kurz, fing sich aber schnell wieder, der Junge murmelte etwas, wahrscheinlich eine Entschuldigung, und rannte dann weiter.

Ich muss noch Wein kaufen, dachte sie plötzlich.

Auf dem Weg zum Auto rauchte sie drei Zigaretten. Auf dem Weg zum Supermarkt noch einmal drei. Es war Sommer.

Und sie starb.

11.

»Elli?« Ich schwieg. Sophie flüsterte. »Elli?« Diesmal drängender. Dann spürte ich eine kleine Erschütterung, hörte ein Rascheln, dann eine Berührung, wieder ein Rascheln, dann Sophies Atem an meinem Ohr.

»Elli, ich bin es doch …«

Stimmt, dachte ich.

Langsam öffnete ich meine Augen und blickte direkt in ihre blauen. Sophie hat die schönsten blauen Augen, die ich jemals gesehen habe. Tiefblau, nicht hellblau oder verwaschen blau, sondern kornblumenblau. Strahlend sind sie. Und man verliert sich leicht in ihnen. Wäre Sophie nicht meine beste Freundin, würde ich sie wahrscheinlich hassen. Sie ist so schön.

»Redest du mit mir darüber?«

Ich wischte mir mit der Hand über die Wange. Heiß war es hier unter meinem Bett. Heiß und stickig, aber auch klein und überschaubar. Andere Kinder hatten Angst, dass unter ihrem Bett Monster hausten. Ich hatte mich schon als Vierjährige dorthin verkrochen. Es gab mir Sicherheit und ein Dach über dem Kopf. In einer Welt, die mir oft so fragil vorkam wie ein Kartenhaus. Ein kleiner Windhauch und bum! Alles hin. Drohte also meine Welt zusammenzubrechen, kroch ich unter mein Bett. Meistens zusammen mit unserem Kater Fritz. Ich lag dann immer auf dem Bauch, mit der Stirn auf dem Boden, die Nase platt gedrückt, und versuchte, ganz ruhig zu atmen. Fritz hatte sich zusammengerollt und lag neben mir. Den Kopf auf die Vorderpfoten gestützt, blinzelte er mir müde zu. Gleichgültig, ob wir 30 Grad im Schatten hatten oder zehn Grad minus. Wir standen das zusammen durch. Mit vierzehn fand ich diese Bettsache plötzlich sehr unoriginell. Und peinlich. Ich versuchte daher, in solchen Situationen der Angst anders Herr zu werden. *Auf* meinem Bett beispielsweise. Ich scheiterte. Und versuchte es erneut und scheiterte wieder. Dann erinnerte mich Sophie an die Sache mit ihrem Baumhaus und Greta erzählte mir vom Backen und ich machte mit dieser Bettgeschichte meinen Frieden.

Sophie rückte ein kleines Stückchen weiter an mich heran. Immer noch hielt sie meinen Blick.

»Rede mit mir.«

Ich machte den Mund auf, machte ihn wieder zu. In weiter Ferne hörte ich Hansi zwitschern. Rechts von mir begann sich Fritz zu strecken.

Ich löste mich von Sophies Augen, legte meine Stirn wieder auf den Boden, versuchte es erneut.

Nichts.

»Wie bist du reingekommen?«, presste ich hervor.

Von Bedeutung.

Sophie seufzte leicht.

»Die Terrassentür war angelehnt.«

»Okay.«

»Da steht ein Wellensittich in Marlenes Zimmer.«

»Ich weiß.«

Ich starrte immer noch auf den Boden, aber ich wusste, dass Fritz fort war. Die Welt stand ja noch. Zumindest vorerst. Sophies Auftauchen hatte es bewiesen.

»Wo ist sie?«

»Beim Arzt«, presste ich hervor.

Wieder Schweigen.

Wieder suchte ich, versuchte ich, wieder kam da nichts.

Ich spürte, wie mir der Schweiß seitlich den Hals hinunterlief. Alle Fenster waren geöffnet, draußen wehte ein lauer Wind, aber hier kam nichts davon an.

Ich spürte Sophies Hand auf meinem Rücken.

»Ist es schlimm?«

Ich pustete. Spürte meinen eigenen Atem in meinem Gesicht, pustete erneut. Konnte nicht, konnte nichts, tat nichts, horchte stumm auf das Rauschen in meinen Ohren, drückte weg und unterdrückte.

Und scheiterte. Trotz Bett.

Später, als sie alles wusste, zogen wir uns bis auf die Unterhosen aus und stellten uns unter die eiskalte Dusche. Das Wasser tat gut und weh und Sophie kniff mir in den Arm und ich kniff zurück.

Als Marlene heimkam, lagen wir in den Liegestühlen im Garten und ich las laut aus der *Bravo Girl* vor.

Sophie lächelte als Erste.

Dann lächelte Marlene.

Und dann ich. Unsicher.

Die Haare meiner Mutter waren nass. Ihre Haut ein wenig dunkler als heute Morgen noch.

Ich beschloss, nicht zu fragen.

Irgendwo im Haus zwitscherte Hansi.

12.

Otto ist Marlenes Vater und somit mein Großvater. Otto war zweiundvierzig Jahre mit Evelin verheiratet. Vor fünf Jahren starb meine Großmutter und seitdem ist Otto nicht mehr so richtig Otto. Ich nenne Otto nicht Opa oder Großvater, sondern Otto. Otto ist immer Otto gewesen. Die Zeit ist schuld, hat Evelin immer gemurmelt und dann traurig den Kopf geschüttelt, wenn ich mit den beiden beispielsweise im Zoo war und statt »Oma, Opa, guckt mal, der Affe haut dem anderen Affen mit der Banane auf dem Kopf« – »Evelin, Otto, guckt mal, der Affe haut dem anderen Affen mit der Banane auf dem Kopf« gerufen habe.

Meine Mutter fand alles andere nämlich völlig indiskutabel, Oma und Opa, das sei autoritäre Scheiße und konservativer Dreck, der meine Selbstentfaltung und Persönlichkeitsentwicklung behindern würde. Das würde ihr bereits nachhängen, das bräuchte sie nicht noch ihrer Tochter anzutun.

Otto und Evelin oder Evelin und Otto taten mir nie etwas an. Ich war unendlich froh, dass es sie gab. Als ich noch klein war, wohnten wir weiter weg, sodass die Besuche recht selten waren. Ich sah meine Großeltern vielleicht alle zwei Monate. Aber wenn ich dann für ein Wochenende zu ihnen fahren durfte, dann war ich überglücklich. Sie weckten mich jeden Tag um acht Uhr morgens und ich musste bereits angezogen zum Frühstück erscheinen, dann durfte ich draußen im Garten mit meinem Großvater spielen, wir bauten aus Zweigen Höhlen, in denen wir uns versteckten, oder ich half ihm bei den Kaninchenställen. Im Winter nahm Großvater mich mit in sein Kaminzimmer und zeigte mir seine Sammlung alter Münzen. Die blank geputzten und hell strahlenden Geldstücke aus Ländern, von denen ich noch nie zuvor gehört hatte, glitten durch meine kleinen Finger, und Ottos Augen blitzten, wenn er mir berichtete, wo er diese oder jene Münze ergattert hatte. Wie sie ihren Platz bei ihm gefunden hatte, wie er sie gefunden hatte. Dann gab es pünktlich um zwölf Uhr Mittagessen, fast jeden Tag etwas Deftiges, was den Bauch warm machte und nach Nest schmeckte, nach Geborgenheit, was mich satt machte, wirklich satt, und dann musste ich zwei Stunden Mittagsruhe einhalten. Nachmittags schnitt Evelin dann den Kuchen an, den sie morgens gebacken hatte, als Otto und ich im Garten waren, und wir spielten Domino oder Mikado und ich durfte schummeln und um 18 Uhr gab es Haferschleim und eine Scheibe dick geschnittenes Graubrot mit einem halben Zentimeter Butter obendrauf.

Als wir dann in einer Stadt wohnten, war ich öfter bei ihnen. Half ihnen im Geschäft, trank mit ihnen Tee, spielte Mikado und genoss das alles.

Evelin und Otto oder Otto und Evelin fragten nie, sagten kaum etwas, kritisierten nicht, hinterfragten nicht, sie liebten nur. Mit aller Konsequenz. Und sie ließen mich ihr Enkelkind sein. Bedingungslos.

Ich war zwölf, als Evelin starb. Ich hatte gerade erfahren, dass mein Vater lebte, und Evelin hatte gerade ihren 60. Geburtstag gefeiert. Dann kam der Darmkrebs. Noch ein Jahr, dann hätten sie ihr 35. Jubiläum mit ihrem Porzellangeschäft gehabt.

Und plötzlich war Otto allein.

Ich besuche ihn nur noch selten. Vielleicht einmal im Monat, nach der Schule. Dann stelle ich mein Fahrrad vor seinen Laden in der Bischofsstraße ab, gehe durch die Tür, registriere nur noch nebenbei das melodische Klingeln und Otto steht dann jedes Mal hinter seinem Tresen und poliert. Fein geschwungene Weingläser, Kristallkaraffen, Sektgläser. Er schaut dann hoch, lächelt und sagt mit zittriger Stimme: »Püppi, meine Püppi, schön, dass du da bist.«

Von Mal zu Mal kommt er mir kleiner vor.

Von Mal zu Mal komme ich mir schlechter vor.

»Wann warst du das letzte Mal bei ihm?«

Wir saßen im Auto, der Motor war aus, Marlene qualmte und blies den Rauch aus dem geöffneten Fenster.

Ich zuckte mit den Schultern.

»Vor drei Wochen vielleicht.«

Dann sah ich sie an.

»Und du?«

Marlene lachte laut auf. Zynisch. Überspannt. Statt einer Antwort warf sie die Zigarette aus dem Fenster, zog den Autoschlüssel aus dem Schloss und stieg aus.

Ich seufzte und folgte ihr dann.

Nebeneinander schweigend gingen wir die Straße hinunter, bogen ab und standen keine zwei Minuten später vor der Ladentür. »Fassner Glas und Porzellan« stand da in goldener Schrift auf transparentem Grund.

Marlene rührte sich nicht.

Als kleines Kind fand ich den Laden meiner Großeltern immer etwas unheimlich. Er nahm das gesamte Erdgeschoss ihres Hauses ein. Ich erinnere mich, dass ich als kleines Mädchen, wenn ich mit meinem Teddy Alfred durch die alte Ladentür mit den großen Fenstern und den kleinen gusseisernen Verzierungen das Geschäft betrat, fast erdrückt wurde von der Fülle. Dieser Fülle an Porzellan, Gläsern, Kristallen, Keramiken und Töpfereien. Ich ließ Alfred nicht eine Sekunde los, presste ihn an mich, atmete den leicht modrigen Geruch ein und fragte mich, wo diese ganzen Gläser, Tassen, Becher, Teller, Schüsseln und Vasen wohl alle herkamen. Die Regale bogen sich unter der Last, auf dem Boden stapelten sich unausgepackte Kartons mit der Aufschrift

»FRAGILE«, auf kleinen Tischchen funkelten im Sonnenlicht unzählige Sektgläser und Kristallkaraffen. Mir kam es so vor, als hätten sich Frau Bratenplatte und Herr Untertasse bei meinem Großvater zu einer großen Feier verabredet und alle ihre Freunde und Verwandten mitgebracht. Abends, wenn ich im Bett lag, stellte ich mir oft vor, dass jede Nacht um Punkt zwölf Herr Untertasse und Frau Bratenplatte mit ihren vielen Freunden und Verwandten aus ihrer Starre erwachten, miteinander tanzten, lachten und laut klapperten und pünktlich bei Sonnenaufgang dann der Zauber vorbei, alles wieder still und an seinem Platz und nichts mehr da wäre, außer dieser Fülle.

Marlene machte einen Schritt.

Ich machte einen Schritt.

Dann standen wir im Laden.

Meine Augen brauchten ein paar Sekunden, um von der strahlenden Sonne auf die träge Dunkelheit hier drinnen umzuschalten.

Der Platz hinter dem Tresen war verwaist.

»Otto?«

Meine Mutter ist damals nicht zu Evelins Beerdigung gegangen. Ich bin mit Großtante Inge dort gewesen. Hielt ihre Hand und hatte Angst. Otto stand vorn in der Kirche, dort, wo der dunkle Sarg auf rotem Samt aufgebahrt war, zwischen den Blumen und Kränzen und es roch nach Bohnerwachs und dem süßlich schweren Parfum meiner Großtante. Zwei Dutzend Menschen verteilten sich über die Kirchenbänke, die meisten waren Kunden meiner Großeltern, wenige wichtige waren darunter. Als der dicke Pastor kam und anfangen wollte, stand Otto immer noch da vorn am Sarg. Mit geraden Schultern und einem Rücken, der manchmal zitterte, manchmal auch nicht. Niemand konnte sein Gesicht sehen. Als die Orgel erklang, stand er da immer noch, auch als der Pastor behutsam seinen Arm ergriff, Otto blieb. Der Pastor blickte hilflos die Trauergäste an, dann den Küster, dann den dünnen Mann vom Bestattungsinstitut, alle blickten auf Otto. Alle blickten zum Pastor. Niemand konnte

Otto ins Gesicht sehen. Fünfzehn Minuten verstrichen. In dieser Hilflosigkeit. Das Holz des Sarges glänzte in der Sonne, die durch die haushohen Kirchenfenster fiel, ich musste an die Münzen denken, Otto blieb.

So lange, bis alles vorbei war.

Seitdem ist Otto nicht mehr Otto.

Er hat zu viel verloren. Auch von sich. Das ist wohl so, wenn einer geht, den man in sich aufgenommen hat. Es vermischt sich, das Eigene und das Fremde, und dann weiß man nicht mehr, was eigentlich von wem kam, zu wem gehörte, weil man so ausgefüllt ist, vom Leben und dieser Liebe. Man ist komplett.

Bis einer stirbt. Und danach das Sortieren scheitert oder auch das Loslassen. Wenn man das nicht kann und will, dann ist man plötzlich nicht mehr.

So wie man war.

»Otto?«

Marlene klang ungeduldig.

Ich ließ sie stehen und ging nach rechts in den kleinen Gang, wo vorn die Grappa-Gläser und die Sherry-Gläser standen, und weiter hinten die Tee-Service.

Hinter mir hörte ich ein Klacken, dann ein Zischen und dann roch ich es.

Marlene hatte sich eine Zigarette angezündet.

Es funktionierte.

»Hier wird nicht geraucht«, ertönte plötzlich die Stimme meines Großvaters.

»Hallo Otto«, sagte Marlene.

Ich fuhr mit dem Finger über das Regal neben mir. Kleine graue Flocken klebten an meinem Finger.

»Was willst du?«

»Wie geht es dir?«

»Du bist doch nicht hergekommen, um mich das zu fragen. Ist was mit Püppi?«

»Ich habe dich nur gefragt, wie es dir geht!«

»Das hat dich seit zehn Jahren nicht interessiert.«

»Aber jetzt interessiert es mich.«

»Was willst du, Marlene? Geld?«

»Du bist ein Arschloch, Otto.«

Die Tür wurde aufgerissen, klappte wieder zu. Marlene war weg, das melodische Klingeln blieb noch ein, zwei Sekunden, dann war es wieder still.

Ich wartete einen Moment, kam dann hervor.

Otto hatte seine Brille abgenommen und polierte mit seinem Taschentuch das linke Glas. Seine Wangen leuchteten rot, seine dunkelgraue Schürze hatte ein paar Flecken, sein graues Haar stand wirr vom Kopf ab.

Er sah mich an, nicht besonders überrascht.

»Ach, Püppi, ja, schön, dass du da bist.«

Ich liebte diesen kleinen Mann. Diesen Otto, meinen Opa.

Und ich hasste Marlene.

»Sie wird sterben, Otto.«

Mein Großvater runzelte kurz die Stirn, kniff seine Augen zusammen, setzte langsam seine Brille wieder auf, sah mich weiter an.

Ich bin zu klein für das hier, dachte ich. Ich bin siebzehn Jahre und viel zu klein. Ich sollte jetzt im Freibad sein oder am See, knutschen, vielleicht, tauchen, Eis essen oder einen Sonnenbrand bekommen, dachte ich, alles, nur nicht das hier, dachte ich.

Wo war Lars wohl jetzt gerade?

Otto seufzte, schüttelte den Kopf, bedauernd.

»Es tut mir leid«, sagte er.

Durch die kleinen Lücken im voll gestellten Schaufenster zwängten sich ein paar Sonnenstrahlen. Kleine Staubkörnchen tanzten darin.

Schön sah das aus.

»Ach Püppi«, seufzte Otto.

»Ach Otto«, seufzte ich.

Ein paar Sekunden hielten wir es aus. Dann hupte draußen jemand. Und als ich mich wieder zu meinem Großvater umdrehte, war der Platz hinter dem Tresen leer.

Verwaist.

13.
HEUTE

Er stand ganz hinten in der Ecke. Hinter der alten Nähmaschine und unter dem antiken Esstisch meiner Urgroßmutter. Ich erkannte ihn sofort. Er war nicht sehr groß, aber auch nicht besonders klein. Altmodisch war er, aus hellbraunem Leder mit zwei dunkleren Laschen, die sich quer über den Koffer zogen und die oben jeweils wie ein Gürtel zu schließen waren. Er hatte Schrammen, ein paar Flecken und sogar zwei, drei Dellen. Marlene hatte ihn immer für ihre Reisen genutzt. Für ihre kleineren, die dienstlichen, wenn sie zum Verlag musste in eine andere Stadt beispielsweise, dann kam der Koffer mit, gefüllt mit vielen Zetteln und Zigaretten. Ich höre noch heute das Rumpeln, wenn Marlene ihn die Treppe hinunterzog, er mehr fiel, als dass sie ihn hielt, und wie froh ich immer war, wenn sie das tat, denn das hieß dann, dass ich zu meinen Großeltern durfte, und später, dass ich und Kater Fritz ein paar Tage das Haus für uns allein hatten.

Der Koffer.

Wie lange saß ich jetzt hier? Zehn Minuten, eine halbe Stunde? Ich konnte es nicht sagen, ich hatte jegliches Zeitgefühl verloren. Ich saß und starrte und starrte und saß und in meinem Kopf fuhren die Erinnerungen Achterbahn. Warm war mir, kalt war mir. Meine Hände waren feucht, auf meinen Armen hatte sich eine Gänsehaut gebildet.

Wie lange war das jetzt her?

Mit dem rechten Zeigefinger fuhr ich über das Leder, graue Staubkörner rieselten zu Boden.

Viel zu lange.

Viel zu kurz.

Mit einem Ruck stand ich auf, stieß mir den Kopf an dem Dachbalken über mir und biss mir auf die Unterlippe.

Nein, nein, nein.

Er hatte in meinem Zimmer gestanden. Genauer gesagt hatte er auf meinem Bett gelegen. Mit einem Zettel. Darauf stand: *Bin mit Ian Whisky trinken. Diesmal wirklich. Du weißt, was zu tun ist. M.*

Greta hatte mich gehört, mein Schreien, und war sofort zu mir ins Zimmer gestürmt, Sophie war auch dabei gewesen, Tante Inge auch, aber erst später, sie war da auch irgendwo, dazu noch ein paar namenlose Gesichter, betroffen, schweigend, hilflos, Fritz lag unter meinem Bett und dunkel war es.

Irgendjemand machte Licht.

Später.

Und …

Nein!

Mit ein, zwei Schritten war ich an der Luke, die zum Dachboden führte, angekommen, schnell kletterte ich die Leiter nach unten, zog am Seil und verriegelte damit den Zugang zum Dach. Unten angekommen, atmete ich. Wieder.

Schnell und flach.

Ich will das nicht, dachte ich hektisch und drückte beide Fäuste gegen meine Stirn.

Ich kann das nicht, sagte ich laut. Horchte.

Ich brauche das nicht, sagte ich und horchte wieder.

Still war es.

Wieder.

Als ich im Auto saß, fiel mir ein, dass ich morgen eine Besprechung mit den Leuten von der Süßwarenmesse hatte. Sie wollten ein Konzept für die Präsentation ihrer neuen »Organic-Lounge« haben.

Ich würde Emma also länger in der Kita lassen und Holger würde sie wahrscheinlich abholen müssen. Meine Arbeit in der PR-Agentur machte mir Spaß. Es gab jeden Tag neue Herausforderungen. Auch wenn es manchmal einem Kunststück gleichkam, Job, Kind und Haushalt unter einen Hut zu bekommen.

Das ist das Leben, dachte ich.

Schön habe ich es, dachte ich.

Jahrelang hatte ich nicht mehr an sie gedacht, jahrelang hatte ich ohne sie gelebt.

Als ich vor unserem Haus ankam, traf ich unseren lieben Nachbarn Herrn Neuwald, er hielt mir die Eingangstür auf, wir redeten kurz, ich leerte den Briefkasten dabei und er erzählte mir von den Nierensteinen seiner Katze Mia.

Ich hatte ihn fast vergessen. Bis ich vor unserer Wohnungstür stand und in meiner Jackentasche kramte.

»Dachboden«. Ein kleines Schild, sorgfältig von Tante Inges akkurater Schrift bedeckt. Ein Schlüssel, aber nicht unser Wohnungsschlüssel.

Ich biss mir auf die Unterlippe, betrat unsere Wohnung, zog meine Stiefeletten aus, ließ meine Jacke über meine Schultern zu Boden gleiten und horchte.

Nichts.

Holger war wahrscheinlich noch im Büro.

In einer halben Stunde würde Emma nach Hause gebracht werden.

Die Stille der Wohnung erschien mir plötzlich viel zu laut. In meiner Brust drückte etwas von innen gegen meine Rippen. Es tat ein wenig weh, aber nicht zu sehr. Ein latenter, vertrauter, aber lang nicht mehr da gewesener Schmerz.

Morgen legst du den Schlüssel wieder an seinen Platz, dachte ich. Das ist ja kein Problem, du hast es nur vergessen, es übersehen, in der Eile, halb so wild.

Du legst den Schlüssel zurück und dann ist es gut, dachte ich.

Dann hob ich meine Jacke vom Boden hoch, hängte sie an den Haken an der Wand, schob meine Stiefeletten ordentlich in die rechte Ecke des Schuhregals und ging in die Küche.

Heute Abend würde es Pfannkuchen geben. Die von Greta. Das waren die besten, immer gewesen. Emma liebte sie. Und Holger würde zwar die Augenbrauen hochziehen, er aß generell abends keine Kohlenhydrate, aber nichts sagen.

Ich nahm die große weiße Schüssel aus dem Schrank, öffnete den Kühlschrank und legte drei Eier auf die Arbeitsplatte.

Und dann klingelte das Telefon.

14.
1997

Ich träumte. Da war unsere Schule, der lange, schmale Gang, wenn man durch den Haupteingang das Gebäude betrat und sich nach links wandte. Und da war ganz viel Wald. In meiner Schule.

Meine Schule war ein Wald.

Dunkelgrüne Tannen, Laubbäume, lange Äste, die ineinander verschlungen waren. Meine Füße versanken im weichen Waldboden, federnd lief ich weiter. Ein Zweig streifte mein Gesicht, leicht, fast streichelnd, ich legte meinen Kopf in den Nacken. Dort, wo sonst die Decke war, sah ich nur Grün. Der Wald ragte in den Himmel, endlos anscheinend, ich musste lächeln.

Plötzlich nahm jemand meine Hand.

Zog mich mit sich, ich konnte nichts sehen, ließ mich ziehen, zerren, rechts, links, wieder geradeaus.

»Stell dir vor, du wachst auf und bist tot.«

Da war Lars.

Lächelnd. Mit meiner Hand in seiner. Ich wollte antworten, aber aus meinem Mund kamen nur Blätter, kleine, dunkelgrüne, leicht gezackte Blätter.

Da war Marlene.

Ich lag unter einer riesigen Eiche, mit dem Oberkörper an ihren dicken Stamm gelehnt, meine Beine sahen kurz aus, waren kurz, wie bei einem Zwerg.

»Was ist passiert?«, fragte ich.

»Mach dir keine Sorgen, du bist einfach klein.«

Marlene trug einen roten Hut und ein gelbes Kleid. Ihre Augen waren geschlossen, als sie sprach.

Ich wurde wieder hochgerissen, hochgeschleudert, keine Hand diesmal, sondern ein Ast. Er warf mich durch die Luft, hin und her, hoch und runter, mein Kopf schwoll an, wurde immer größer. Meine Beine verschwanden völlig. Und dann ließ er mich los. Ich flog. In die Dunkelheit.

Und landete auf einem großen Platz. Helles Licht blendete plötzlich auf, ich kniff meine Augen zusammen, lag da, auf dem Boden, und dann hörte ich es hinter mir knacken. Metallisch, erst leise und dann immer lauter. Ich wandte meinen Kopf zur Seite und sah ihn direkt auf mich zukommen.

Ein riesiger Reißverschluss, der sich langsam schloss. Wie ein Raubtier seine Zähne ineinander vergrub, furchterregend, bestialisch, grausam. Und direkt auf mich zukam.

Ich war wie gelähmt. Konnte mich nicht bewegen, versuchte es, scheiterte, schrie und weinte, aber nichts konnte die Zähne aufhalten. Gleich hatten sie mich erreicht, nur noch ein paar Meter, Zentimeter.

Ich schloss meine Augen.

Und dann wachte ich auf.

Hatte ich geschrien?

Ich saß aufrecht in meinem Bett und hielt meinen Kopf zwischen den Händen. Feucht waren meine Haare im Nacken. Langsam drehte ich meinen Kopf hin und her, drückte ihn in meine Handinnenflächen, mit aller Kraft, als würde er herunterfallen oder abknicken, wenn ich losließe.

Was hatte ich da bloß geträumt? Wo war ich gewesen?

Warum immer dieses Ende?

Nach ein paar Minuten wagte ich es, die Augen zu öffnen. Ganz langsam loszulassen, in Zeitlupe, und meinen Kopf zu heben, mich gänzlich aufzurichten.

Vier Uhr und sechs Minuten war es, das zeigte mein Wecker. Ein Montag, eine neue Woche, immer noch Sommerferien, aber bereits drei Wochen danach.

Drei Wochen nach dem Besuch im Café.

Es war dunkel in meinem Zimmer, aber nicht zu dunkel. Ich sah links das große Fenster, meinen Schreibtisch davor, mit der Lampe und den vielen Fotos. Daneben in der Ecke den Korbstuhl, der so gemütlich war und schon so alt und den unser Kater Fritz auch so liebte, weil er seine Krallen so wunderbar in ihm versenken konnte. Dann meinen Kleiderschrank, ein alter Bauernschrank, von Greta und Marlene vor Jahren unter Fluchen vom Flohmarkt hergeschleppt und von mir viel später weiß und blau bemalt, direkt daneben der große bodenlange Spiegel. Mit so vielen Bildern, Fotos, Karten und sonstigen Erinnerungsstücken beklebt, dass man sich kaum noch darin spiegeln konnte. Dann die Tür und dann rechts von meinem Bett die Kommode, groß und schwer und viel zu wuchtig, aber bis zum Bersten gefüllt mit noch mehr Klamotten, Büchern, Schulsachen, Alben, CDs und Krimskrams.

Ich mochte mein Zimmer. Es war ziemlich groß, aber überschaubar.

Vier Uhr und zehn Minuten.

Ich sah mich noch einmal um. Dann legte ich mich hin, streckte mich aus, zog mich wieder zusammen und kuschelte mich unter die Decke.

Was wird übrig bleiben?, fragte ich mich, während ich meine Füße aneinanderrieb. Was wird bleiben, wenn Marlene nicht mehr da ist?

Geredet hatten wir nicht. Nicht darüber zumindest. Marlene machte öfter mal den Mund auf und dann kamen auch irgendwelche Wörter heraus, aber ich verstand sie nicht. Wenn es wichtig gewesen wäre, dann hätte ich sie auch verstanden, da war ich mir sicher. Also hatten wir nicht geredet.

Worüber wollte ich eigentlich reden?

Marlene würde sterben.

Und wo blieb ich?

Ich zog meine Decke fester um mich herum, hielt sie von innen fest, machte mich klein.

Darf man zuerst an sich denken, wenn jemand neben einem stirbt?

Darf man das?

Ich kniff meine Augen zusammen, öffnete sie wieder, kniff erneut, drehte mich auf die Seite, vier Uhr und zwanzig Minuten.

Otto hatte sich nicht wieder gemeldet, dafür war Greta jetzt fast jeden Abend da, saß mit Marlene in der Küche und schimpfte. Manchmal schimpfte sie auch nicht, dann stand sie am Küchentisch, rührte entweder in einer großen Schüssel oder knetete mit beiden Händen wütend einen Teig. Wenn ich sie dann mit einem Küsschen auf die Wange begrüßte, stemmte sie ihre teigigen Hände auf die Arbeitsplatte, zündete sich eine Zigarette an und flüsterte beim Ausatmen: »Willst du probieren?« Und jedes Mal fragte ich mich, was sie wohl damit meinte, und antwortete: »Später.«

Sophie war vor einer Woche schweren Herzens mit ihren Eltern zum Gardasee gefahren. Drei Karten waren bisher bei mir angekommen. Die letzte roch nach Wodka. Ich vermisste sie.

Hansi war bisher nichts und niemand gefolgt. Wenn Marlene so etwas Ähnliches wie Abschied nahm, merkte ich bis jetzt nichts davon. Ich hatte einfach nur schreckliche Kopfschmerzen. Und sie war dünner geworden.

Ich machte mich noch etwas kleiner, zog meine Beine unter der Decke noch etwas enger an mich heran.

Gestern hatte ich Lars wiedergesehen. Zufällig. Ich war abends noch mal schnell mit dem Rad zum Supermarkt gefahren, um für Greta Eier, Mehl und Milch zu kaufen und Katzenfutter für Fritz, da sah ich ihn. Er stand auf der gegenüberliegenden Straßenseite an der Bushaltestelle, mir fiel ein, dass Gregor, sein Kumpel eine Querstraße weiter wohnte. Er hatte Kopfhörer auf und sein Stone-Temple-Pilot-T-Shirt an, Jeans, Chucks.

Wo blieb Lars, wenn Marlene starb?

Vier Uhr und fünfunddreißig Minuten.

Frierend schlief ich ein.

15.

Es war an einem Mittwoch, als ich erfuhr, dass ich einen Vater hatte, der lebte. Ich war zwölf Jahre alt und sehr dünn. Und wenn es nach Marlene gegangen wäre, dann hätte ich es wohl nie erfahren.

Tante Inge war schuld.

Mein Vater war schuld.

Ich war ein bisschen schuld.

Nur Marlene war niemals schuld.

So einfach war das.

Wir waren bei meiner Großtante Inge zu Besuch. Ich hatte den Nachmittag wie so oft fast nur auf ihrem Dachboden verbracht, gespielt, mich versteckt, mir Geschichten ausgedacht und heimlich die *Bravo* gelesen, die Sophie mir in der Schule zugesteckt hatte. Als ich irgendwann müde war und Hunger hatte, ging ich hinunter und hörte plötzlich laute Stimmen aus dem Esszimmer.

»Es ist wieder ein Brief gekommen«, sagte meine Tante.

»Wirf ihn weg«, sagte meine Mutter.

»Ich denke nicht, dass das richtig …«, sagte meine Tante.

»Sei still«, sagte meine Mutter.

»Marlene …«, sagte meine Tante.

»Er ist tot«, unterbrach sie meine Mutter. »Und dabei bleibt es auch.«

Als Marlene merkte, dass ich direkt hinter ihr stand, verstummte sie. Ihr Rücken straffte sich, ihr Kopf hob sich. Ich sah an meiner Mutter vorbei, Tante Inge ins Gesicht, beobachtete, wie ihre Mundwinkel zitterten, ihre Falten um die Augen tiefer wurden.

»Marlene …?«, fragte ich.

»Nicht …«, sagte meine Mutter.

So einfach war das.

Zwölf Jahre hatte ich geglaubt, dass mein Vater kurz vor meiner Geburt einen Unfall gehabt hatte und dabei gestorben war. Tragisch und schrecklich traurig war das gewesen. Das Auto, in dem er gesessen hatte, war komplett zerstört worden. Er hatte keine Chance gehabt. Und war sofort tot gewesen. Und meine Mutter von da an allein, hochschwanger, von ihren Eltern fast verstoßen, blutjung und verzweifelt. Wie in den kitschigsten Hollywood-Schnulzen, das war die Geschichte gewesen, die das Leben geschrieben hatte.

Die meine Mutter geschrieben hatte.

Das Einzige, was mir geblieben war, war ein Bild von ihm. Es zeigte ihn im Profil. Achtzehn Jahre alt, braunes, etwas längeres Haar, das ihm über das Ohr fiel, leicht lockig, eine gerade geschnittene Nase, braune Augen, ein energisches Kinn, ein halbes Lächeln.

Für mich.

Jochen. Das war sein Name gewesen.

Das war mein Vater. Mehr gab es nicht, das war alles, es bedeutete mir unendlich viel, er bedeutete mir unendlich viel. Weil ich nicht mehr hatte, musste es reichen. Ich sprach mit ihm, unter meinem Bett, erzählte ihm meine Sorgen, betete manchmal, stellte ihn mir dort oben im Himmel vor, malte Bilder mit einer blauen Wolke und einem Mann obendrauf und fragte ihn oft, ob er nicht tauschen könnte. Marlene für ihn dort oben, und er für Marlene hier bei mir unten.

So war das.

Und plötzlich war das alles Quatsch und Lüge und Betrug.

Mein Vater lebte.

Irgendwo gerade jetzt atmete er, fuhr Auto oder trank Kaffee, schrie jemanden an, lachte oder saß einfach still da und guckte in die Luft.

Damals ist irgendwas kaputtgegangen. Schlaue Menschen wie Sophie würden jetzt sagen, natürlich ist da etwas kaputtgegangen, deine Mutter hat dir schließlich ein Leben lang vorgemacht, du seist Halbwaise, jeder Psychologe würde sich die Finger nach so einem Fall lecken, das hat Lehrbuch-Qualität, bla bla bla.

Kaputt. Unwiderruflich.

Ich kann das nicht vergessen. Ich kann ihr das nicht vergessen.

Dabei geht es nicht in erster Linie um die Tatsache, dass ich tatsächlich noch einen Vater habe, der lebt. Es geht um die Lüge. Um die Leichtigkeit und die Gedankenlosigkeit dieser Lüge.

Marlene hat mir damals erklärt, dass sie und Jochen gar nicht richtig zusammen waren, sie kannten sich von der Schule, irgendwann ist es passiert, nach einer Party, seine Eltern waren kegeln, im Garten stand ein kleiner Schuppen. Drei Monate später etwa hätten alle wie wild ihr Abitur gefeiert und sie habe nur kotzend über der Toilette gehangen. Wieder sechs Monate danach etwa wurde ich geboren. Jochen erfuhr es durch seine Eltern, weil die Freundin seiner Tante ab und zu bei meinen Großeltern im Porzellangeschäft einkaufte. Er stellte meine Mutter zur Rede, Marlene und er stritten sich, er begann zu studieren in einer anderen Stadt, Marlene begann zu studieren in einer anderen Stadt, und später begann er dann Briefe zu schreiben, an meine Großtante adressiert, warum wusste niemand, vielleicht war es ein Versehen.

So einfach war das.

Ich habe nicht einen dieser Briefe gelesen.

Ich bin jetzt siebzehn, und ich glaube, ich brauche keinen Vater. Die Wut auf meine Mutter füllt mich aus, da bleibt nicht viel Platz für andere Dinge.

Draußen klapperte eine Mülltonne.

Mein Kaffee war kalt geworden. Ich verzog mein Gesicht, schluckte widerwillig, zog die Schultern hoch. Mein Nacken schmerzte, ich hatte schlecht geschlafen. Ich saß in der Küche am großen Tisch, Fritz strich mir um die Beine, hoffte auf irgendwas Essbares, was ihm von oben vor die Füße fiel, schnurrte verführerisch, aber wurde enttäuscht. Ich hatte keinen Hunger, mein Frühstück bestand aus Kaffee, schwarz und bitter. Und kalt. Einzelne Sonnenstrahlen fielen durch das Fenster und tauchten den Raum in ein gelb-orangefarbenes Licht.

»Guten Morgen!«

Marlene trug ihren dunkelroten Satin-Bademantel, ihre Haare hatte sie zu einem Dutt hochgebunden, ein paar Strähnen hatten sich selbstständig gemacht und kringelten sich in ihrem Nacken. Ich blinzelte, sie sprang durch die Küche, erst zur Kaffeemaschine, dann zur Schublade, dann zum Schrank, dann zum Kühlschrank und dann saß sie mir gegenüber, trank heißen schwarzen und bitteren Kaffee und biss in eine Scheibe Kartoffelbrot mit Kirschmarmelade.

Stumm sahen wir uns an. Sie kauend, ich ängstlich.

»Fünf Monate und ein paar Tage«, sagte sie.

Ich sah sie nur weiter an. Sie schluckte, wischte sich mit der Serviette über den Mund, stand auf und holte den Kalender, der an der Wand neben dem Vorratsschrank hing. Auf dem Rückweg fischte sie einen schwarzen Edding aus der Schublade unter dem Besteck. Dann setzte sie sich wieder an den Tisch und begann, im Kalender herumzukritzeln.

Ich starrte weiter und versuchte, mir die junge Marlene vorzustellen, die achtzehnjährige Marlene, ohne Falten um die Augen, ohne die Brille, die unbeschwerte, leichte Marlene. Es wollte mir nicht richtig gelingen. Das Rot von ihrem Bademantel verschwamm vor meinen Augen.

»So, fertig«, rief sie plötzlich, steckte energisch die Kappe auf den Edding und schob mir den Kalender zu.

»Was ist das?«

»Schau hin.«

»Marlene, was ist das?«

»Das ist mein Countdown, unser Countdown.«

Leicht klang das. Unbeschwert. Plötzlich.

Ich drehte den Kalender um 180 Grad, las und las und las noch einmal.

»Meinst du das ernst?«, fragte ich dann.

Marlene überlegte ein paar Sekunden, biss noch mal von ihrem Brot ab, bevor sie dann kauend antwortete.

»Wir müssen das hinkriegen, Elli. Irgendwie. Und die Tage zu zählen, ist vielleicht ein Anfang.«

Ich blickte wieder auf den Kalender, sah wieder in Marlenes Gesicht.

»Das ist widerlich.«

»Du meinst, dass ich sterbe?«

»Ich meine, die Tage zu zählen.«

»Warum ist das widerlich?«

»Normale Menschen machen so was nicht.«

»Sterbende schon.«

Der letzte Satz klang ein, zwei Minuten nach, hallte lautlos durch die Küche, pendelte zwischen meiner Mutter und mir stumm hin und her, dann kapitulierte ich. Mit Marlene zu streiten, war, wie mit Klamotten schwimmen zu gehen. Man konnte sich noch so sehr anstrengen, früher oder später ging man unter.

»Elli«, sagte Marlene leise.

»Elli, mach dir keine Sorgen. Ich habe einen Plan.«

16.

Graue Haare hatte der Arzt gehabt. Graue Haare und einen Leberfleck auf der Wange, recht groß, aber nicht hässlich. Insgesamt, wenn man das gesamte Gesicht betrachtete, machte der Fleck es nicht hässlich, auch nicht schön, es war okay. Untersucht hatte er sie, einmal gründlich, großes Blutbild, Ultraschall, viele Fragen, kalte Hände auf ihrem Körper tastend, prüfend, verweilend, drückend und suchend. Dreimal war sie bereits da gewesen, und dann hatte der Arzt sie angerufen, ob sie persönlich reinschauen könne. Natürlich konnte sie, und dann hatte er ihr gesagt, dass es nicht gut aussehe. Gar nicht gut. Es gebe natürlich Möglichkeiten, aber das wären eigentlich keine Möglichkeiten, er habe da eine sehr realistische Sicht der Dinge.

Sie würde sterben. Über kurz oder lang, eher über kurz.

Aha.

Sie hatte genickt, dann geweint, dann wieder genickt und war dann nach Hause gefahren. Elli war bei einer Freundin, und sie hatte sich eine Badewanne eingelassen, mit Lavendelöl aus der Provence, es dann vergessen und war im Keller aufgewacht, zwischen den Kartons mit den Altkleidersachen. Sie hatte das grüne Hemd gesucht, das sie vor ein paar Jahren noch so gern getragen hatte. Plötzlich hatte sie Angst bekommen, um das Hemd, musste es finden, unbedingt. Greta und sie hatten es in Spanien auf einem Markt gekauft, 5.000 Peseten sollte es kosten, auf 3.500 hatte sie den Händler heruntergehandelt. Das Hemd war aus dunkelgrünem Leinenstoff, die Ärmel liefen trompetenförmig auseinander, der Kragen war weit ausgeschnitten. Die Farbe stand ihr, passte gut zu ihren Augen, wenn sie das Hemd trug, fühlte sie sich schön.

Elli war damals sechs Jahre alt gewesen. Sie selbst gerade vierundzwanzig Jahre. Sie war jung gewesen. In Spanien fühlte sie sich leicht, unbeschwert, sie schlief bis mittags, aß fast nichts, lag den ganzen Tag in der Sonne, rauchte viel und trank dabei fast ebenso viel Gran Reserva. Sie bekam erst einen Sonnenbrand, dann wurde ihre Haut ganz dunkel, und Greta verliebte sich in den Kellner der kleinen Bodega, wo sie jeden Abend saßen, tranken und fast nichts aßen, und dann schaffte sie es.

Sie vergaß.

Die Verantwortung, die Sorgen, die Wut.

Ihr Kind.

Marlene hatte sich ihr Leben anders vorgestellt, es war nicht schrecklich, es war irgendwie nicht ihres, es war schwierig. Sie war jetzt im zwölften Semester, sie wusste nicht, was danach kommen sollte, wusste nicht, was sie machen sollte, wenn sich die WG nächsten Sommer auflöste, wusste nicht, wohin mit Elli, wusste nicht, was richtig war, wusste nicht, wie sie Ellis nächste Schuhe bezahlen sollte, wusste nicht, was sie machte, wusste nicht, ob sie noch ein bisschen jung war, wusste nicht ein und nicht aus.

Aber Spanien tat gut. War weit weg, hielt alles von ihr fern, ließ sie vergessen.

Greta nahm jeden Abend, wenn sie sich leicht schwankend und ein bisschen traurig zurück auf den Weg zu ihrer Pension machten, ihre Hand und hielt sie fest bis zu ihrer Zimmertür. Dann teilten sie sich auf dem Balkon noch eine Zigarette und dann schliefen sie ein. Todmüde und gleichzeitig hellwach.

Sie liebte Elli, aber manchmal fühlte sie sich verloren. In dieser Rolle als Mutter, als wäre alles ein Theaterstück und sie hätte den Text vergessen. Es war besser geworden, mit der Zeit, aber auch nach sechs Jahren stimmte da etwas noch nicht. Passte etwas noch nicht, klappte irgendwas noch nicht. Es lag nicht an Elli. Es lag nicht an ihr. Es lag an dem, was sie gern geworden wäre. Wenn sie eine Chance gehabt hätte. Aber die hatte sie nicht gehabt. Sie mochte Alice Schwarzer. Ja, das tat sie. Aber das wäre niemals eine Option gewesen. Dieser Weg.

Für ihre Eltern war eine Welt zusammengebrochen. Geschämt hatten sie sich. Böse Worte waren gefallen. Worte, die andere sagten, aber doch nicht ihre Eltern. Evelin und Otto waren plötzlich nicht mehr Evelin und Otto, sondern zwei Fremde. Sie spürte die Schuld und die Scham, aber sie konnte nichts tun. Und dann war Elli plötzlich da, veränderte alles, und kein halbes Jahr später zogen sie beide in die ferne Stadt. Gegen alle Widerstände. Unvernünftig war sie, dumm, mutig und naiv. Mit einem sechs Monate alten Säugling in eine Studenten-WG zu ziehen, das brachte ihr Unverständnis, aber auch noch etwas anderes. Neues.

Respekt und Bewunderung.

Das half. Half so sehr, am Anfang, aber am Ende war sie immer allein. Immer. Marlene erinnerte sich nicht gern an damals, an diese ersten Jahre. Sie verlangten viel von ihr, brachten sie an ihre Grenze, darüber hinaus und hinterließen ihre Spuren. Alt fühlte sie sich. Schon damals. Älter als alle anderen in ihrem Jahrgang, an der Uni, in der WG. Älter als der älteste Mensch der Welt.

An einem normalen Tag stand sie gegen fünf Uhr auf, duschte kalt, weil die Therme erst gegen sechs Uhr ansprang, zog sich an und machte Elli eine Flasche Milch warm. Dann weckte sie sie, wusch sie, zog sie an und brachte sie gegen 6.30 Uhr rüber zu Peter. Peter studierte Theologie im 16. Semester, arbeitete nachts als DJ in einer Dark-Wave-Disco und war sehr dünn. Um diese Zeit kam er immer nach Hause, setzte sich in die Küche, rauchte und trank schwarzen Tee mit Zitrone und verbrachte sein »Cool Down«, wie er es bezeichnete, mit der dreijährigen Elli. Marlene eilte aus dem Haus. Ihr Job in der Bäckerei begann um sieben Uhr. Zwei Stunden lang verkaufte sie jeden Morgen Brötchen, dann fuhr sie wieder nach Hause und brachte Elli in den Kindergarten. Auf dem Weg dorthin aßen beide die Milchbrötchen, die Marlene mitgebracht hatte, und dann trennten sich erneut ihre Wege. Nach der Uni holte Marlene Elli wieder ab, brachte sie zurück in die WG, tröstete sie, oft, schimpfte mir ihr, oft, und eilte dann weiter ins italienische Restaurant. Das Trinkgeld war gut. Und Elli oft allein in der Sechser-WG. Weil alle am Anfang so viel Respekt hatten und doch am Ende fast nichts davon übrig blieb.

Manchmal an den Wochenenden, da war es schön. Wenn die WG-Besetzung gut war, wenn die Menschen passten und nicht nur zum Zweck zusammenlebten, dann war es schön. Wenn Greta sonntags einen Napfkuchen backte, immer mit Hut. Und mit Kakao und Puderzucker. Und dann alle in der Küche saßen um den großen Tisch, rauchten und aßen. Das war gut, tat gut, das gefiel Elli. Das spürte Marlene. Und dann tat es nicht mehr so weh.

Später, es kam ihr vor wie eine Ewigkeit, aber das war ja lächerlich, sie war ja noch jung, damals, eigentlich, dann wurde es besser. Finanziell, sie erbte das Haus von Onkel Heinrich, sie bekam den Job im Verlag, sie zogen in ihre alte Heimatstadt, dann der erfolgreiche Sprung in die Selbstständigkeit, weniger Sorgen, weniger Menschen, mehr Lebenserfahrung, aber die Albträume blieben.

Ellis Albträume.

Marlene hasste sie. Diese Träume. Sie machten ihr Angst, sie war hilflos, schuldig, fühlte sich so. Zumindest.

Alles veränderte sich. Nur die Träume blieben. Als Elli ungefähr vier Jahre alt war, begannen sie. Eines Nachts wurde Marlene durch einen schrillen Schrei aus dem Schlaf gerissen. Sie sprang auf und eilte die zwei Meter durch den Raum zum Kinderbett. Elli sah sie nicht, sie saß und schrie und schrie und schrie und sah immer noch nichts. Als wäre sie in eine Art Trance versetzt worden, durch irgendwas, irgendwen. Marlene streichelte erst, flüsterte, versuchte zu trösten, dann packte sie schließlich ihr Kind und nahm es hoch und drückte es fest an sich. Elli wehrte sich, das Schreien wurde lauter, dann leiser, endlich, und am Ende spürte Marlene, wie sich etwas Warmes, Nasses an ihrem Bauch unter dem altem T-Shirt ausbreitete.

Es war vorbei.

Und es begann in dieser Nacht.

Es gab Wochen, da schlief Elli durch, es gab Wochen, da passierte es dreimal in der Nacht. Marlene wusste nicht warum, Elli erinnerte sich nie, beide litten darunter, es machte ihnen Angst. Nichts half.

Fünf Monate und genau sechs Tage blieben ihr, wenn sie von den sechs Monaten ausging. Fünfunddreißig Jahre war sie alt. Ihren 36. Geburtstag würde sie nicht mehr erleben, wenn sie von den sechs

Monaten ausging. Ellis 18. Geburtstag würde sie nicht mehr erleben, wenn sie von den sechs Monaten ausging. Die Liste war nach unten offen. Es gab zu viel. Zu viel, was sie verpassen würde. Das machte sie taub, wie gelähmt fühlte sie sich, wie bereits tot.

Daher brauchte sie einen Plan. Für Elli. Sie musste das schaffen. Für Elli. Sie musste irgendwie Abschied nehmen. Von Elli. Für Elli. Sie spürte, dass das wichtig war.

Als sie ihr Arbeitszimmer verließ, ging draußen die Sonne auf. Elli saß in der Küche. Am Abend hörte sie Radio. Lady Di war gestorben. Bei einem Autounfall in der vergangenen Nacht. Marlene stand nackt im Bad auf der Waage und zündete sich eine Zigarette an. Der Rauch stieg auf, kringelte sich und verschwand aus dem halb offen stehenden Fenster nach draußen.

Das grüne Hemd lag vergessen, aber ordentlich gefaltet auf dem Rand der Badewanne.

17.

Tillman und Tobias standen ganz oben auf den Sprungtürmen. Tillman auf dem fünf Meter, Tobias ein Stück höher auf dem 7,50 Meter hohen Turm. Ich konnte sie nicht verstehen, aber sie schienen sich etwas zuzubrüllen. Sie lachten, täuschten an, zogen ihre Badeshorts immer wieder hoch, zogen das Hosenband nach, knoteten sorgfältig, gestikulierten, brüllten, täuschten an, zogen und zogen und sorgten dafür, dass der Bademeister böse zu ihnen heraufschaute.

»Sind sie schon?«, fragte Julia träge.

Sie lag neben mir, und neben ihr lag Sophie und daneben lagen Niels und Micha und dann lag er da.

Lars.

Ich sah hoch zu den Türmen, schirmte mit meiner Hand mein Gesicht ab. Die Sonne stand hoch am Himmel, es war Mittag, Sommer, 30 Grad, die ganze Stadt schien sich im Freibad versammelt zu haben.

»Nein«, sagte ich.

»Diese Idioten«, murmelte Julia und drehte sich vom Rücken auf den Bauch.

Wenn man siebzehn Jahre alt ist und ergo noch keinen Führerschein besitzt, dann verbringt man viel Zeit im Freibad. Es ist günstig, sozial, man sieht Haut und zeigt Haut und fühlt sich gut. Leicht. Man spielt, im Freibad spielt man. Mit dem Wasser, den Jungen, dem Beachvolleyball. Man ist siebzehn und darf offiziell spielen. Wo kann man das sonst noch tun?

Wir trafen uns seit Jahren jeden Sommer hier, meine Clique und ich, immer war jemand da, man konnte ins Bad fahren und wusste, man war nicht allein. Pommes mit Ketchup und Mayonnaise und Lakritzbrezeln vom Kiosk. Manchmal schmuggelte jemand ein Bier mit hinein. Manchmal gab es Wodka aus der Wasserflasche mit Brausepulver. Aber nur, wenn Swantje vorbeikam. Deren Vater hatte einen Getränkehandel, sie Depressionen. Sonnenbrand und blaue Flecken am Oberarm, vom Boxen, vom Spaßmachen, vom Jungen-die-Mädchen-Ärgern. Knutschen auf feuchte Bastmatten, sandige Füße vom Volleyballfeld, verdreckte Toiletten, Umkleiden, die nie jemand benutzte.

Warum auch immer.

»Haste noch eine für mich?«

»In der Tasche.«

Sophie begann, in Julias Beutel herumzukramen, holte schließlich eine Zigarettenschachtel heraus und zündete sich eine an. Dann ließ sie sich wieder zurückfallen, schob ihre Sonnenbrille über den Kopf und sah mich an.

Alles in Ordnung?

Ihre Lippen bewegten sich lautlos.

Ich behielt meine Sonnenbrille auf der Nase und nickte leicht.

»Ey, ihr seid solche Luschen!«

Ich zuckte zusammen, kleine Wassertropfen trafen mich am Rücken. Tobias war plötzlich aufgetaucht und stand hinter uns. Er schüttelte seine langen Haare und verteilte noch mehr Wassertropfen, Julia schrie auf und begann, laut vor sich hin zu schimpfen. Micha sprang auf und nahm Tobias in den Schwitzkasten, Tillman kam ihm zu Hilfe, Niels seinem Kumpel. Sophie legte ihren Kopf in den Nacken und formte mit dem Rauch und ihrer Zunge kleine Kreise in die Luft, Lars legte sein Buch zur Seite, ich fror.

Ich weiß nicht, ob sie noch meine Freunde wären, wenn sie wüssten, wer ich wirklich bin, wie ich wirklich bin, dachte ich.

Wie leicht es doch ist, sich selbst zu verstecken, dachte ich.

Und man kann dabei sogar ganz glücklich sein, dachte ich.

Eine Fassade kann einen glücklich machen, tatsächlich, so ist das, es ist wie mit einem schönen Bild, es ist nur ein Bild, aber Menschen sehen es, verlieben sich, fühlen es und wollen es besitzen. Dieses Glück, das durch den reinen Anblick dieses Bildes entsteht. So geht es mir auch, dachte ich. Ich sehe mich, hier oder anderswo, mit ihnen albern, reden, trinken, feiern, lachen und es macht mich glücklich. Dieses Bild macht mich glücklich.

Wann sage ich ihnen, dass meine Mutter stirbt?

»Hey!«

Ich schreckte aus meinen Gedanken hoch, schreckte zusammen, als sich Lars neben mir fallen ließ, im Schneidersitz, das Buch in einer Hand, die andere locker das Handgelenk umfassend.

So viel Lars, so plötzlich, so nah, neben mir.

»Hey.«

Lars schüttelte leicht seinen Kopf, seine kinnlangen Haare glänzten in der Sonne, und lächelte mich an.

»Warst du noch gar nicht im Wasser?«

Ich zog meine Beine an, umschlang sie mit meinen Armen.

»Nein, ich denke nicht.«

»Wie bitte?«

»Nein.«

»Was?«

»Du liest Proust.«

»Ich versuche es.«

»Meine Mutter wird sterben.«

Erschrocken sah ich hoch, ihn an.

Lars sagte nichts, hielt das Buch, hielt sein Handgelenk, hielt sich an beiden fest, suchte meinen Blick, ließ ihn wieder los und hörte auf zu lächeln. Hörte auf, umwerfend zu sein. Hörte auf, Lars zu sein, sondern verschwamm vor meinen Augen, verschwamm in den Tränen, die in meine Augen schossen.

Schnell stand ich auf. Schlüpfte in meine Turnschuhe. Und ging. Nahm nichts mit, ließ alles da. Ließ alles zurück.

Am Fahrradständer blieb ich stehen. Sah auf mein weißes Hollandrad hinab, wischte mir mit den Händen über die Wangen, spürte keinen Ärger, keine Wut, nur Verzweiflung. Der Schlüssel für das Sicherheitsschloss lag in meinem alten Armeerucksack. Drinnen, neben Julia.

Ich bin ein Freak, dachte ich.

Auf der Suche nach der verlorenen Zeit.

Vielleicht war das hier tatsächlich nur meine eigene Wahrheit, meine ganz subjektive Realität, die nur meinen Kosmos darstellte, und jeder andere, jeder außer mir, nahm das alles hier ganz anders wahr.

Vielleicht ist das ja so, dachte ich. Wie schön wäre das, dachte ich.

Und in diesem Moment nahm jemand meine Hand.

18.

I'm only happy when it rains
I'm only happy when it's complicated
And though I know you can't appreciate it
I'm only happy when it rains [2]

Shirley Manson in meinem Zimmer, Sophie auf meinem Bett, Fritz auf der Fensterbank. Die Sonne war untergegangen, ein leichter Wind blies die Vorhänge in den Raum, blähte sie auf, bis sie wieder in sich zusammenfielen, um sich gleich darauf erneut durch das Zimmer zu schlängeln.

Sophie hatte meine Hand genommen, natürlich war sie es gewesen, hatte sie gedrückt, mich festgehalten, mich getröstet, wortlos, hatte dann meinen Rucksack in meinen Fahrradkorb gelegt und war mit zu mir gefahren. Mit keinem Wort hatten wir Lars erwähnt, hatten nicht darüber gesprochen, was ich gesagt hatte, was ich getan hatte, sie hatte bei mir übernachtet, wir hatten Musik gehört, waren dann eingeschlafen, waren erst am frühen Nachmittag aufgewacht, hatten geraucht, Kaffee getrunken, Fanta mit Limettensaft und wieder Musik gehört. Viel Garbage, ein bisschen Rage Against The Machine, später REM und Faith No More und dann wieder viel Garbage.

Jetzt saß ich auf dem Boden, lehnte meinen Rücken an mein Bett, sah aus dem Fenster und hörte Sophie über mir auf dem Bett atmen. Sie lag auf dem Bauch, sah ebenfalls aus dem Fenster und rauchte.

»Erzähl mir von dem Plan, den Marlene hat.«

Ich ließ meinen Kopf nach hinten fallen, fühlte die weiche Matratze, schloss meine Augen und seufzte laut.

»Das ist ein Scheißplan.«

Ich hörte, wie Sophie tief inhalierte und dann langsam ausatmete. Fritz sprang von der Fensterbank und kam zu uns herüber.

»Erzähl ihn mir trotzdem.«

Ich öffnete meine Augen, hob meinen Kopf und starrte wieder geradeaus.

»Da gibt es nicht viel zu erzählen. Sie sagt, sie will es richtig machen und noch ein paar Sachen erledigen. Sachen, die wichtig sind, damit es leichter für mich ist.«

»Und was ist daran schlecht?«

Ich zog meine Beine an und drehte mich zu meiner Freundin um.

»Alles.«

Sophie zog die Augenbrauen hoch, strich sich eine Haarsträhne aus dem Gesicht und sah mich fragend an.

Ich fuhr fort.

»Es klingt wie einer ihrer Kurzromane. Es klingt billig. Es klingt zu einfach. Es klingt falsch. Einfach nur falsch. Es klingt wie die Zusammenfassung von dem, was ich an Marlene hasse. Was ich seit Jahren an ihr hasse.«

Ich sah Sophie ruhig in die Augen. Sie erwiderte meinen Blick. Ebenso ruhig. Ihre Augen funkelten in der Dämmerung. Wie ein Feld voller Kornblumen, wenn die Sonne langsam am Horizont untergeht und sich die letzten Strahlen in dem Blau der Blüten verfangen.

»Ich hasse es. Und sie tut es immer wieder. Sie meint immer zu wissen, was für mich das Beste ist. Sie bevormundet mich. Sie macht mich lächerlich. Sie bestimmt und ich muss folgen.«

Ein paar Minuten schwiegen wir. Fritz sprang auf das Bett und rollte sich neben Sophie zusammen. Sie begann, ihn am Kopf zu kraulen, unterhalb des Kiefers. Fritz rekelte sich wohlig. Shirley Manson verstummte.

»Sophie?«

»Ja?«

»Passiert das alles wirklich?«

»Du meinst das mit Marlene?«

»Ja.«

»Ja.«

Fritz schnurrte behaglich, es war mittlerweile ganz dunkel in meinem Zimmer.

»Es tut mir unendlich leid, Elli.«

»Ich will nicht Abschied nehmen«, sagte ich.

»Ich weiß.«

»Ich weiß nicht, was ich will«, sagte ich.

»Ich weiß.«

Ich hörte ein Feuerzeug klacken, ein Zischen, dann hielt Sophie mir eine Zigarette hin, ich nahm sie und nahm einen Zug.

Bald würde ich aufhören. Ganz bestimmt.

Ich horchte in die Dunkelheit. Überlegte.

Dann stand ich auf und ging zum CD-Player, drückte auf den Eject-Knopf, tauschte Shirley gegen Michael und sah zum Bett.

When your day is long
And the night, the night is yours alone
When you're sure you've had enough
Of this life, well hang on [3]

Fritz lag eng eingerollt neben Sophie. Sie hatte eine Hand in seinem Fell vergraben und die Augen geschlossen. Ihre Brust hob und senkte sich. Gleichmäßig und ruhig.

Sie schlief.

19.

Am ersten Schultag nach den Ferien regnete es. Ich saß in der Küche, frühstückte, Buchweizengrütze mit Zimt und Zucker, das aß ich immer, wenn ich zur Schule ging, nie in den Ferien, es schmeckte nur morgens um halb acht, das war so, es war einfach so, und hörte, wie der Regen gegen das Fenster prasselte. Der Wind stand ungünstig, ich würde es niemals trocken in die Schule schaffen. Mein Kopf schmerzte, das Radio lief, heute würde ich Lars wiedersehen. Zum ersten Mal nach dem Tag im Freibad. Zwei Wochen war das jetzt her. Es wurde Zeit. In der ersten Stunde hatte ich Deutsch, Herr Meisel legte Wert auf Pünktlichkeit, ich stellte meine Schüssel in die Spüle. Auf dem Weg nach oben betrat ich Marlenes Arbeitszimmer, zog das Tuch von Hansis Käfig, legte es sorgfältig zusammen, legte es auf Marlenes Schreibtisch, steckte etwas Vogelmiere zwischen die Stangen, holte meine Schultasche, zog meinen Regenmantel über, die Kapuze ins Gesicht und verließ das Haus. Marlene schlief noch. Hansi zwitscherte. Der Regen fühlte sich warm an. Irgendwie.

Es war zwanzig vor acht.

Als ich noch ziemlich klein war, da ist Marlene mal weggefahren. Nach Spanien. Wir wohnten damals noch in der Stadt, in der Marlene studierte, in der WG, aber Erwin war bereits ausgezogen, genauso wie Brigitte, die Lehrerin, und Sven-Bernd, der Sozialpädagoge. Wir wohnten noch dort, genauso wie der schwarze Peter und Greta, aber die eigentlich nur noch sporadisch, sie reiste bereits als Visagistin mit diversen Filmproduktionen durch die Republik und war kaum mehr zu Hause. Jedes Mal, wenn sie heimkam, hatte sie einen neuen Hut auf dem Kopf. Und während sie abends dann stundenlang in der Küche stand und in Kuchenschüsseln rührte und Teig knetete, erzählte sie Geschichten darüber, welcher Promi mit wem am Set was gehabt hatte, welcher Promi mit ihr am Set was gehabt hatte und welcher Promi am Set die meisten Pickel gehabt hatte. Marlene saß in dem Schaukelstuhl, den die dicke Vera bei ihrem Auszug vergessen hatte, trank Rotwein, rauchte, schaukelte und kicherte ab und zu. Ich saß auf dem Boden, zwischen meinem Spielzeug, und verstand wenig, aber genug, um mich gut zu fühlen. Eines Tages kam Greta in unser Zimmer gestürmt und packte meine Mutter an den Händen. Greta schrie laut und aufgeregt, Marlene hörte erst ungläubig zu und schrie dann auch laut und aufgeregt, und dann lief Marlene aus dem Zimmer zum Telefon und Greta beugte sich hinab zu mir, setzte mir ihren Hut auf, so einen dunkelroten, und strich mir mit dem Handrücken über die Wange.

»Deine Mutter braucht mal eine Pause, Schatz.«

Am nächsten Morgen brachten sie mich zu Evelin und Otto. Greta saß am Steuer ihres alten Renaults, Marlene stieg aus, klappte ihren Sitz nach vorn und half mir beim Aussteigen. Ich sah sie an, sie sah mich an, ein Kuss auf die Stirn, eine Umarmung, ein Seufzen, nein, zwei, Marlene und Greta, dann klappte die Tür und ich stand auf dem Bürgersteig.

Allein.

Ein älterer Mann fuhr auf dem Fahrrad vorbei, grüßte nicht, starrte geradeaus, das Kopfsteinpflaster ließ seinen Lenker wackeln. Es war früh und kalt.

Otto und Evelin schliefen noch, als ich klingelte.

Sie freuten sich. Evelin warf am zweiten Tag Gretas dunkelroten Hut aus Filz in die Mülltonne hinter dem Haus, während Otto mir zeigte, wie man die Mohrrüben erntete. Ich freute mich.

Marlene blieb fast drei Wochen weg.

Nach einer Woche rief sie an, sie komme etwas später. Greta ginge es nicht gut, Magenverstimmung, sie könnten nicht fahren, Greta müsste das erst mal auskurieren. Nach zwei Wochen war es der Renault, nach zweieinhalb eine plötzliche Migräne.

Evelin und Otto flüsterten manchmal miteinander, wenn ich das Zimmer betrat, und verstummten dann sofort. Sahen mich stattdessen an, voller Liebe und Zuneigung, und kamen auf mich zu, legten die Arme um mich, und dann standen wir für einen kurzen Moment einfach so da. Stumm, aber felsenfest, wir drei.

Nachts, wenn ich schreiend aufwachte und mich nicht erinnern konnte und wollte, wenn ich schrie und boxte, trat und biss und schließlich erschöpft in den Armen meines Großvaters zusammenbrach, dann weinte meine Großmutter und rang ihre Hände, rang um Worte. Fand keine und die beiden sahen sich stumm und blicklos an.

Am nächsten Morgen wurde ich bereits um 7.30 Uhr geweckt. Es gab Rührei mit dicken Schinkenstückchen. Evelins Augen waren geschwollen, mein Kopf schmerzte und auf der Fensterbank saß eine fette Elster.

Als der hellblaue Renault dann doch irgendwann am Haus meiner Großeltern vorfuhr, stand ich schon vor der Tür. Ich wartete, bis Marlene ausgestiegen war, griff nach meiner Tasche, die neben mir stand, zögerte und lief dann los. Marlene lächelte, bewegte sich nicht. Ihre Haut war ganz dunkel und sie sah sehr jung aus. Greta beugte sich über den Beifahrersitz, lächelte auch und winkte. Sie trug eine Baskenmütze, ihre Haare waren blonder als sonst, beide waren wie Marlene und Greta, nur anders.

Ich zog die Schultern hoch. Der Strickpullover, den ich trug, kratzte, ich wusste nicht, was ich sagen sollte.

»Elli, Propelli!«, rief Greta.

»Steig ein!«, rief Marlene.

Vor der Schule an den Fahrradständern traf ich Julia und Sophie. Julia hatte sich die Haare abgeschnitten. Ein Siebtklässler rempelte Sophie an, sie fiel gegen mich, wir lachten. In der Schule roch es nach Bohnerwachs und Regen, es war laut und hektisch. Wir eilten den Gang hinab.

Es war kurz vor acht.

Lars' Platz war gleich neben der Tür. Die Tische in dem Zimmer standen in einer U-Form und mein Platz war genau mittig, ich hatte das ganze letzte Halbjahr sein Profil betrachten können. Ich war eine gute Schülerin. Ich mochte Deutsch bei Herrn Meisel. Die Stunden vergingen schnell und machten Spaß.

Der Gong ertönte. Ich ging zu meinem Platz, ohne den Blick schweifen zu lassen. Sophie flüsterte mir etwas ins Ohr, ich verstand nicht, Herr Meisel war genau hinter uns, die Tür fiel ins Schloss, wir setzten uns.

Lars war nicht da.

Ich erinnere mich noch, wie Marlene später, als wir wieder in der WG waren, telefonierte. Sie schrie, rauchte dabei, schrie wieder und schlug mit der flachen Hand immer wieder gegen die Wand vor ihr.

Ich lag in meinem Bett, hielt Alfred in meinem Arm, weil das Kinder wohl so machen, wenn sie Angst haben, und hielt die Luft an.

Und zählte. Immer wieder. Ich konnte nur bis zwanzig, aber es reichte. Ich zählte, endete, zählte, endete und fragte mich, warum ich eigentlich ich war.

Ich sah zu Lars' Platz, spürte die Erleichterung, die Enttäuschung, die Erleichterung und dann wieder diese unendliche Enttäuschung.

Herr Meisel begann zu sprechen.

Und ich hatte das Gefühl, alles war zu spät.

20.
HEUTE

»Fassner.«

»Elli, ich bin es.«

Ich erkannte die Stimme sofort.

»Greta«, mein Mund verzog sich zu einem Lächeln. »Gerade habe ich an dich gedacht.«

»Tatsächlich? Verprügelst du gerade dein Kind?«

Ich konnte es nicht sehen, aber ich wusste, dass sich Greta jetzt grinsend eine Zigarette anzündete. Wie zur Bestätigung hörte ich sie tief ausatmen.

»Rauchst du etwa immer noch?«, fragte ich sie.

»Bist du immer noch so langweilig?«, entgegnete Greta.

Einen kurzen Moment sagte niemand etwas. Dann prusteten wir beide gleichzeitig los. Laut war es, das Lachen. Und es fühlte sich gut an. Befreiend. Ich spürte, wie sich etwas in mir löste. Wie Schlingen sich enthakten, Knoten sich auflösten.

»Geht es dir gut, mein Schatz?«, fragte Greta irgendwann, als wir wieder reden konnten.

»Ja, alles gut hier. Und bei dir?«

»Ich komme gerade aus München wieder.«

»Ach, ja, der Film …«

»Wie geht es Emma?«

»Sie wird mal Artistin.«

»Natürlich. Und wie geht es Holger?«

»Er hat wieder angefangen, Basketball zu spielen.«

»Elli …«

»Mir geht es gut.«

»Ich weiß.«

Wir plauderten noch zehn Minuten weiter. Greta erzählte vom Set, wer was mit wem und welcher Promi die meisten Pickel gehabt hatte. Dann erzählte ich von Emmas letzter Aufführung im Kindergarten und dann legten wir auf. Ich sah auf die Uhr, in zwanzig Minuten würde Emma nach Hause gebracht werden, ich musste mich mit dem Pfannkuchenteig etwas beeilen.

Hätte ich ihr von dem Koffer berichten sollen?

Ich biss mir auf die Lippen.

Dieser verdammte Koffer. Er wollte nicht mehr heraus aus meinem Kopf. Hatte sich dort festgesetzt.

Wusste Greta, dass er dort war? Wer hatte ihn eigentlich auf dem Dachboden abgestellt?

Etwas Mehl fiel auf die Arbeitsplatte, ich nahm einen Lappen, wischte es weg.

Es musste Greta gewesen sein, wer auch sonst? Greta hatte ja damals, zusammen mit Tante Inge und Jochen, alles geregelt und organisiert. Wahrscheinlich schien es ihr eine gute Idee gewesen zu sein.

Der Dachboden.

Morgen würde ich den Schlüssel zurücklegen und dann hätte das Ganze ein Ende.

Ich stutzte.

Welches Ganze? Welches Ende? Von was?

Wie lange war das jetzt her?

Dreizehn Jahre, sagte ich laut und stellte die Bratpfanne auf den Herd, ging zum Kühlschrank und holte die Butter heraus.

Wir haben kaum noch Aufschnitt, dachte ich. Irgendwann muss ich morgen noch einkaufen gehen, dachte ich. Emma liebte die italienische Mortadella und Holger aß sie auch gern.

Vor ein paar Jahren, kurz nachdem wir uns kennengelernt hatten, hatte er mich einmal mit einem Picknick überrascht. Ich wohnte damals noch im Studentenwohnheim. Es war ein Samstag im Mai gewesen, schon ziemlich warm, fast sommerlich, ich hatte gerade meine Hausarbeit »Radikaler Konstruktivismus versus Realismus« abgegeben, hatte lange geschlafen, dann gebadet und plötzlich stand Holger vor mir und streckte mir einen Korb entgegen. Er duftete nach frischem Brot und Kaffeebohnen und Sandelholz, und eine halbe Stunde später saßen wir im Park, tranken kalten Johannisbeersaft und aßen Ciabatta mit italienischer Mortadella und schwarzen Oliven. Holger fragte nach meinem Studium, erzählte von seinem, fragte nach meinen Hobbys, erzählte von seinen, fragte nach meinen Zukunftsplänen, erzählte von seinen, fragte nach meiner Familie und hörte auf, zu erzählen.

Abends legte er seine Jacke um meine Schultern und eine Decke über meine Knie.

Ein Jahr später erst stellte ich ihm Greta vor. Und dann noch mal ein Jahr später lernte er Jochen kennen.

Das Türklingeln riss mich aus meinen Gedanken.

Schnell stellte ich die Schüssel mit dem Pfannkuchenteig auf die Arbeitsplatte und lief zur Wohnungstür.

»Mama!«

»Hallo Spatz!«, rief ich und umarmte Emma, die sich mir mit offenen Armen entgegengeworfen hatte.

»Wie war der Musikunterricht?«

»Voll gut! Ich habe getrommelt!«

Emma machte sich von mir los und stürmte an mir vorbei in ihr Zimmer. Auf dem Weg dorthin schleuderte sie ihre Jacke auf den Boden und ihre Halbschuhe von sich.

»Emma, wo gehören deine Klamotten hin?«, mahnte ich seufzend und bückte mich bereits nach dem rechten Schuh, der genau vor meinen Füßen gelandet war.

»Hab doll Hunger«, brüllte meine Tochter aus dem Kinderzimmer.

»Es gibt Pfannkuchen«, brüllte ich zurück und musste grinsen, als Emma mit einem völlig verzückten Gesicht zurück in den Flur gerast kam.

»Mit Zimt und Zucker?«

»Natürlich mit Zimt und Zucker.«

Später, als ich im Bett lag und in der Dunkelheit nichts war, außer Holgers ruhige Atemzüge, da zog sich mein Magen plötzlich zusammen und ich spürte einen heißen, brennenden Schmerz, der sich langsam ausbreitete, aber nicht verschwand.

In dieser Nacht träumte ich.

Seit sehr langer Zeit.

Einen alten Traum.

Und erwachte erst, als ich über der Toilettenschüssel hing und mich erbrach.

3. Teil

Überleben

· · · · · · · · · · · · · · ·

Perfect Day
LOU REED

21.
1997

Als ich an diesem Tag aus der Schule kam, da saß Marlene im Wohnzimmer auf dem Sofa und rauchte. Auf ihrem Schoß lag ein altes Album, sie hatte sich die Haare zusammengebunden, unordentlich, ihre Bluse war aus der Hose gerutscht, ihre Füße nackt.

Marlene saß nie im Wohnzimmer, wenn ich von der Schule kam. Immer saß sie in ihrem Arbeitszimmer, selbst wenn sie nicht arbeitete, sondern einfach nur dasaß, im Schneidersitz auf ihrem Bürostuhl, und Löcher in die Luft guckte, also nachdachte über neue Helden, neue Heldinnen, neue Lieben, neue Dramen, alte Klischees und so etwas.

Das ist der Anfang, dachte ich stumm und böse, als ich sie fand. Im Wohnzimmer, rauchend und blass.

»Hey«, sagte ich.

»Komm bitte mal her«, sagte Marlene.

Sie roch ein bisschen nach Schweiß und nach Salbei und nach noch etwas anderem, als ich mich neben sie in die weichen Kissen fallen ließ.

»Muss du nicht arbeiten?«, fragte ich.

»Ich will mit dir reden«, sagte Marlene.

Krank. Sie roch krank.

Von oben hörte ich Hansi zwitschern, erst jetzt bemerkte ich die leise Musik, die aus dem CD-Player kam. Irgendwas Klassisches. Ich kannte es, mir fiel der Titel nicht ein, es war irgendwie absurd. Das alles hier.

Einen Moment lang sah ich Marlene ins Gesicht, prüfend, suchend, verständnislos.

»Ich weiß nicht, ob ich das kann, Marlene.«

Meine Mutter fuhr sich mit den Händen durch das Gesicht, begann dann langsam, zu nicken. Schließlich legte sie mir, ohne ein weiteres Wort, das Album in den Schoß, stand auf und ging.

Ihre nackten Füße hinterließen feuchte Spuren auf dem Parkett, ich sah nach unten, auf das Album, sah ihr nach und legte eine Hand auf den weichen, braunen, ledernen Umschlag. Dann klappte ich es auf.

Jochen.

Ich erkannte ihn sofort. Statt im Profil, lachte er mich jetzt an. Direkt, offen, strahlend. In der einen Hand eine Flasche Wein, in der anderen ein Wasserglas. Dann meine Mutter, mein Vater, Arm in Arm, am See, unter einem Baum, sehr eng, sehr verliebt, sehr kitschig. Dann er wieder, auf einer Mauer, über der Stadt, Wald im Hintergrund, das Hemd etwas aufgeknöpft, mit der Hand über den Augen, Sonnenblinzeln, ein Grübchen in der Wange, sehr jung. Dann zwei Paar Füße, im Sand, vom Wasser umspielt, braun gebrannt. Dann wieder Marlene, weglaufend, lachend, die Schuhe in der Hand, ebenso jung, strahlend. Auf dem nächsten wieder Jochen und Marlene, nebeneinander auf einem Sofa, verwackelt, rauchig, die Gesichter zueinandergewandt, ernst blickend, fast betrunken, sich stumm etwas erzählend. Dann er im Anzug mit Blumenstrauß, verlegen in die Kamera schauend, die Hand etwas gehoben, abwehrend.

Ich blätterte eine Seite nach der anderen um und versuchte, zu verstehen, was ich da sah, versuchte, zu übersetzen, versuchte, zu sortieren.

Auf der letzten Seite des Albums war ein kleiner Zettel eingeklebt.

Meine Fingerspitzen fühlten sich taub an.

Darauf standen ein Name, eine Adresse und eine Telefonnummer.

Abrupt stand ich auf. Das Album glitt zu Boden, ein paar Bilder fielen heraus, rutschten über das Parkett, verteilten sich zu meinen Füßen. Fritz sprang vom Sessel, ich hatte ihn noch gar nicht bemerkt, und kam neugierig näher.

»Marlene«, sagte ich tonlos. Meine Stimme schien mir nicht zu gehorchen. Ich sah nach rechts, nach links, nach unten, schloss für einen Moment die Augen, ballte meine Hände zu Fäusten, lockerte sie, ballte sie erneut und wartete.

Worauf?

Fritz begann, eines der Bilder mit seiner Zunge zu bearbeiten. Ich starrte ihn einen Augenblick an, kniete mich dann blitzschnell hin und schubste ihn grob weg. Er fauchte, machte einen kleinen Satz auf mich zu, als wolle er seine Beute verteidigen, lief dann aber aus dem Zimmer.

Ich sah ihm nicht nach, sondern streichelte über das Foto, strich es zwischen meinen Fingern glatt, drückte es an meinen Bauch und sah es prüfend an. Die feuchten Stellen waren kaum mehr zu sehen.

Er hat liebe Augen, dachte ich.

»Marlene!«, rief ich und begann, auch die anderen Bilder wieder einzusammeln, vorsichtig, behutsam, eines nach dem anderen. Ich steckte sie zwischen die Seiten, nahm mir diesmal mehr Zeit, sah die Fotos an, sah meine Mutter, sah meinen Vater, sah sie beide, und im Hintergrund lief noch immer dieses Lied.

Wie hieß es doch gleich? Es wollte mir einfach nicht einfallen.

Ein Name, eine Adresse und eine Telefonnummer.

Ich kannte den Namen der Stadt, war aber nie zuvor dort gewesen. Es war weit weg von hier. Vielleicht 300 Kilometer, vielleicht auch nur 200, ich konnte es nicht sagen. Vielleicht waren es sogar 400 Kilometer.

Nein, 400 sind es niemals, sagte ich. Sehr laut. Ich erschrak. Meine Stimme klang mir selbst fremd.

Was wusste ich schon?

Nichts wusste ich. Offenbar gar nichts.

»Marlene! Marlene!«, schrill klang ich.

Drehe ich jetzt durch? Fühlt es sich so an, wenn man durchdreht? Ist es jetzt so weit?

Ich starrte mit weit aufgerissenen Augen geradeaus, wartete, atmete, schnell, und wartete weiter.

Niemand kam.

Eine ganze Weile stand ich so da.

Dann nahm ich das Album, nahm die Fernbedienung für den CD-Player, nahm Marlenes Glas, das sie auf dem Wohnzimmertisch vergessen hatte, und ging. Es war dunkel geworden, während ich wartete, ich machte im Flur das Licht an, stellte das Glas auf die Anrichte und horchte.

Dann ging ich nach oben, in mein Zimmer.

An der Türschwelle verharrte ich kurz.

Fritz lag eingerollt auf meinem Bett. Ich legte das Album auf meinen Schreibtisch, klappte es auf, blätterte zur letzten Seite und nahm den kleinen Zettel heraus. Dann ging ich zum Bett, setzte mich erst, wartete wieder ein paar Minuten, schwang dann meine Beine auf die Bettdecke und rollte mich neben dem eingerollten Fritz zusammen.

Ein leises Schnurren war zu hören. Ich hielt den Zettel in meiner Hand umklammert und schloss die Augen.

Das Fenster stand leicht offen, irgendwo draußen auf der Straße lachte jemand, eine zweite Stimme rief etwas, mit einem leichten Surren ging die Straßenlaterne vor meinem Fenster an. Ich rückte etwas näher an Fritz heran, spürte, wie sich die Falten auf meiner Stirn langsam glätteten, mein Kopf schwerer wurde, meine Hand sich lockerte.

Dann war es wieder ganz still.

Ich hasse sie, dachte ich.

Während ich Marlenes tiefen und ruhigen Atemzügen unter mir, unter meinem Bett, direkt dort unten, auf dem Boden, lauschte und sich Traum und Realität langsam vermischten, bis alles ganz dunkel war.

22.

Die Musik war ohrenbetäubend laut. Marilyn Manson kreischte durch den Raum. Man konnte sich kaum bewegen, die Leute sprangen durcheinander, beugten sich nach vorn, richteten sich wieder auf und warfen ihren Kopf in den Nacken. *The beautiful people.* Hier in Michas Wohnzimmer, im Wohnzimmer seiner Eltern.

Sophie hielt meine Hand und zog mich durch den Raum, durch die Leute, ich bekam verschwitzte Haare ins Gesicht, wich glimmenden Zigaretten aus und stolperte über leere Bierflaschen auf dem Boden, die ich nicht sah, nur fühlte, taumelnd.

Freitagabend. Micha würde in knapp zwei Stunden volljährig werden. Seine Eltern waren bei Freunden. Die halbe Schule war hier. Die Polizei bereits wieder weg. Es war unglaublich stickig in diesem Zimmer, die Luft roch nach Illegalität und Schweiß und Alkohol. Mein schwarzes Hemd klebte bereits an meinem Rücken, genauso wie die Haare in meinem Nacken. Ich nahm einen Schluck aus meiner Bierflasche, ließ Sophie dabei nicht los und versuchte, in dem Getümmel jemanden zu erkennen.

Ihn natürlich.

»Hey!«, brüllte es an meinem Ohr.

Julia.

Ihre neuen, kurzen Haare klebten feucht an ihrer Stirn, sie fiel mir um den Hals und küsste mich dann auf den Mund. Ich hielt ihr die Flasche hin, sie ergriff sie, hielt sie weit über ihren Kopf, grinste mich noch einmal an und war verschwunden. Sophie zog an meiner Hand und ich ließ mich weiter treiben. Auf jeder Party war das so. Sophie stürzte sich immer als Erste in die Menge. Und ich folgte ihr dann, Hand in Hand, aber sie voran und ich hinterher. Sophie, die Erste, die Mutige, die Führende. Ich, die Schüchterne, die Zweite, die Mitläuferin.

Im wörtlichen Sinne, nicht im übertragenen, ja, ja.

Jemand trat mir auf den Fuß.

Ich erschrak. Fluchte und vergaß es sofort.

Da stand er.

Ich machte noch drei Schritte und ließ dann los.

Lars sah mich an.

Ich sah Lars an.

Und dann nahm ich seine Hand.

Vielleicht war das mein Schicksal. Hände zu halten. Oder meine Berufung, vielleicht sollte ich mir selbst öfter mal die Hand halten, mich führen, mutig sein, Hand in Hand sein.

Freak. Ich. Ganz klar.

Auf dem großen Balkon war es wunderbar kühl. Die Luft duftete noch nach Sommer, aber auch schon etwas nach Herbst. Als wären die beiden gemeinsam essen gegangen und könnten sich nicht einigen, wer bezahlen soll.

Wir waren nicht allein hier draußen, aber das war egal. Plötzlich.

»Ich muss dir etwas sagen«, sagte ich.

»Ich dir auch«, sagte Lars.

Ich ließ los, kramte in meiner Umhängetasche und fischte ein Päckchen Zigaretten heraus.

»Hier«, sagte ich und hielt ihm eine Kippe hin.

»Danke«, sagte er und hielt sich fest.

Ich inhalierte tief und hungrig und wusste für einen Moment nicht mehr, wer ich war. Ich verhielt mich wie jemand, der nichts mehr zu verlieren hatte, wie jemand, dem die Folgen seines Handelns egal waren, wie jemand, der über den Dingen stand. Ich verhielt mich wie jemand, der bald sterben würde. Der ohnehin bald nicht mehr da sein würde. Ich verhielt mich wie Marlene, wenn sie sich so benehmen würde, wie sie sich zu benehmen hätte, wenn alles normal laufen würde.

Woher kam dieser Mut?

War es Mut?

Fühlte es sich so an, zu sterben? War solch ein Verhalten schon das Sterben?

Wollte ich so sterben?

»Elli, ich ...«, begann Lars.

»Nein!«, sagte ich. Sehr laut.

Und sah ihn an. Er lehnte leicht vornübergebeugt mit den Ellenbogen auf der Brüstung, hielt die Zigarette einfach nur so, hatte sein Gesicht mir zugewandt, schaute mich ernst an, und mir fiel ein, dass er gar nicht rauchte.

Eigentlich.

»Es tut mir leid. Du weißt schon, im Freibad ...«, sagte ich leise.

»Mir tut es leid«, sagte er ebenso leise.

Ich nickte. Er nickte.

Ich suchte nach Worten. Eine große Müdigkeit kam über mich. Ich konnte nichts dagegen tun. Es war, als würde ich mich langsam entfernen, von mir selbst. Mühsam versuchte ich, meine Gedanken zu sortieren, Buchstaben zusammenzusetzen und daraus Wörter zu bilden und mit meiner Zunge Laute zu formen.

Lars wartete. Darauf, dass ich etwas antwortete, darauf, dass ich etwas tat, darauf, dass ich ihn in Ruhe ließ?

Ich wusste es nicht. Die Frage nach dem Sinn schoss mir in den Kopf und ich kapitulierte.

Sechs Wochen war das Todesurteil alt, seit gestern wusste ich, dass es Liebe war. Zwischen Marlene und Jochen. Und ich hatte eine Telefonnummer. Ich könnte ihn anrufen, wenn ich wollte. Meine Mutter schwieg ansonsten. Und ich versuchte.

Was eigentlich?

Sollte Lars mich ficken? Mich lieben? Mich retten? Was erwartete ich von ihm, von dieser Situation, in die ich uns selbst gebracht hatte?

Mein Magen zog sich schmerzhaft zusammen, ich drückte die Zigarette auf der Brüstung aus, warf sie dann einfach so in die Dunkelheit. Lars tat es mir nach.

Dann drehte ich mich zu ihm, sah in seine Augen, sah zu Boden und dann wieder zu ihm hinauf.

»Alles klar bei dir?«, fragte Lars.

Nein.

»Ich glaube, ich werde Sophie mal suchen gehen.«

»Echt?«

Nein.

»Ja.«

»Elli, ich wollte dir …«

»Nicht.«

»Sicher?«

Nein.

»Ja.«

»Okay.«

Sophie stand mit Roland in der Ecke und redete. Als sie mich sah, kam sie auf mich zu. Ich schlang meine Arme um ihren zierlichen Körper und drückte sie, so fest ich konnte. Sie versteifte sich erst, erwiderte meine Umarmung aber dann ebenso kräftig. Ihr Atem roch nach Hubba Bubba und Wodka.

»Schlaf gut«, flüsterte sie in mein Ohr.

»Du auch«, flüsterte ich zurück und dann lösten wir uns voneinander, und ich holte meine Jacke aus dem Schlafzimmer von Michas Eltern. Über dem Ehebett war ein Kreuz aufgehängt. Es war aus braunem Holz und war mit kleinen Schnitzereien verziert. Daneben hing ein Familienfoto. Micha, ein Mann und eine Frau, offenbar seine Eltern, seine kleine Schwester Dörte, sie war zwei Jahrgänge unter uns, ich kannte sie vom Sehen aus der Schule, und ein schwarzer Labrador. Alle lächelten auf dem Bild, sogar der Hund. Ich stand ein paar Minuten vor dem Bett und dachte nach. Dann zog ich meine Jacke an, strich durch meine Haare, strich sie glatt und verließ das Zimmer.

Auf dem Fahrrad fühlte ich nur den Fahrtwind.

Sonst nichts.

23.

Marlenes Rücken schmerzte. Hart war der Boden gewesen. Nicht kalt, komischerweise überhaupt nicht kalt, so ohne Decke, unter Ellis Bett, aber sie hatte das Gefühl, jeden Wirbel und jeden Knochen in ihrem Rücken zu spüren. Auch noch nach vierundzwanzig Stunden. Marlene legte die Hände auf ihr Gesicht, rieb sich mit den Fingern in kreisförmigen Bewegungen die Augen und seufzte laut.

Alt.

Ich bin ja auch alt, dachte sie ironisch.

Und krank.

Krank bin ich auch, dachte sie. Ohne Ironie.

Langsam drehte sie sich auf die Seite und zog die Beine an. Jetzt lag sie in der Embryostellung auf ihrem weichen Bett und starrte den alten Wecker an. 7.25 Uhr zeigte er. In fünf Minuten würde er klingeln. Wie jeden Morgen, aber sie würde ihn ignorieren. Ebenfalls wie jeden Morgen.

In letzter Zeit war sie ohnehin bereits immer vor der Zeit wach.

Vor der Zeit, dachte sie. Was ist das eigentlich für ein Ausdruck? Wie kann etwas vor der Zeit sein?

Ihr Blick glitt über ihren Nachttisch und blieb bei dem Zettel hängen, den sie gestern Abend dort hingelegt hatte. Weiß war der Zettel und dicht beschrieben mit ihrer Schrift. Sie hasste ihre Schrift. Sie war unruhig, unordentlich und unbeständig. Kaum leserlich also, und sie fand den Gedanken, dass man den Charakter von der Handschrift ableiten könnte, einfach nur fürchterlich.

Sie wollte nicht so sein. Sie wollte so nicht sein.

Gestern Abend im Bett hatte sie die Liste noch ergänzt. Ja, sie hatte eine Liste. Die Liste war ihr Plan. Oder umgekehrt, das war völlig gleichgültig. Wichtig war nur, dass sie nun fertig war und dass nun angefangen werden musste.

Es gab noch so viel zu tun.

Marlene richtete sich leicht auf, stützte sich auf den Ellenbogen und nahm die Liste in die Hand, betrachtete sie, blind, und las sie dann zum hundertsten Mal.

Sie hatte sie durchnummeriert. Von eins bis zehn. Und die Zahlen jeweils unterstrichen, ebenfalls unordentlich, mit unruhigem Strich, aber bestimmt und mit gutem Willen.

Das war nicht ihre Art. Überhaupt nicht, alles, das Durchnummerieren und das Unterstreichen, diese Ordentlichkeit, die überraschte sie. Ließ sie stumm die Liste anstarren, genauso wie gestern Nacht, so auch heute Morgen, sie hatte sich auch im Schlaf nicht daran gewöhnen können. Listen machen, das war nicht sie. War sie nie gewesen. Selbst das Erstellen eines Einkaufszettels war ihr immer wie die Spießigkeit in Person vorgekommen. Ein Synonym für die zwanghafte Art des Menschen, alles und jeden zu berechnen, berechnen zu müssen. Bloß keine Spontanität, keine Flexibilität. Immer nur Fressen nach Zettel.

Ein durchdringendes Klingeln lenkte sie einen Moment ab. Sie schlug auf den Wecker, stöhnte dabei, der harte Boden, ihre Knochen, jede Bewegung tat ihr weh, und sah dann wieder auf die Liste.

Punkt eins war bereits passiert. Sie nahm den Stift, steckte ihn zwischen ihre Zähne und zog an ihm, die Kappe blieb zwischen ihren Lippen, der Stift fühlte sich gut an in ihrer Hand, sie drückte mit ihrer Zunge von innen gegen die Kappe. Dann machte sie einen Strich, er begann links am Rand des Zettels, begann an der Zahl und endete mit dem letzten Wort.

Zufrieden sah Marlene auf das Blatt Papier, nahm die Kappe und steckte sie auf den Stift.

Erledigt, dachte sie.

Erleichterung, fühlte sie.

Und dann brannte etwas in ihr plötzlich, wie Flammen, die hoch loderten, wenn das Holz besonders trocken war. Sie krümmte sich zusammen, legte ihre Hände auf ihren Bauch und versuchte, etwas zu tun, zu löschen vielleicht, drückte mit beiden Fäusten in ihren

Bauch, aber sie kam nicht dagegen an. Stattdessen sprang sie auf, torkelte, fing sich und lief dann Richtung Bad, aus ihrem Schlafzimmer hinaus, auf den Flur, brach vor der Toilette zusammen und erbrach sich.

Nichts.

Nur Magensäure und eine trübe Flüssigkeit, nichts Wirkliches kam aus ihr heraus, nur trockenes Husten, Keuchen und Krämpfe in ihrem Bauch, die sie erschütterten. Mit beiden Armen umklammerte sie die Toilettenschüssel, als wolle sie sie nie wieder loslassen, es war natürlich mehr ein Festhalten als eine Umarmung, aber sie gab ihr Halt. Und das war momentan das Wichtigste.

Zwischen dem Würgen hörte Marlene Hansi. Er zwitscherte in ihrem Arbeitszimmer vor sich hin, wartete auf sie, vielleicht, vielleicht aber auch nicht. Die Vorstellung, dass er es tat, machte Marlene irgendwie Angst.

Sie versuchte, damit aufzuhören, mit dem Denken, sondern das hier zu Ende zu bringen.

Sie war irgendwie ganz schön kaputt.

Ich bin ganz schön kaputt, dachte sie.

Nach ein paar Minuten wurde es besser. Sie spürte, dass ihr Magen wieder ruhiger wurde, sich entspannte, die Flammen züngelten nur noch leicht über den Boden. Das Brennen war fast weg.

Als sie irgendwann vor dem Waschbecken stand und sich die Hände wusch, die Zähne mussten nun erst mal warten, das wusste man ja, da sah sie auf den Radiowecker.

8.30 Uhr.

Ich bin nach der Zeit, dachte sie.

Dann öffnete sie den Badschrank und nahm die Tablettenbox heraus. Montag, Dienstag, Mittwoch, Donnerstag, und so weiter und so fort. Sie schob den durchsichtigen Deckel bis zum Freitag und kippte den Inhalt in ihre Handfläche. Mit einer kurzen, heftigen Bewegung schluckte sie die Tabletten hinunter und nahm dann ihr Zahnputzglas und trank es aus.

Dann sah sie in den Spiegel und versuchte, nicht zu lächeln.
Zeit für Punkt zwei, dachte sie und schloss die Augen.

24.

Als Greta die Tür öffnete, wusste ich, dass die nächste Stunde eine Katastrophe werden würde.

»Schatz«, schnauzte Greta.

Ich sah zu Marlene. Greta sah zu mir. Marlene sah auf den Boden. Greta sah zu Marlene. Ich sah zur Decke. Marlene sah auf den Boden. Greta verdrehte die Augen.

Dann griff sie nach unseren Armen, jeweils den linken meiner Mutter und den rechten von mir, und zog uns in ihre Wohnung. Stumm und steif standen wir im Flur. Hintereinander, alle drei, weil so viel anderes zwischen und neben uns stand, dass es nicht anders ging.

Gretas Wohnung erinnert ein wenig an eine Filmkulisse. An eine alte, etwas verlebte Filmkulisse. Und jeder Raum in ihrer Wohnung stellt einen anderen Film dar. Ihr Flur beispielsweise könnte der Eingangsbereich eines Pariser Puffs in den Zwanzigerjahren sein. Schwerer, roter Samt, dunkles Holz, ein Kronleuchter an der Decke, der die gesamte Breite des Flurs ausfüllt, Kopien von Toulouse-Lautrec an den Wänden, vor dem roten Samt, eines neben dem anderen, ein großer bodenlanger Spiegel aus Gold dazwischen, eine Garderobe, Federboas – eine in Pink und zwei in Lila. Und neben der Tür, natürlich, ein Regal voller Hüte. Dutzende mussten es sein.

»Alkohol?«, fragte Greta.

»Nein«, sagte Marlene.

»Bitte«, sagte ich.

Greta lachte am lautesten, schob uns in ihr Wohnzimmer und ich glitt mit meinen Fingern durch die Federn der lila Boa. Sie fühlten sich nicht so weich an, wie ich es mir vorgestellt hatte.

Traditionelle japanische Musik empfing uns. Eine dazu passende Biwa-Laute stand dekorativ in der Ecke auf einem kleinen Schränkchen, zwei Paravents trennten Essbereich von Wohnbereich, man hatte das Gefühl, gleich würde Richard Chamberlain als letzter Samurai durch die Schiebetür kommen.

Greta ließ uns allein, ich mich auf den schwarzen Futon fallen, und Marlene war wieder verstummt, stand mitten im Raum und war sehr blass.

»Sei nicht so«, sagte ich.

Marlene hob den Kopf und blickte an mir vorbei.

»Wie bin ich denn?«

»Komisch.«

»Was ist komisch?«, fragte Greta, die genau in diesem Moment wieder ins Zimmer kam. Sie trug ein kleines, kunstvoll mit Schnitzereien verziertes Tablett in den Händen, darauf standen drei Flaschen Bier.

»Nichts«, sagte ich schnell.

»So, so«, sagte Greta, ebenso schnell, drückte meiner Mutter und mir jeweils eine Flasche in die Hand und ließ sich neben mich auf den Futon fallen. Sie roch nach Jasmin. Und Bier, aber mehr nach Jasmin. Ich atmete tief ein und nahm einen Schluck.

Marlene stand immer noch mitten im Raum. Greta und ich sahen zu ihr hinauf, ich beobachtete, wie sie begann, mit den Fingernägeln am Etikett der Flasche herumzuknibbeln. Ich hatte keine Ahnung, was das hier sollte, wusste nicht, warum es so wichtig für sie gewesen war, dass ich mitkam, spürte nur, dass offenbar eine todbringende Krankheit alles, aber auch alles, plötzlich veränderte.

Sterbende verlernen den Umgang mit Menschen. Verlernen, wie vertraut sie mit anderen mal gewesen sind oder noch sind, verlernen offenbar die Unbeschwertheit mit Freunden, mit guten, auch sehr guten, Freunden.

Vielleicht ist das bereits der Abschied, der Beginn von dem Teil, der es den anderen leichter macht, wenn der, der stirbt, nicht mehr so nah ist, fremd wird dadurch, vielleicht ist das der Übergang, die Hilflosigkeit des Abschiednehmens.

Vielleicht ist das aber auch nur Marlene.

»Setz dich doch«, sagte Greta und rülpste elegant hinter ihrer vorgehaltenen Hand.

»Ich möchte, dass du dich um Elli kümmerst«, sagte Marlene und ließ das Knibbeln.

Sah zu Greta und dann zu mir. Ihr Blick war fest.

Greta stand so schnell auf, dass ich fast das Gleichgewicht auf dem Futon verlor.

»Was sagst du?«

»Ich will, dass du dich um Elli kümmerst.«

»Bist du wahnsinnig?«

»Soll ich darauf ernsthaft antworten?«

Greta schwieg, begann stattdessen, in ihrer japanischen Filmkulisse hin und her zu laufen. Marlene hatte die Fäuste geballt. Ich nahm einen weiteren Schluck von meinem Bier. Als ich das letzte Mal hier war, saß ich auf einem Barhocker und im Hintergrund lief Tom Astor.

Zeiten ändern sich.

»Wie kannst du mich so etwas fragen?«, Greta klang wütend.

»Es ist die beste Lösung.«

»Du kennst doch meinen Job.«

»Du kennst Elli, seit sie klein war.«

»Wo soll sie denn hier wohnen?«

»Mit dir in unserem Haus.«

»Ich bin nicht mit ihr verwandt.«

»Ich kann einen Vormund bestimmen.«

»Wie bist du nur auf diesen Scheiß gekommen?«

»Ich sterbe.«

Abrupt blieb Greta stehen, direkt vor Marlene, schaute ihr ins Gesicht, lange, stumm, ich sah nur ihren Hinterkopf, sah, wie es in Marlenes Gesicht zuckte, sah ihre Augen, musste wegsehen, wieder hinsehen, fühlte, wie sich der Nebel, der mich die letzten Minuten unsichtbar gemacht hatte, langsam lichtete.

Und wusste nicht, was ich dagegen tun sollte.

Nichts, dachte ich. Immer bin ich irgendwo dazu verdammt. Die Passivität des Augenblicks, das ist mein Schicksal. Vielleicht oder offenbar, oder auch nicht. Jede Option blieb offen.

Und plötzlich überkam mich eine unbändige Wut. Ich sah den beiden Frauen dabei zu, wie sie sich um etwas stritten, was meine Ohren niemals hätten hören und meine Augen vielleicht niemals hätten sehen sollen. Ich sah, wie sie sich anstarrten, miteinander kämpften, stumm und voller Wut. Und natürlich voller Dramatik, ja, ja, die durfte nie fehlen, zumindest nicht bei Marlene, und wurde wütend. Ich merkte sie zuerst in meinem Bauch, diese Wut, wie ein heißer Ball, groß und prall, der von innen gegen meine Eingeweide drückte, dann etwas schrumpfte, sich zwängte, dann den Hals hinaufkroch, ihn anschwellen ließ und dann in meinem Kopf wie ein Flummi hin und her sprang. Es brachte mich durcheinander, er brachte mich durcheinander, alles, meine Gedanken wirbelten umher, wurden umhergewirbelt. Ich stellte die Bierflasche auf den Boden. Es klirrte, überrascht sah ich auf meine Hand. Da war viel Rot, Blut und Scherben.

Ich hörte Greta aufschreien.

Und dann machte es Klick.

Ich war erst wieder da, als ein dunkelhaariger Sanitäter, er hatte einen Schnauzbart und war nicht alt, meinen Arm hochhielt und mir mit festem und unerbittlichem Druck die Hauptschlagader abdrückte, während sein Kollege, ein dünner, rothaariger Typ, mir einen Druckverband anlegte. Der Notarzt, der mir gerade in den anderen Arm eine Spritze verpasst hatte, stand auf und entfernte sich.

Ich schloss die Augen. Schluckte trocken, spürte, wie rau mein Hals war, wie wund, und schämte mich.

Die Wut war fort, viel zu schnell, weil mir Zeit fehlte, weil ich wohl weg war, so außer mir, dass ich mich nicht richtig erinnern konnte.

Wo waren Greta und Marlene?

Ich öffnete meine Augen, auch, weil die zwei Sanitäter mich nun auf die Trage hoben, ich wusste schon warum, es musste genäht werden, ein dummer Schnitt, nicht dramatisch, aber unglücklich. So viel hatte ich verstanden.

So viel, so wenig.

Was war passiert?

Ich versuchte, mich an die Wut zu erinnern, an das Warum, erinnerte mich, an Marlene und Greta, an den Plan, diesen bescheuerten Plan, aber ich fühlte nichts mehr. Nur ein Stechen, in meiner Hand. Da war ein Loch, das nicht gefüllt werden konnte.

»Ich fahre mit.«

Marlene stand plötzlich neben mir, ihre Jacke über den Arm, das Gesicht sehr blass. Immer noch. Schon wieder.

Greta blieb an der Tür, sagte nichts, ihre Augen glänzten, als hätte sie Fieber. Sie lächelte nicht, als die Sanitäter mich durch die Tür an ihr vorbeitrugen. Stattdessen legte sie mir die lila Federboa auf die Knie.

Und ich hatte genau in diesem Moment das Gefühl, zu ersticken. Zu ersticken, an der Trauer der Welt, die plötzlich über mich hereinbrach, so groß war sie, so furchtbar, so vernichtend. Und so größenwahnsinnig.

Meine Hand pochte dumpf.

Und ich konnte nichts dagegen tun.

Es tat unendlich weh.

25.

Der nächste Tag war ein Samstag. Als ich aufwachte, war es bereits hell in meinem Zimmer, die Spätsommersonne schien von außen gegen meine Vorhänge und tauchte den Raum in ein gelblich gol denes Licht. Fritz lag an meinem Fußende, hob unwillig den Kopf, als ich meine Beine ausstreckte, und rollte sich dann wieder schläfrig zusammen. Ich drehte mich auf die Seite, zog die Beine an und strich mir die Haare aus der Stirn. Der weiße Verband an meiner Hand störte mich. Schon jetzt. Dabei trug ich ihn noch keine vierundzwanzig Stunden.

Ich war es leid.

So leid.

Und ich tat mir leid.

So sehr. In diesem Moment. Vielleicht aber auch schon viel länger. Die Trauer der Welt, die ich gestern in Gretas Treppenhaus meinte, gespürt zu haben, die war noch nicht wieder weg. Ich trug noch immer an ihr.

Hielt mich an ihr fest.

Ich lauschte. Geschirrklappern, leise Musik, Radio, Hansi, dann kurz ein Telefon, Marlenes Stimme, anders als gestern, wieder sicherer, dann wieder Radio, Schritte.

Ich lag und lauschte und versuchte, mich zu entspannen. Eingewickelt in die Geräusche des Tages, eingewickelt in die Normalität dieses Tages, dieser Geräusche. Plötzlich konnte ich mich nicht mehr erinnern, wie es vorher gewesen war. Vor dem Tag, als Marlene erfuhr, dass sie krank war. Wie war es vorher gewesen? Wie hatten wir gelebt? Was hatten wir getan?

Ich spürte, wie meine Muskeln sich anspannten, nicht dagegen ankamen.

Wie war unser Leben vor fast acht Wochen gewesen?

Ich musste mich doch erinnern können.

Das kann doch nicht sein, dachte ich. Wie kann denn das sein?

Fritz stand auf, sah mich nicht an, sah beleidigt aus, streckte sich, sprang vom Bett und war verschwunden.

Nach der Notaufnahme waren wir mit dem Taxi nach Hause gefahren. Marlene hatte neben mir auf den kalten Ledersitzen gesessen und nicht meine Hand gehalten. Mir war schlecht gewesen, vom Blut, von den Schmerzen, vom Schreck und Schock und von dem davor, der Unterhaltung, die plötzlich so echt gewesen war. So wirklich. Die plötzlich alles so real gemacht hatte.

Wir sprachen kein Wort miteinander, Marlene kam später noch einmal in mein Zimmer, um mir ein Glas Wasser auf den Nachttisch zu stellen. Sie trug ihr rotes Lieblingsnachthemd und dicke weiße Wollsocken. Dann schlief ich ein.

Und nun war ich wieder wach.

Ich hörte, wie unten die Haustür ins Schloss fiel.

Dann stand ich auf. Sehr langsam und vorsichtig. Im Bad stellte ich mich vor den Spiegel und sah mich an.

Dunkelblonde, lange Haare, leicht wellig, nicht gelockt, dazu reichte es nicht, aber eben auch nicht glatt. Hellbraune Augen mit kleinen goldenen Sprenkeln, die etwas zu eng beieinander standen, ein Dutzend Sommersprossen, braune Haut, eine Erinnerung vom Sommer, eine etwas zu große Nase, ein etwas zu kleiner Mund.

Ich hatte irgendwo mal gelesen, dass Schönheit auf symmetrischen Grundsätzen beruhte. Waren beide Gesichtshälften sehr gleich, so war das ein Hinweis für Attraktivität. Je symmetrischer also ein Mensch war, umso schöner war er auch.

Ich wäre das gern. Ich wäre gern gleicher. Mir selbst ähnlicher.

Aber ich war nun mal so, wie ich war.

Mit der rechten Hand drehte ich den Wasserhahn auf, ließ mein Zahnputzglas volllaufen, trank zwei große Schlucke und stellte es dann auf den Rand des Waschbeckens. Dann klemmte ich meine Zahnbürste unter meine linke Achsel, steckte mir die Zahnpasta zwischen die Zähne, drehte die Kappe ab, nahm die Paste und drückte sie auf die Bürste.

Ich war keine Minute dabei, meine Zähne zu putzen, als es klingelte.

Bitte nicht, dachte ich.

Das Erste, was ich sah, als ich die Tür öffnete, war der Rücken meines Großvaters. Er hatte seine Jacke verkehrt herum an, also

sozusagen auf links trug er sie, ich konnte das eingenähte Schild-
chen sehen, es sah zerknittert aus.

Otto auch.

Und drehte sich, so kam es mir zumindest vor, in Zeitlupe um.

»Hallo Püppi, schön, dass du da bist!«, sagte er leise und sah
mich an. Seine Augen schimmerten dunkel. Seine Stimme klang
anders als sonst.

Ich antwortete nicht, umarmte ihn nur vorsichtig, stellte mal wieder fest, wie groß er früher mal gewesen war und wie klein er heute
oder wie klein ich früher mal gewesen war und wie groß ich heute
war und führte ihn ins Wohnzimmer.

Otto setzte sich nicht, sondern blieb mitten im Raum stehen.

»Möchtest du was trinken?«, fragte ich.

»Ist deine Mutter da?«, fragte Otto.

»Nein, ich glaube nicht«, sagte ich.

»Danke, nein, ich bleibe nicht lang«, sagte Otto.

Dann setzte er sich gegenüber von mir in den Sessel und ließ
seinen Blick durchs Zimmer schweifen. Ich konnte mich nicht
daran erinnern, wann mein Großvater das letzte Mal hier gewesen war.

»Was ist mit deiner Hand?«

»Ich habe mich geschnitten.«

Otto nickte, strich mit seinen Händen über den Stoff seiner
Cordhose, an den Oberschenkeln entlang, sehr langsam, als suche
er etwas.

»Tut es weh?«

»Ein bisschen.«

Otto nickte wieder, verharrte nun in dieser Haltung, mit den
Händen auf den Oberschenkeln, mir gegenüber im Sessel.

»Willst du wirklich nichts trinken?«

»Nein, danke.«

Ich zog meine Beine an, klemmte sie unter mich, zog meinen
Pulli enger um mich herum.

Als kleines Mädchen hatte Otto mich mal zu einer Münzauktion mitgenommen. Es war ein verregneter Tag gewesen und wir waren auf dem Weg vom Auto zum Auktionshaus fast komplett durchnässt worden. Otto hatte leise geflucht, als wir im Foyer standen und ich ihn stumm und Hilfe suchend ansah, dann hatte er mich aus meiner patschnassen Jacke geschält, dem jungen Herrn an der Garderobe einen Geldschein zugesteckt und dieser hatte erst gelächelt und dann unsere Klamotten über eine Heizung gehängt. Danach hatte mein Großvater sich aufgerichtet, die Brust dabei etwas herausgedrückt und war mit mir an der Hand in den Auktionsraum gegangen. Am Eingang ließ er sich registrieren, erhielt eine Bieternummer und wir setzten uns in die vorletzte Reihe.

Vorne an einer Art Pult stand ein Mann mit einem kleinen Hammer und sprach in ein Mikrofon. Ich verstand kaum etwas, ich kannte die Namen nicht, die er vorlas, kannte die Geschichten nicht, die damit einhergingen, kannte den Wert nicht, der die Münze überhaupt erst hierhergebracht hatte. Immer wieder hob irgendjemand aus der Menge vor uns seine Bieternummer, der Hammer klopfte auf das Pult, und neue Namen wurden genannt, neue Bilder per Dia an die Wand geworfen, neue Koffer oder minikleine Schachteln auf die Bühne getragen, neue Daten und Fakten verlesen. Ich wartete, sah immer wieder zu Otto hinauf, sah wieder nach vorn, sah, wie aufgeregt die Menschen bei manchen Münzen wurden, wie sich die Stimmung im Raum veränderte, aber Otto saß einfach nur da. Es sagte nichts, tat nichts, saß nur da, die Bieternummer in seiner Hand, sehr aufrecht, und sein Gesicht sah irgendwie spitz aus.

Als wir wieder im Auto saßen, regnete es nicht mehr.

Er hatte die Nummer 202. Das werde ich wohl nie vergessen.

»Wie geht es ihr?«

»Frag sie doch selbst.«

Langsam stand mein Großvater auf, stand einen Moment einfach nur so da, so auf links gezogen, wie er war, dann hob er die Achseln und ließ sie fallen.

Ich presste meine Lippen aufeinander und sah zu Boden.

»Ich muss wieder in den Laden«, sagte Otto.

An der Haustür umarmten wir uns, ließen uns ein bisschen zu schnell wieder los, konnten nicht anders. Jeder war eben so, wie er war.

Dann war er wieder verschwunden.

In der Küche fand ich einen Zettel von Marlene, las ihn nicht, nahm die Kanne aus der Maschine und goss mir eine Tasse schwarzen Kaffee ein, setzte mich an den Tisch und begann, in der Zeitung zu blättern.

Ich war wieder allein. Und es war Zeit, zu putzen.

26.

Ich hatte ihn nicht vergessen. Ich habe nur ein paar Tage nicht an ihn gedacht, dachte ich. Es passiert einfach zu viel. Ich bin so müde, dachte ich.

»Hast du für Französisch gelernt?«

Sophie saß auf dem kleinen Mauervorsprung auf unserem Schulhof, hatte ihre Schultasche auf dem Schoß und eine Sonnenbrille auf der Nase und rauchte.

Ich zog die Schultern hoch, setzte mich neben sie und schüttelte den Kopf.

»Kannst du es trotzdem?«

Ich griff nach der Zigarettenschachtel, die zwischen uns lag, und zündete mir ebenfalls eine Zigarette an. Dann schüttelte ich wieder den Kopf. Am Daumen, dort wo der Verband endete, schimmerte das Weiß bereits grau.

Es war Viertel vor zehn, der Schulhof war voller Jugendlicher und wir saßen dort, wo wie immer saßen. Im hintersten Winkel des Raucherhofs, links von den Fahrradständern und rechts von der großen Turnhalle.

Sophie drehte ihren Kopf, blies mir den Rauch ins Ohr und wartete.

»Ich denke schon«, sagte ich und schaute geradeaus. Ein Siebtklässler wurde gerade von zwei aus der Neunten über den Schulhof geschubst. Ich kannte den einen, er ging in die 9 B und war der Bruder von Heiner aus meinem Bio-Kurs. Seine dunkelrote Collegejacke hatte am Ärmel ein großes Loch und sein Gesicht hatte fast das gleiche Dunkelrot der Jacke angenommen. Ich hatte seinen Namen vergessen, aber ich hatte ihn sofort erkannt. Heiner hatte die gleichen hohen Wangenknochen und das gleiche vorstehende Kinn.

»Du bist ätzend.«

»Ich weiß. Du aber auch.«

»Wieso? Ich habe keine Ahnung von dem Stoff!«

»Aber du wirst trotzdem eine Eins schreiben.«

Sophie schnaubte leise, zerdrückte ihre Zigarette auf dem Mauervorsprung neben ihr und nahm ihre Sonnenbrille ab.

Der Siebtklässler lag mittlerweile am Boden und weinte, die beiden Älteren standen über ihm und schrien ihn an. Die Pausenaufsicht war wahrscheinlich mal wieder auf der Toilette oder in einer abgelegenen Ecke des Schulhofs damit beschäftigt, sich um einen anderen weinenden Schüler zu kümmern. Das war oft so, das kam schon mal vor.

»Elli?«

Ich legte meinen Kopf auf Sophies Schulter und schloss meine Augen. Hunderte Stimmen drangen plötzlich auf mich ein, die Geräuschkulisse des Pausenhofs fächerte sich auf, einzelne Satzfetzen, Worte wurden verständlich, so als hätte jemand alle meine Sinne gebündelt und sie ausschließlich auf das Gehör gerichtet.

»He, weg da!«

»Lass mich in Ruhe!«

»Er hat mich so verarscht …«

»Hast du heute Morgen gesehen …?«

»Wirf zu mir!«

Lachen, Weinen, Schreien, Wimmern, Kichern, Lästern, Lieben, Hassen. All das gleichzeitig. Ich bin so unglaublich müde, dachte ich, während ich allen diesen Gefühlen lauschte und sie in mir aufsog.

»Wann wirst du ihn anrufen?«

»Wen?«

»Du weißt genau, wen ich meine.«

Ich versuchte, alles andere auszublenden, wollte einfach nur weiter zuhören, wollte nicht antworten, wollte am liebsten gar nicht mehr reden, sondern ewig hier sitzen und horchen.

»Vielleicht nie.«

Unendlich schwer fiel mir das. Hier.

Sophie legte jetzt ihren Kopf auf meinen, schmiegte sich an mich, ich spürte, wie ihr Wangenknochen gegen mein Haar drückte. Ihre Stimme war leise, aber ich hörte sie.

»Ruf ihn an.«

Dumpf pochte meine Hand. Ich runzelte mit geschlossenen Augen die Stirn. Das alles schien mir bereits so unendlich weit weg. Die Bierflasche, das Blut, die Scherben, die Ambulanz. So weit entfernt wie der Mond. Ich versuchte, mich zu konzentrieren. Es war genauso unendlich. Schwer.

»Und was sage ich dann zu ihm? Hallo Papa, ich bin es, deine Tochter Elli. Wir kennen uns nicht, aber Marlene stirbt gerade, daher dachte ich, wir sollten mal einen Kaffee trinken gehen.«

Sophie atmete laut aus.

»Zum Beispiel.«

Ich öffnete meine Augen. Die beiden aus der 9 B waren fort, der kleine Siebtklässler hatte sich aufgerappelt, zwei seiner Klassenkameraden waren von irgendwo aufgetaucht und standen mit ängstlichem Blick um ihn herum. Einer holte ein Taschentuch aus seiner Hosentasche und hielt es seinem Mitschüler hin, der ergriff es wütend und sah sich dabei verstohlen um.

Sophie hob ihren Kopf, löste sich von mir, rückte etwas ab und erhob sich. Ihr blondes Haar fiel ihr in Wellen über den Rücken.

Ich sah sie an, fühlte mich plötzlich sehr klein, fast winzig, als hätte jemand einfach so den Maßstab verändert, nur mich dabei vergessen. Die Proportionen stimmten nicht mehr.

Es passiert einfach zu viel, dachte ich und stand ebenfalls auf. Der Boden stand kopf, meine Füße kribbelten und hoben plötzlich ab, ich wurde herumgeschleudert, so kam es mir zumindest vor, hörte plötzlich ein tiefes Rauschen in meinen Ohren, verstand nichts, sah Sophies schreckgeweitete Augen, verstand nicht, warum Sophie meinen Arm packte und mich anschrie.

Die drei Siebtklässler blickten zu uns herüber. Ich sah keine Angst mehr, nur noch Neugier.

Ich bin so müde, wie kann man nur so müde sein, dachte ich.

Dann löste sich die Welt auf, und ich fiel in das Nichts, das sich vor mir auftat.

27.

Als ich aufwachte, da war alles dunkel. Ich schrie und schrie und niemand hörte mich, der Reißverschluss schloss sich, seine Zähne gruben sich ineinander, das Geräusch war ohrenbetäubend. Ich rannte, sah mich um, rannte weiter, und mein Gesicht fühlte sich an, als wäre es aus Stein. Die Angst grub sich tief in mich hinein, genau wie die Zähne dort hinter mir sich ineinandergruben, und ich wusste, ich würde das hier verlieren, immer hatte ich das gewusst, noch ein paar Schritte und dann wäre es so weit.

»Hey, wachen Sie auf! Es ist alles in Ordnung! Ich bin ja da! Ich helfe Ihnen!«

Als ich aufwachte, da war es hell. Und da war ein Gesicht über mir, hinter ihm ein grelles Licht, zwei Hände, die über meine Wangen strichen, am Haaransatz entlangfuhren, wie Schmetterlinge, so lcicht und zart und sanft.

Ich schluckte, meine Kehle war trocken und heiß und tat weh.

»Wo bin ich?«

Ich schluckte erneut.

»Was ist passiert?«

Die Schmetterlinge flatterten wieder über mein Gesicht. Dann fühlte ich weitere Hände, jemand zog an meiner Hose, ein feuchter Lappen fuhr über meine Haut, wusch, kühlte, beruhigte.

»Du bist im Krankenhaus.«

Krankenhaus? Ich verstand nicht.

»Du bist zusammengebrochen. Die Wunde an deiner Hand, sie hatte sich entzündet.«

Ach ja. Meine Hand.

»Du wurdest operiert und bist jetzt im Aufwachraum.«

Okay.

»Es wird alles gut.«

Nein. Wird es nicht.

Das Gesicht dort oben vor dem grellen Licht stellte noch ein paar Fragen, sagte noch etwas, wartete und ich schwieg. Das Adrenalin, das vor Sekunden noch meinen Körper durchströmt hatte, war verflogen, hatte sich aufgelöst. Übrig geblieben war nur noch diese bleierne Müdigkeit, die selbst meine Zunge kontrollierte, sie zwang, sich unbeweglich in meinem Mund breitzumachen, kein Wort zu formen, keinen Laut von sich zu geben. Ich war mit mir allein.

Später auf dem Zimmer öffnete ich wieder die Augen, ich hatte nicht geschlafen, hatte nur so getan, hatte ruhig dagelegen und hatte sie machen lassen, all die Leute, deren Job das war, sich um den Körper zu kümmern, ihn wieder heil zu machen, ihn zusammenzuflicken. Die Schmetterlinge flatterten noch ein, zwei Mal, dann waren sie verschwunden, und niemand sonst redete mit mir, fragte oder wartete.

Elsa, im rechten Bett neben mir, hatte sich den Unterschenkel zweimal gebrochen. Sie war zwölf und sah aus wie neunzehn und war in ihrer Schule die Treppe heruntergefallen. Merle, im linken Bett neben mir, war beim Mountain Biking gestürzt und hatte sich an einem Stacheldrahtzaun die rechte Gesichtshälfte aufgeschnitten. Sie war auch siebzehn, sah aber aus wie dreizehn, kam aus der Nachbarstadt und war bereits zweimal operiert worden. Als ich mit meinem Bett hineingeschoben wurde, da saßen sie am Tisch am Fenster und spielten Karten. Ich blinzelte, sie sagten nichts, starrten nur und verloren dann schnell das Interesse und spielten weiter. Ich lag und tat wieder schlafend, auch als Marlene irgendwann ins Zimmer kam, an meinem Bett saß, stöhnte, seufzte, hilflos und verständnislos, und dann wieder verschwand. Mit meiner Tasche, um die irgendjemand sie wohl gebeten hatte, weil es ja immer so war, eine Tasche musste man mitbringen, ins Krankenhaus, da waren ja die persönlichen Sachen drin, das war wichtig. Marlene dachte daran und vergaß es dann. Es war nicht überraschend. Das war Marlene.

Irgendwann öffnete ich dann meine Augen, irgendwann reichte es mir, da war es wirklich bereits dunkel. Ich erinnerte mich plötzlich an Französisch. Auf dem Wagen neben meinem Bett stand ein Tablett. Ich hatte Hunger und wunderte mich. Ich aß zwei Scheiben Graubrot mit trockenem Schnittkäse und salziger Mettwurst. Ich aß so etwas sonst nie, es schmeckte unglaublich gut. Ich leckte mir die Lippen, sie waren rissig und spröde, mein ganzer Arm war eingegipst. War es Gips? Ich konnte ihn nicht bewegen, ich wusste es nicht, es war mir egal.

»Hallo, ich bin Merle.«

»Hallo.«

»Und ich heiße Elsa.«

»Hallo Elsa.«

»Und wie heißt du?«

»Elli.«

»Schnarchst du?«

»Nein.«

»Gott sei Dank.«

In der Wohngemeinschaft damals, da war gegenüber von dem Zimmer, in dem Marlene und ich lebten, eine große Plakatwand.

Etwa zweimal im Monat, egal ob es im Winter regnete, stürmte oder schneite, oder im Sommer regnete, stürmte oder unerträglich heiß war, da kam ein kleiner Mann vorbei, in einem großen Auto, stieg aus, holte eine Leiter aus dem Kofferraum und begann mit seiner Arbeit. Manchmal benötigte er eine lange Zeit. Manchmal ging es auch ganz schnell, je nachdem, ob er nur ein neues Plakat mit dem Leim an die Wand kleben musste oder die Schicht bereits zu dick war und er die alten zunächst entfernen musste. Junge Männer mit Anzug und Aktentasche, lachend und selbstbewusst, verschwanden für ein älteres Paar mit ihrem Enkelkind, die am Strand standen und in die Ferne schauten, dem Horizont entgegen, sie verschwanden für ein rotes Auto, einsam und beeindruckend auf einer Landstraße, das verschwand für eine Flasche Wein, neben zwei Gläsern und Buchstaben, die fast so groß wie ein Mensch waren, dies alles verschwand für ein Reh, welches sich am Rande eines Waldes befand, vorsichtig hinter einem Baum hervorlugend.

Zweimal im Monat verschwand vor meinen Augen eine Welt. Ich war vier Jahre alt, zwei Wochen waren eine lange Zeit, aber nicht lang genug, um alle Geschichten zu erzählen, die in meinem Kopf waren, wenn ich auf das jeweilige Plakat starrte, oben vom Fenster aus, von der Fensterbank aus dunklem Holz, mein rotes Herzkissen unter meinem Hintern geschoben und Teddy Alfred im Arm. Alle zwei Wochen war ich todunglücklich, wenn das große Auto vorfuhr und der kleine Mann ausstieg. Ich trauerte um das ältere Ehepaar, stellte mir vor, das seien meine Großeltern und ich sei das Kind dort unten, blond gelockt und geborgen, ich trauerte um das rote Auto, stellte mir vor, wie einsam es nun wäre, wirklich einsam von nun an, weil es nun niemanden mehr sehen könne, und niemand mehr das Auto. Ich trauerte um die zwei jungen Männer, um das Reh, um die Flasche Wein, ja, sogar um jeden großen oder kleinen Buchstaben, der neben, unter oder über meinen Helden prangte, sie anpries. Ich konnte nicht lesen. Aber ich verstand es trotzdem.

Aber dann sobald sich der kleine Mann an die Arbeit machte, da erfasste mich zusammen mit der Trauer noch ein anderes Gefühl, ein Kribbeln war das. In meinem Bauch, eine Aufregung nahm Besitz von mir, eine Vorfreude, ich beugte mich noch etwas weiter vor, bis meine Stirn die Scheibe berührte, ich das kalte Glas spürte, Teddy Alfred noch fester umklammert. Der kleine Mann, er trug nie einen Hut, weder im Sommer noch im Winter, sein Haar war fast weiß und dick, aber nicht alt. Er verschwand längere Zeit im Kofferraum seines großen Autos und kam dann mit einem großen rechteckigen Stück zusammengefalteten Papiers wieder zum Vorschein. Es war fast so lang wie er. Wie eine Tapete sah es aus, nur viel größer. Lang machte er sich, der Mann, er reckte sich, trippelte zu seiner Leiter, stützte sich mit einer Hand ab, stieg drei Schritte nach oben, und nahm dann so eine Art Besen in die Hand und legte das Papier oben über das, was sonst die Borsten waren. Und dann passierte es. Vor meinen kindlichen Augen entstand eine neue Welt. Eine neue Geschichte. Und alles, was zuvor noch so nah schien und so vertraut, verschwand, wurde unwichtig, ich trauerte und lächelte. Und in meinem Kopf entstanden bereits neue Geschichten.

Irgendwann verschwand der kleine Mann. Ich wartete zwei Wochen, drei Wochen, vier Wochen. Niemand kam. Ich wartete acht Wochen, niemand kam. Nach drei Monaten gab ich es auf. Die Plakatwand vor unserem Fenster schien vergessen worden zu sein. Der kleine Mann mit dem großen Auto gehörte der Vergangenheit an. Niemand würdigte das Plakat noch eines Blickes, das Papier begann zu blättern, an einigen Stellen hatten sich Jugendliche ausgetobt. Schmierereien, Albernheiten, Obszönitäten.

Es war ein trauriger Anblick. Ich trauerte. Wirklich.

»Hast du Zigaretten?«

Elsa lag auf ihrem Bett, den ungegipsten Arm unter ihren Kopf geschoben, und sah mich herausfordernd an.

»Nein, tut mir leid.«

»Stimmt nicht.«

Ich runzelte die Stirn.

»Spinnst du? Ich habe keine Zigaretten.«

»Ich meine, dass es dir leidtut.«

»Was soll damit sein?«

»Das stimmt nicht.«

Verblüfft sah ich Elsa an.

Wie alt war sie noch gleich?, dachte ich. Zwölf?

Auf dem letzten Plakat saß eine junge Frau in einem Sessel. Sie trug eine Brille und einen bunten Strickpulli und ihre Haare waren leicht lockig und fielen ihr in die Stirn. Zu ihren Füßen saß ein kleines Mädchen, es schaute hoch und hielt der Frau ein Blatt Papier entgegen und beide strahlten und freuten sich und sahen sehr glücklich aus. Miteinander. Und hinter der Frau und dem Mädchen stand ein Mann, groß und dunkelhaarig und schön. Er lehnte an einem Kamin und hatte ein Glas mit einer hellbraunen Flüssigkeit in der Hand. Auch er strahlte und sah sehr glücklich aus. Irgendwann eines Morgens, Marlene war zur Bäckerei gefahren und ich wartete mit Peter in der Küche darauf, dass sie wiederkam, fragte ich ihn, was auf dem Plakat da unten auf der Straße vor unserem Haus stehen würde. Ob er mir das sagen könne, das wäre schön. Peter stand auf, schlurfte zum Fenster, rieb sich die Augen, rieb sie sich noch einmal, beugte sich leicht vor, nickte, schlurfte dann zurück und ließ sich wieder auf seinen Stuhl fallen. »Nun sag schon«, sagte ich. »Das ist ekelhaft«, sagte er. »Bitte«, sagte ich. »Okay«, sagte er und zündete sich eine Zigarette an. Ich saß vor ihm auf dem Boden, zwischen meinen Legosteinen und biss mir vor Aufregung auf die Lippen.

»Familienzeit ist Lebenszeit«, sagte Peter.

»Was?«, fragte ich.

»Familienzeit ist Lebenszeit«, wiederholte Peter. »Das ist Werbung für einen Cognac, der übrigens scheiße schmeckt. Die machen das ganz subtil, wollen dir suggerieren, dass der Konsum dieses ätzenden Zeugs dir automatisch diese scheißharmonische Bilderbuch-Familienkacke beschert«.

Ich starrte ihn an. Beobachtete, wie er auf dem Küchenstuhl saß, die Beine übereinandergeschlagen, ganz in Schwarz und die blonden schulterlangen Haare zu einem halben Irokesenschnitt hochfrisiert, dasaß, rauchte und mir die Welt erklärte. Meine Zwei-Wochen-Welt.

»Hast du das verstanden?«, fragte Peter.

Wir schwiegen, bis die Nachtschwester kam und uns irgendwelche Pillen dosiert in kleinen Plastik-Schnapsgläsern gab und nicht wartete, bis wir sie geschluckt hatten, sondern hektisch weitereilte. Merle saß am Fenster und schrieb etwas in ein Buch, Elsa hatte sich ihren Walkman geschnappt und lag mit geschlossenen Augen auf ihrem Bett. Lediglich ihr wippender Fuß verriet, dass sie noch nicht schlief. Meine Hand pochte dumpf.

Ich werde ihn anrufen, sobald ich hier raus bin, dachte ich. Morgen ist Mittwoch. Vielleicht ist es noch nicht zu spät.

28.

Am Samstagmorgen wurde ich entlassen. Marlene stand vor der Klinik, gelehnt an ihren acht Jahre alten schwarzen Audi 100 C3, trug ihren beigefarbenen Trenchcoat und sah älter aus, als ich sie in Erinnerung hatte.

In der einen Hand trug ich meine fast unberührte Sporttasche, die Marlene mir doch noch mitgebracht hatte, in der anderen einen weißen Verband. Merle hatte darauf unterschreiben wollen, Elsa hatte laut gelacht, ich war dann einfach so gegangen. Jetzt fühlte ich mich schlecht. So oder so.

Marlene umarmte mich so sehr, dass ich fast das Gleichgewicht verlor. Es nieselte leicht, im Auto drehte ich die Heizung auf die höchste Stufe, dann fuhren wir los.

»Ich muss noch was erledigen.«

»Ich würde aber gern direkt nach Hause fahren.«

»Ist nur ein kleiner Umweg. Du wirst sehen.«

»Marlene.«

»Elli.«

Ich sah meine Mutter von der Seite an. Die Sehnen an ihrem Hals zeichneten sich deutlich unter der Haut ab. Mit einem Seufzer drückte ich mich zurück in den Sitz, wandte meinen Kopf ab und sah aus dem Fenster. Müde war ich. Immer noch müde. Oder wieder? Egal. Was spielte das schon für eine Rolle?

Marlene fuhr zügig durch die Stadt. Am Samstagmorgen war viel los, die Straßen waren voll und laut. Die Stadt hatte Wochenende. Die Menschen waren ausgelassen. Ich registrierte das, ließ aber ansonsten die Welt da draußen blind an mir vorüberziehen. Zu Hause würde ich mich in mein Bett legen, schlafen oder Sophie anrufen. Gestern hatte sie mich im Krankenhaus besucht. Sie hatte Mohnkuchen mitgebracht und wir hatten im Besucherraum gesessen, ein bisschen gekichert und die Mohnkörner zwischen unseren Zähnen gezählt.

Das hatte gutgetan. Sophie war ein Stück Normalität im Chaos, seit Marlene krank war, und nun erst recht. Ein Stückchen Normalität, etwas Vertrautes im Chaos des Chaos.

Das Auto stoppte abrupt. Ich wurde leicht nach vorn gerissen, fiel wieder zurück, ein Wagen hinter uns hupte, Marlene hob ihre Hand und zeigte dem Rückspiegel den Mittelfinger. Dann sah sie mich an und lächelte.

»Wir sind da«, sagte sie, wartete meine Antwort nicht ab, sondern sprang aus dem Auto und eilte zu dem Laden, vor dem wir nun in zweiter Reihe parkten.

Ich sah ihr nach.

Brautmoden Sperling. Stand da. Festliche Abendgarderobe für jeden Anlass.

Ich saß immer noch im Auto und versuchte, zu begreifen, was hier gerade passierte, als Marlene wieder zum Vorschein kam, aus der Tür des Brautmodengeschäfts machte sie mir wild winkend das Zeichen, mich zu beeilen.

Was?, dachte ich. Stieg aus.

Und stand einen Moment lang vor dem Schaufenster mit den weißen Kleidern und folgte Marlene dann durch die Tür. Es machte Bim Bam und noch einmal Bim Bam und dann war es still.

»Wenn Sie so freundlich wären, mir zu folgen …«

Erschrocken drehte ich mich um und stand einer Dame Ende vierzig, Anfang fünfzig gegenüber. Dunkelblauer Bleistiftrock und cremefarbene Seidenbluse, rotbraunes hochgestecktes Haar, schmale Augen, die Brille an einer Goldkette um den Hals baumelnd.

»Was?«, sagte ich.

»Bitte …«, sagte die Dame.

Ich folgte und sie führte mich nach rechts, dann nach links, dann gingen wir eine Treppe nach oben, dann wieder rechts den Gang hinunter. Vorbei an Brautkleidern in allen Formen und Farben, vorbei an Schuhen, an Schleiern, an Anzügen, Westen, Roben und sonstigen festlichen Kleidungsstücken.

Ich träume, dachte ich.

»Ist das nicht traumhaft?«, rief Marlene.

Die Dame trat beiseite, machte den Blick frei und da stand meine Mutter auf einem Podest und drehte sich hin und her. Sie steckte in einem am Oberkörper eng geschnittenen weißen Kleid, das sich unterhalb der Taille öffnete und in einem märchenhaften Rock ergoss. Der obere Teil war wie eine Korsage geschnitten, der untere wurde durch einen Reifrock unterstützt. Ein Traum von Kleid. Ein Kleid wie ein Traum.

Ein Albtraum, dachte ich.

»Ich möchte gern das andere noch mal anprobieren«, flötete Marlene und drehte sich.

»Wie Sie wünschen«, nickte die Dame und verschwand.

»Was tust du da?«, fragte ich und sank kraftlos in einen der Sessel, die vor dem Podest standen. Jetzt wirkte Marlene noch größer, das Kleid wirkte noch pompöser, ich fühlte mich noch kleiner. Im Hintergrund lief leise der Kanon in D-Dur von Pachelbel. Im großen Spiegel konnte ich mein Gesicht sehen. Große Augen, hektische rote Flecken auf den Wangen, jung.

»Wenn Sie mir bitte folgen würden ...«

Die Verkäuferin flatterte vorbei, in Form eines diesmal cremefarbenen Traums aus Spitze und Perlen. Marlene klatschte zweimal in die Hände und verschwand zusammen mit dem Kleid und der Dame in einer der überdimensionalen Umkleiden. Ein paar Minuten später stand sie vor mir und lächelte.

»Und? Wie ist das?«

Ich schlug die Augen auf. Auf dem Kopf trug Marlene ein halbes Krönchen, oder nannte man das Diadem? Ich wusste es nicht, es war mir auch egal, es sah lächerlich aus. Sie hatte sich ihr Haar provisorisch hochgebunden, mehrere Haarsträhnen standen wirr vom Kopf ab, ihre Augen glänzten fiebrig.

Vielleicht ist sie krank, dachte ich.

»Dieses Kleid steht Ihnen auch ausgezeichnet«, meldete sich die Dame zu Wort.

»Haben Sie sich denn bereits entschieden?«

Marlene, die wieder auf dem Podest stand und sich im Spiegel betrachtete, schüttelte leicht den Kopf.

»Ich schwanke noch.«

»Vielleicht hilft es Ihnen, wenn Sie sich vorstellen, was der Bräutigam zu den Kleidern sagen würde.«

»Es gibt keinen Bräutigam.«

»Ach.«

»Ich heirate nicht.«

»Ach so.«

»Ich nehme dieses hier.«

»Was?«

»Mir gefällt das Diadem.«

Natürlich war sie krank.

Eine Dreiviertelstunde später saßen Marlene und ich wieder im Auto und fuhren durch die Samstagsstadt. Die Straßen waren immer noch voll und wir kamen nur langsam voran. Auf dem Rücksitz türmte sich ein Berg von Kleidersack auf, Marlene hatte sich schlussendlich noch für ein Paar cremefarbene Lederpumps, ein blaues Strumpfband und einen drei Meter langen Schleier entschieden. Als die feine und mittlerweile fast stumme Dame an der Kasse die Summe nannte, hatte ich das Gefühl, mein Gesicht müsse explodieren. Marlene zückte ihre Kreditkarte, alle bedankten sich, einmal und dann noch einmal, und dann war der Spuk vorbei.

Ich kurbelte das Beifahrerfenster herunter, lehnte meinen Kopf etwas hinaus und genoss die kalte Luft, die mein Gesicht traf.

Marlene schaute kurz zu mir herüber, sah dann aber wieder nach vorn. Sie wirkte ganz ruhig, fast entspannt. Ich zog meinen Kopf zurück, kurbelte das Fenster wieder hinauf und drückte mich in den Sitz. Marlene beugte sich nach vorn und schaltete das Radio an. Elton John sang für Lady Di *Candle In The Wind*. Marlene drückte erneut auf den Knopf und Max Herres Stimme erklang. *Nass bis auf die Haut, stand sie da.*

A N N A.

»Irgendwann wirst du nicht mehr böse sein«, sagte Marlene plötzlich.

»Ich bin nicht böse«, sagte ich schnell.

»Doch, das bist du.«

»Quatsch. Was sollte das eben?«

»Was meinst du?«

»Was soll ich schon meinen? Diese bescheuerte Aktion mit dem Brautkleid natürlich!«

»Ich hatte Lust dazu.«

»Du bist lächerlich.«

»Und du *bist* böse.«

Ich antwortete nicht mehr, ich konnte dieses Gespräch einfach nicht weiterführen, es schien mir so unwirklich, so sinnlos. Wir sind wie Hund und Katze. Wir hören einander, sehen einander, können aber nicht wirklich und aufrichtig miteinander kommunizieren, dachte ich. Ich werde sie nie verstehen, und sie mich auch niemals, dachte ich.

Marlene schaltete die Scheibenwischer ein, es hatte wieder zu regnen begonnen.

29.

Ich traue mich einfach nicht zu fragen, dachte sie. Ich traue mich einfach nicht zu fragen, ob sie ihn angerufen hat. Was bin ich nur für eine Mutter? Was bin ich für ein Mensch? Ja, wer bin ich überhaupt, dachte sie und ließ sich auf ihr Bett fallen.

Sie kickte erst den rechten Schuh von ihrem Fuß, dann den linken, dann rollte sie sich ganz auf die Matratze und streckte sich stöhnend aus. Ihr Rücken brachte sie noch um, dachte sie und fand das irgendwie komisch. Der Arzt hatte sie vorgewarnt, sie hatte Tabletten verschrieben bekommen und die Rückenschmerzen gehörten zu den unschönen Nebenwirkungen, falls es zu schlimm werden würde, sollte sie noch einmal vorbeikommen, es sei aber schwierig, die Alternativen gering, ja, ja, ja.

Ich wusste nicht, wie erniedrigend das Sterben ist, dachte sie und streckte ihren Arm aus. Rechts neben ihr auf ihrem Nachttisch lagen Zettel und Stift, sie ergriff beides und rollte sich zurück in die Rückenlage.

Der Kugelschreiber knirschte leise, als sie langsam einen horizontalen Strich über das Papier machte.

Geschafft, dachte sie, Punkt drei liegt hinter mir, dachte sie. Wer bin ich und was mache ich, dachte sie, während sie Stift und Zettel neben sich legte und die Augen schloss.

Als Marlene zwei Stunden später aufwachte, war es stockfinster im Zimmer. Sie blieb noch einen Moment lang liegen, lauschte in die Dunkelheit, versuchte, sich langsam zu orientieren, nicht, dass sie nicht wusste, wo sie war, es ging um etwas anderes. Sie spürte eine leichte Verwirrung, runzelte die Stirn, atmete tief ein, und dann fiel es ihr wieder ein.

Ich vergesse, wer ich bin, dachte sie. Ich vergesse, wie ich mal gewesen bin, und kann mich nicht daran erinnern, wie ich am besten sein soll.

Stöhnend setzte sie sich auf, schaltete die Lampe auf ihrem Nachttisch ein, wartete zwanzig Sekunden, bis die Energiesparlampe ihre maximale Helligkeit erreicht hatte, und sah sich im Zimmer um. Beigefarbene Tapete, ein Schrank, ein kleiner Stuhl, der unter einem Berg von Klamotten fast verschwand, der weiße Korb, den sie auf dem Flohmarkt erstanden hatte und den sie für ihre Schmutzwäsche benutzte, eine metallene Kleiderstange, die sie während ihrer Zeit als Garderobiere im Theater abgestaubt hatte und an der jetzt der riesige Kleidersack mit dem Brautkleid hing, Gott im Himmel wusste, was sie sich dabei gedacht hatte, das alte schwere Holzbett, das sie mit dem Haus zusammen geerbt hatte. Ein paar Fotos, schwarz-weiß und künstlerisch angehaucht, aus den Achtzigern, Kommilitonen und sie, rauchend und Kaffee trinkend während irgendeines Seminars in der Uni. Intellektuell und schwarz-weiß. Mit keinem einzigen der Menschen auf diesen Bildern hatte sie heute noch Kontakt. Aber sie hingen in ihrem Schlafzimmer.

Warum nur?, dachte sie, stand auf, ging zum Fenster hinüber und öffnete es weit.

Dunkelheit und kalte Luft, sie zog sich ihre Strickjacke enger um den Körper.

Ich werde mir selbst immer unverständlicher, dachte sie, als hätte ich keine Kontrolle mehr über mein Tun und Lassen, und als würde dieses Unverständnis noch weiter wachsen, immer weiter, sogar bis in die Vergangenheit, so als betrachte ich das Leben eines anderen Menschen, so fremd bin ich mir. Liegt es an den Dingen, die ich tun muss? Liegt es an der Liste, die ich habe? Macht mich die Gewissheit, dass ich bald nicht mehr bin, zu einem anderen Menschen? Will ich so sterben? So fremd in mir?

Marlene registrierte eine Bewegung in der Dunkelheit, sah hinunter zur Auffahrt und meinte, Sophie zu erkennen, die gerade ihr Fahrrad an die Hauswand anlehnte.

Ich muss endlich den Bewegungsmelder reparieren lassen, dachte sie und hörte dann, wie die Haustür klappte, eine helle Mädchenstimme etwas sagte und eine andere dunklere antwortete. Dann wurde es wieder still.

Als Elli klein war, da tat Marlene manchmal etwas, was sie sich nie hatte erklären können. Sie empfand es selbst als etwas lächerlich, sprach nie darüber, auch nicht mit sich, unnötig war es allemal, es hatte keinen rationalen Grund, keinerlei Basis, es entsprang vielmehr ihrem Innersten. Wie ein Instinkt, ein Reflex vielleicht noch eher, sie wusste, es war dumm, aber sie musste es tun. Es passte nicht zu ihr, aber sie musste es tun.

Sie stand nachts an Ellis Bett und beobachtete ihre Tochter, wie sie schlief. Sie sah ihr zu, wie sich ihr Brustkorb hob und senkte, wie in manchen Nächten ihre Lider flatterten, ihre Hände leicht zuckten, vielleicht weil der Traum es forderte, vielleicht weil der Tag zu unruhig gewesen war. Sie sah ihr forschend ins Gesicht, wenn das Atmen etwas zu flach war, spürte, wie eine leichte Panik von ihr Besitz nahm, und empfand dann eine unbeschreibliche Erleichterung, wenn sich Elli leicht regte, zufrieden seufzte oder ein anderes eindeutiges Lebenszeichen von sich gab.

Sie stand an ihrem Bett. Mal zehn Minuten lang, mal eine halbe Stunde. Sie stand dort still und stumm, betrachtete ihre Tochter und dann wusste sie es.

Sie liebte ihr Kind und sie war eine Mutter.

Sie war im Frieden. Mit sich und der Welt. Hier und Jetzt.

Frieden, dachte Marlene, Frieden könnte ich jetzt auch gebrauchen.

Hatte Elli ihn angerufen? Hatte sie ihm geschrieben? Ich traue mich nicht, sie zu fragen. Ich traue mich einfach nicht und drehe mich im Kreis, dachte sie.

Es war immer klar gewesen, dass Jochen niemals mehr eine Rolle in ihrem Leben spielen würde. Nie hatte sie auch nur eine Sekunde in Erwägung gezogen, dass es Umstände im Leben, und im Tod, ergänzte sie schnell und bitter, geben würde, die dazu führten, dass er doch noch einen Auftritt haben würde. Hätte sie gewettet, sie wäre jetzt arm. Sie hatte alles gesetzt und verloren. Fast musste sie lachen, das hatte was, dachte sie. Irgendwas hatte das, dachte sie und schloss das Fenster. Blieb aber davor stehen und starrte weiterhin hinaus.

Sie wusste nicht viel, sie wusste nur, dass er weit weg lebte. Nach dem Studium, sie meinte sich zu erinnern, dass es Jura gewesen war, das würde zumindest passen, war er in eine andere Stadt gezogen und hatte dort begonnen zu arbeiten. Aber das war natürlich Ewigkeiten her. Tante Inge wusste das alles besser, Marlene hatte nur das gehört, was sie hören wollte, und das war nicht viel gewesen.

Hatte er Familie? Kinder? Eine Ehefrau? Eine Exfrau? Eine Affäre? Oder alles zusammen?

Er hatte, nachdem er es erfuhr, Geld geschickt. Wo zur Hölle er es während des Studiums auch herhatte. Sie hatte das Geld nicht angenommen. Er hatte einen Anwalt geschickt, sie hatte sich eine Anwältin genommen. Er hatte ein Konto eingerichtet, sie hatte schließlich zugestimmt.

An ihrem 18. Geburtstag hätte Elli es erfahren. Der Plan war gewesen, ihr nach einer Flasche Wein oder mehr von dem Konto zu erzählen, vielleicht etwas sarkastisch dabei zu sein, und ihr dann vorzuschlagen, ein dickes, fettes Auto zu kaufen. Den Führerschein wollte sie ja irgendwann machen. Spätestens nach dem Abitur. Das wäre dann der Gipfel der Konvention. Oder ihr vorzuschlagen, sich in eine Weltreise zu stürzen. Das hatte sie selbst immer schon machen wollen. Ein Jahr raus aus dem Leben. Ein ganzes Jahr richtig leben.

Es war Ellis Geld. Jochen hatte seine Schuld bezahlt.

Ich hätte nicht schweigen dürfen, dachte sie. Viel zu lange habe ich geschwiegen.

Ich habe versagt, dachte sie.

Sie sah auf die Uhr an ihrem Handgelenk, seufzte einmal tief und sah in den Garten. Sie musste noch zwei Romane beenden, am Montag müssten sie an den Verlag rausgeschickt werden. Es fiel ihr etwas schwer, sich in die Geschichten einzufinden. Diesen Monat schrieb sie für zwei Zeitschriften, deren Leserschaft sie noch nicht einschätzen konnte. Sie sprang für eine Autorin ein, die sich beim Wandern in den Dolomiten ein Bein gebrochen hatte. Der Verlag hatte sie kurzfristig gefragt und natürlich tat sie das gern. Irgendwann würde ja auch mal jemand für sie einspringen müssen.

Nicht irgendwann, dachte sie, bald.

Draußen schrie ein Käuzchen. Und Marlene war kurz davor, mitzuschreien.

30.

»Soll ich es wirklich tun?«

»Ja.«

»Ich schaffe das nicht.«

»Doch, tust du.«

»Scheiße.«

»Genau, und deshalb musst du anrufen.«

Meine Hand, die den Telefonhörer gegen mein Ohr drückte, zitterte. Zitterte so stark, dass ich Schwierigkeiten hatte, den Hörer festzuhalten. Die Knöchel an meiner Hand schimmerten weiß durch die Haut, mein Ohr war im Gegensatz dazu dunkelrot angelaufen. Ich musste erbärmlich aussehen, es fühlte sich zumindest so an.

Ich warf einen Blick auf den mittlerweile schmutzig weißen Zettel auf dem Boden vor mir. Auswendig konnte ich sie. Seine Nummer. Jochens Nummer.

Er ist mein Vater, dachte ich. Mein Vater.

»Nun mach endlich«, flüsterte Sophie, die vor mir im Schneidersitz auf dem Boden kniete und sich mit beiden Händen durch die Haare fuhr. »Los!«

Wir saßen im Wohnzimmer, es war dunkel, wir hatten kein Licht angemacht, nur zwei Kerzen rechts und links auf den kleinen Beistelltischchen neben dem Sofa. Marlene hatte sich zurückgezogen, sie schlief wahrscheinlich. Dieser komische Tag war dabei, ein Ende zu finden. Ich hatte Sophie vom Brautkleid erzählt. Sie hatte gelacht, dann hatte sie mein Gesicht gesehen, genickt und war wortlos zur Stereoanlage gegangen, hatte eine Kassette aus ihrem Walkman genommen, hatte an New Model Army und Nick Cave vorbeigespult und war bei Lou Reed stehen geblieben.

Perfect Day. In Endlosschleife.

Dann hatte sie gesagt, es wäre jetzt Zeit. Ich hatte sofort gewusst, was sie meinte, hatte geantwortet, dass ich das nicht schaffe, sie hatte gesagt, du musst, ich hatte geantwortet, ich kann nicht.

Dann hatten wir drei Zigaretten geraucht. Die Terrassentüren weit geöffnet, uns hinter den Vorhängen versteckend, hatten wir uns angeschwiegen.

Und dann war ich stumm zum Telefon gegangen. Und sie war mir stumm gefolgt.

»Ich mache es.«

»Okay.«

»Ich mache es wirklich.«

»Okay.«

Ich legte den Hörer kurz wieder ab, dann nahm ich ihn wieder hoch. Das Freizeichen ertönte. Ich sah Sophie in die Augen und begann, blind die Tasten zu drücken. Eine nach der anderen. Eine Nummer mit Vorwahl. In der großen, weit entfernten Stadt. Ich kannte jede einzelne Zahl. Im Krankenhaus hatte ich sie mir jede Nacht vor Augen geführt, als müsste ich jederzeit damit rechnen, aus dem Schlaf gerissen zu werden und sie sofort aufsagen zu müssen. Ich lauschte auf die unterschiedlichen Töne, die mein Drücken in der Leitung produzierte, dann erklang das Freizeichen. Es war nicht besetzt. Es war frei.

Was wollte ich eigentlich sagen?

Ein neuer Anflug von Panik überfiel mich plötzlich.

»Wie spät ist es?«

Sophie runzelte die Stirn.

»Wie spät ist es?«, flüsterte ich erneut. Mein Ohr schmerzte.

Sie sah auf ihre Armbanduhr.

»Viertel vor elf.«

Ich riss die Augen auf.

»Das ist viel zu spät! Ich kann doch nicht um diese Uhrzeit …«

»Brandes.«

Einen Augenblick war mir, als zöge mir jemand den Boden unter den Füßen weg. Mit einem Ruck, schnell und zackig, so als würde man unter einer voll gedeckten Tafel die Tischdecke wegreißen. Das Geschirr wackelte leicht, blieb aber stehen, selbst die filigranen Sektgläser verharrten unversehrt an ihrem Platz, und das Publikum applaudierte pflichtschuldig dem wundersamen Menschen, der dieses Kunststück geschafft hatte. Ich blieb auch stehen, aber das, worauf ich stand, war plötzlich verschwunden. Nackt stand ich da. Entblößt. Niemand applaudierte. Es blieb still. Ich suchte nach einem Grund.

Sophie, mein Publikum, biss sich auf die Lippen.

»Hallo? Ist da jemand?«

Eine dunkle Stimme. Weich und auch etwas warm. Nicht unfreundlich. Aber distanziert.

Sophie hob die Hand und begann, vor ihrem Gesicht damit herumzufuchteln.

Ich schloss die Augen. Drückte den Hörer an mein Ohr.

Die Dummheit der Erwartung, dachte ich. Ich bin so tief gefallen.

»Hallo? Hallo? Wissen Sie eigentlich, wie spät das ist?«

Diesmal ungeduldiger. Leicht verärgert.

Sie war nicht unangenehm, diese Frauenstimme. Langsam öffnete ich die Augen.

Fritz tauchte schräg hinter Sophie in der Tür zum Wohnzimmer auf, sein weißer Schwanz leuchtete fast ein wenig in der Dunkelheit. Das Flurlicht ging an.

»Wissen Sie was? Sie sind ein perverses Schwei...«

Mit einem leisen Klick legte ich auf.

31.

HEUTE

Ich konnte nicht sagen, wie lange ich bereits hier saß und ihn anstarrte, ich wusste nur, es musste bereits eine Weile her sein, dass ich mich hingesetzt hatte. Mein Rücken schmerzte leicht. Meine Beine waren eingeschlafen. Ich traute mich nicht, mich zu bewegen, aber ich wusste, dass ich es bald würde tun müssen. Alles andere würde auf einen Termin beim Orthopäden oder am besten gleich bei einem Psychiater hinauslaufen. Ich saß auf dem Boden im Arbeitszimmer, den Oberkörper etwas vornübergebeugt, die Beine halb unter mir vergraben, halb neben mir, die Hände im Schoß gefaltet. Und ließ ihn nicht aus den Augen.

Er sah noch hässlicher aus, als ich ihn in Erinnerung gehabt hatte. Das Licht auf dem Dachboden war wohl zu schlecht gewesen, anders konnte ich es mir nicht erklären. Wie blind war ich denn gewesen?

Der Koffer sah aus, als wäre er bereits einmal vergraben gewesen. Und als hätte man ihn erst nach Monaten wieder ausgebuddelt. Das braune Leder war unter der Staubschicht krustig und verklebt, eine undefinierbare Masse umhüllte ihn. Erde, es sieht tatsächlich aus wie Erde, dachte ich, das kann natürlich nicht sein, aber wer weiß das schon, dachte ich. Die Riemen, die oben am Koffer zusammenliefen, waren zerfleddert und bei dem einen fehlte die Schnalle, lose baumelten die Enden rechts und links am Koffer herunter. Wie ein BH-Träger, der nicht auf der Schulter halten wollte.

Was rede ich denn da, dachte ich. Und was tue ich hier eigentlich?

Holger war noch bei der Arbeit und Emma mal wieder bei ihrer Freundin Lena. Die zwei hingen in letzter Zeit dauernd zusammen. Für einen kurzen Moment schoss mir ein Name durch den Kopf, dann war er wieder fort. Mir gegenüber stand der Koffer, ich versuchte, mich zu konzentrieren, und der kurze Anflug von Traurigkeit war vorüber.

Was bist du, dachte ich und sah ihn an, als erwartete ich eine Antwort. Als erwartete ich, dass sich der Koffer zur Seite warf, sich hinlegte, und Ober- und Unterseite sich wie Lippen bewegten, um mir zu antworten.

Gespräch mit einem Koffer.

Das klang wie ein literarischer Misserfolg, hoch gesetzt, tief gefallen. Viel gewollt, nichts bekommen.

Nein, dachte ich, das klingt verrückt. Einfach nur verrückt.

Ganz vorsichtig, wie in Zeitlupe, schob ich meinen Oberkörper etwas nach hinten. Gleichzeitig zog ich meine Beine nach vorn. Meine harten Muskeln dankten es mir sofort. Das Kribbeln war unangenehm, aber leichter zu ertragen als die Schmerzen zuvor. Nur die Hände blieben, wie sie waren, was sie waren.

Ich hielt mich fest.

Eigentlich hatte ich nur den Schlüssel zurückbringen wollen. Übermorgen wollte Tante Inge nach Hause zurückkehren, sie hatte zweimal angerufen, um es uns mitzuteilen, einmal war Holger am Apparat gewesen, einmal ich selbst. Wir wissen doch bereits Bescheid, hatte ich gesagt. Worauf sie antwortete, sicher, aber Holger ist ein Mann. Worauf ich nichts sagte, weil sie ja irgendwie recht hatte, und stattdessen zuhörte, wie Tante Inge sich zwanzig Minuten lang über einen eingewachsenen Zehennagel beklagte, der sie fast zwei Wochen lang ans Bett beziehungsweise Sofa gefesselt hatte. Was ist Binz ohne Strand, hatte sie geseufzt.

Nichts.

Und plötzlich hatte ich es gewusst, ich hatte im Flur gestanden, den Schlüssel zum Dachboden griffbereit in der Hosentasche, hatte gerade die Blumen zum letzten Mal gegossen, die Fenster zum letzten Mal geöffnet und zum letzten Mal wieder geschlossen, den Briefkasten vorn an der Straße kontrolliert, die Werbeanzeigen in die Mülltonne geworfen, die Zeitung für die Nachbarin bereitgelegt.

Der Koffer musste mit.

Mit allem, was dazugehörte, der Erde, dem Dreck, dem Staub.

Den Erinnerungen.

Tante Inge würde nichts merken, da war ich mir sicher. Wahrscheinlich hatte sie ihn dort oben vergessen, hatte vielleicht sogar keine Ahnung, dass er da überhaupt stand. Über ein Jahrzehnt gestanden hatte. Ich war keine Diebin, man konnte viel eher sagen, dass ich mir endlich das genommen hatte, was mir gehörte. Jetzt, nach dreizehn Jahren, war die Zeit vielleicht reif, mein Erbe anzutreten. Der Koffer meiner Mutter.

Und plötzlich musste ich lachen, furchtbar bitter, es kam tief aus meinem Inneren, entstand dort unten, drängte sich nach oben, durch meine Eingeweide, durch meine Brust, ich konnte es nicht kontrollieren, es brach aus mir heraus.

Hahaha, lachte ich. Hahaha.

Fick dich, Mutter.

Dachte ich.

Während dieser schmutzige, einsame Koffer in unserem schwarzmetallenen Arbeitszimmer stand und mich böse anstarrte.

Später rief Jochen an. Ich war gerade dabei, eine Waschmaschine mit 60-Grad-Wäsche zu füllen. Holger hatte am Abend zuvor Basketballtraining gehabt und vergaß oft, danach seine Sporttasche zu leeren. Mit spitzen Fingern suchte ich den zweiten der noch feuchten Sportsocken, als das Telefon klingelte. Emma schlief bereits und Holger brütete im Arbeitszimmer über unserer Steuererklärung.

»Hallo«, sagte ich.

»Elisabeth«, sagte mein Vater.

»Wie geht es Melanie?«

»Sehr gut, sie fährt übermorgen nach Bochum zu Gunnar.«

»Wie geht es dir?«

»Ich bin kommende Woche in der Nähe. Habt ihr Zeit?«

»Komm vorbei, wir sind da.«

»Gut.«

»Gut.«

»Elisabeth?«

»Jochen?«

»Kommende Woche. Ich sag noch Bescheid, wann genau ich vorbeischaue.«

Dann legten wir auf. Mit dem Daumen drückte ich auf den Knopf, leise begann die Waschmaschine zu rumpeln. Ich nahm den Wäschekorb und stellte ihn unter das Fenster, zupfte einen Fussel weg, der an meinem T-Shirt klebte, und ging ins Wohnzimmer. Müde war ich, erschöpft.

Nicht wütend.

Holger kam aus dem Arbeitszimmer, genau in dem Moment, als ich mich in den großen Sessel fallen ließ. Er sah mich an und lächelte zufrieden.

»Das muss gefeiert werden!«

»Was?«

»Wenn alles so läuft, wie ich es ausgerechnet habe, bekommen wir rund dreieinhalbtausend Euro erstattet. Das schreit geradezu nach Wein, finde ich.«

Er wartete meine Antwort nicht ab, sondern lief in die Küche und kam eine Minute später mit zwei Weingläsern in der einen und dem geöffneten Weißburgunder aus dem Kühlschrank in der anderen Hand wieder in den Raum.

Beim Einschenken tropfte er auf den Glastisch. Ich rutschte vom Sessel auf den Boden, zog mein T-Shirt vom Bauch weg und wischte schnell über die Tischplatte. Dann nahm ich das zweite Glas und hielt es hoch. Holger wartete bereits.

»Auf uns!«, sagte mein Mann.

»Auf dich«, sagte ich.

»Auf das, was uns zusteht«, sagte mein Mann.

Wir lächelten uns an. Der Wein war kalt und gut. Ihn nur anzusehen, beruhigte mich irgendwie.

Müde bin ich, dachte ich. So müde.

»Jochen kommt kommende Woche vorbei«, sagte ich.

Es war, wie ich es erwartet hatte, Holger stellte mit einem Ruck das Glas auf den Tisch. Es klirrte, zerbrach aber nicht.

»Warum?«

»Er ist in der Nähe.«

»Du weißt, was ich davon halte?«

»Ja.«

»Du willst ihn trotzdem sehen?«

»Ja.«

»Ich verstehe dich nicht. Ich verstehe dich einfach nicht.«

Sagte mein Mann, nahm sein Glas erneut in die Hand, stand auf und ging mit schnellen Schritten aus dem Raum.

Ich lehnte mich zurück, trank einen weiteren Schluck, sah Holger hinterher und musste plötzlich wieder an ihn denken.

Der Koffer stand im kleinen Abstellraum hinter der Speisekammer, neben den leeren Einmachgläsern.

Von einem Versteck ins nächste, dachte ich.

Und wusste plötzlich nicht mehr, wen oder was ich damit meinte.

32.
1997

Ich träumte. Ich träumte von Lars. Ich lag neben ihm, ganz eng angekuschelt. In der Löffelchenstellung. Ich lag hinter ihm, atmete seinen Geruch ein, diesen wunderbaren Geruch, der Lars war, und drückte mein Gesicht in seinen Rücken.

Wir waren nicht allein. Es war ein großer Saal, wie in einem Theater oder in einer Oper, wir lagen dort, wo normalerweise das Publikum Platz nahm, aber statt der Reihen von Sitzen waren da nur der nackte Boden und sehr viele Menschen.

Und wir waren mitten unter ihnen.

Auf der Bühne wurde verhandelt, ein Richter saß dort oben, an einem hohen Pult, es hatte etwas Kafkaeskes, im wahrsten Sinne des Wortes, der Prozess war in vollem Gange, Zeugen wurden permanent aufgerufen, erhoben sich aus den Reihen der Menschen, die dort unten im Zuschauerraum lagen, Anwälte sprachen, Gegenanwälte sprachen, der Richter schwang seinen Hammer, aber niemand hörte zu.

Lars und ich drängten uns aneinander.

Ich spürte ein Kribbeln und ein Verlangen, ein körperliches Ziehen in meinem Bauch. Ich wollte ihn, ich wollte, dass er mich wollte.

Küssen wollte ich ihn.

Jetzt.

Plötzlich stand er auf, sah zu mir herab und sagte, er sei nun dran. Ich konnte sein Gesicht nicht erkennen, zu stark blendete mich das Licht, ich wollte etwas sagen, so etwas wie, nein, bitte, bleib bei mir, und dann war er fort. Ich blieb zurück, starr und stumm, immer noch unfähig, mich zu bewegen, und hoffte.

Hoffte, dass er bald zurückkehrte.

Und dann wurde alles weiß und immer noch stumm wachte ich auf.

Ich träume zu viel, dachte ich, als ich ein paar Minuten später im Bad stand und mir kaltes Wasser ins Gesicht spritzte. Warum tat man das eigentlich? Warum klatschte man sich nach bösen Träumen kaltes Wasser ins Gesicht? Wach war man doch schon. Das konnte nicht der Grund sein. Machten böse Träume schmutzig? Ich hatte keine Ahnung. Vielleicht gehörte es zu den Dingen, die man machte, weil es eben alle anderen auch taten.

Mir war schlecht. Ich drehte den Wasserhahn zu, stützte mich mit beiden Händen am Rand des Waschbeckens ab und atmete tief ein.

Warum muss ich immer an ihn denken? Warum taucht er immer in meinem Kopf auf? Ich habe genügend Probleme, ich kann das nicht gebrauchen, ich kann mich damit nicht beschäftigen, ich kriege alles andere ja schon nicht auf die Reihe, es ist zu viel. Zu viel, dachte ich. Ich hasse meine Mutter und sie stirbt in ein paar Monaten, wenn man ihrem Countdown glauben will, mein Vater lebt weit weg von hier, hat wahrscheinlich eine eigene Familie und hat sich die vergangenen siebzehn Jahre einen Scheißdreck um mich geschert, mein Großvater hat aufgehört, mein Großvater zu sein, und ich habe keine Ahnung, wo ich in zwölf Wochen und einem Tag sein werde, wer ich dann sein werde und was dann ist. Was bleibt mir denn, dachte ich. Was bleibt übrig?

Und wer braucht da noch diese Sache mit Lars?

Ich hob meinen Kopf und sah in den Spiegel.

Ich, schrie es leise in mir. Ich brauche diese Sache, dachte ich.

Mit Lars. Er war mein kaltes Wasser im Gesicht.

In meinem Zimmer sah ich auf die Anzeige meines Radioweckers. Es war zwei Uhr und genau dreiundzwanzig Minuten.

Spät war es, zu spät?

Ich schlüpfte schnell in meine Jeans und meine Turnschuhe, zog meinen schwarzen Kapuzenpulli über und schlich mich dann langsam über den Flur, die Treppe hinab. Fritz miaute leise und strich mir um die Beine, ich streichelte ihn halbherzig, öffnete die Haustür und trat hinaus. Ein paar Sekunden später saß ich auf meinem Fahrrad und war auf dem Weg.

Ich war vorher noch nie da gewesen, aber ich erkannte es sofort. Die blaue Leuchtreklame blinkte hell in der Dunkelheit, ein Pärchen kam gerade lachend aus der Ladentür, er legte den Arm um sie, sie flüsterte ihm etwas ins Ohr.

Mein Rad schloss ich an den Laternenpfahl an. Dann stand ich einen Moment ganz still. Mir war warm von der Fahrt, im Nacken fühlte es sich verschwitzt an.

Ich habe mein Haargummi vergessen, dachte ich.

Denk nicht so viel, fühlte ich.

Ich fand Lars im Gang zwischen den Thrillern auf der einen und den Horrorfilmen auf der anderen Seite. Er hatte einen Stapel unetikettierter Videokassetten auf dem Arm und sortierte sie mit einem gewissen System ins Regal ein. Jeans, Chucks und irgendein Band-T-Shirt.

Er bemerkte mich erst, als ich genau vor ihm stand.

»Was machst du denn hier?«

»Scheiße.«

»Wie bitte?«

»Lars?«

»Ja?«

»Ich glaube, ich liebe dich.«

Sagte ich und stand vor ihm.

Die Frage. Ja, die Frage war, brauchte er mich auch? Wenn mein kaltes Wasser war, war ich dann sein Ausnahmezustand? Tat man sich freiwillig einen Ausnahmezustand an? Mich bekam man derzeit nur als das, was ich nun mal war. Das Mädchen mit der kranken Mutter. Das Mädchen, der Freak, das Drama, die Traurigkeit. Das Rundum-sorgenvoll-Paket.

Hatte ich tatsächlich gerade das gesagt, was ich gerade gesagt hatte?

So muss es sich anfühlen, zu sterben, dachte ich.

Lars sagte nichts, er lächelte nicht, er sah mich nur an, legte irgendwann den Stapel mit den Videokassetten neben sich auf das Regal, nahm meine Hand, rief einem Typen hinter der Kasse etwas zu und zog mich durch den Laden nach draußen. Am Laternenpfahl blieb er stehen, drehte sich zu mir um und ich bemerkte erst jetzt, dass seine grünen Augen kleine bernsteinfarbene Sprenkel hatten. Er ließ meine Hand los. Und ich ihn. Verlegen sah ich zu Boden.

»Ich musste dir das sagen. Tut mir leid.«

»Sag mal, was bildest du dir eigentlich ein?«

»Was meinst du?«

»Du tauchst permanent in meinem Leben auf und wirfst mir irgendwelche krassen Sachen an den Kopf und verschwindest dann einfach wieder. Als wäre nichts passiert.«

Ich schwieg.

»Das meine ich. Und ich frage dich, was das soll?«

»Vergiss es einfach.«

»Wie bitte? Ich soll es einfach vergessen?«

»Ja.«

»Alles?«

Ich schwieg.

»Okay, ich sage dir jetzt mal was. Ich weiß nicht, ob du das jetzt hören möchtest, aber ich sage es dir trotzdem. Es interessiert mich.«

»Was?«

»Es interessiert mich.«

»Ich glaube, ich verstehe nicht.«

»Du interessierst mich. All das, was du mir an den Kopf wirfst, interessiert mich. Egal, ob krass oder nicht. Ich will es hören.«

»Aber warum bist du dann sauer?«

»Bin ich gar nicht.«

»Nicht?«

»Nein.«

»Was bist du dann?«

»Verrückt nach dir.«
Sagte er. Und küsste mich.

33.

Wenn man siebzehn Jahre alt ist, dann war man mindestens einmal im Leben schon richtig verliebt.
Elli und Lars. Lars und Elli.
Verliebt?
Langsam strich ich mit den Fingern über seine Brust, fuhr jeden einzelnen Buchstaben entlang, der auf dem T-Shirt gedruckt war, ganz zart und vorsichtig, weil ich ihn nicht wecken wollte. Kichernd hatte ich gestern Nacht in der Dunkelheit versucht, zu entziffern, was auf dem Shirt stand, welche Band es war, die Lars durch sein Leben trug, aber ich hatte es nicht geschafft. Stattdessen hatte es mich umgehauen, das alles hier, und ich war eine Sekunde, nachdem mein Kopf auf der Matratze angekommen war, eingeschlafen.
Als hätte man mir meine ganze Kraft geraubt. Als hätte diese Nacht mir meine ganze Kraft geraubt.
Und nun?
Er hielt mich fest. Hielt mich fest im Arm, schlief und hatte mich nicht losgelassen. Die letzten Stunden, so war es wohl.
Wie würde es jetzt weitergehen?
Noch während ich lag und es im Zimmer immer heller wurde, ein Dachzimmer, klein, aber irgendwie schön, gemütlich irgendwie, wusste ich, dass das hier nicht gut enden würde. Es konnte nicht gut enden.
Hatte ich gestern getrunken?
Nein, dachte ich. Ich hatte versucht, Jochen anzurufen, geträumt, und dann war etwas passiert mit mir. Ich hatte alles verdrängt, alle Hindernisse beiseitegeschoben und war gesprungen.
Hatte es wehgetan?

Nein, bis jetzt noch nicht.

Würde es noch wehtun?

Ja, natürlich.

Ich blinzelte zweimal und versuchte, meinen Kopf leicht zu heben, mein Nacken tat etwas weh. Die schräge Wand über uns, dort wo das Bett stand, war mit hellem Holz vertäfelt, ein riesiges Led-Zeppelin-Poster klebte an ihr, *Stairway To Heaven* in 130 mal 150 Zentimeter. Gegenüber die Stereoanlage, mit unendlich vielen CDs und Kassetten davor auf dem Boden. Ein kleines Bücherregal, dann sein Kleiderschrank, keine Klamotten, die umherflogen, soweit ich das beurteilen konnte, sein Schreibtisch, unordentlich, ein *Yps*-Heft lag aufgeschlagen obendrauf, und dann ein kleiner Sessel und ein minikleiner Tisch, auf dem Sticks lagen.

Waren das Sticks? Woher wusste ich überhaupt, wie Sticks aussahen? Ich hatte diese Dinger nie zuvor aus der Nähe gesehen.

Spielte Lars Schlagzeug? Offenbar.

Was tust du noch, was ich nicht weiß, dachte ich. Und schämte mich.

Ganz plötzlich. Für meine Unaufmerksamkeit, meine Unwissenheit, für die ganzen letzten Wochen. Ich spürte, wie sich mein Körper verkrampfte, wie sich jeder Muskel anspannte, und mir war plötzlich sehr heiß. Ich sah erneut zu den Sticks und die Scham prallte mit der Wucht einer fünf Meter hohen Welle gegen mich, schwappte über mich hinweg und begrub mich unter sich. Ich schnappte nach Luft, versuchte, still zu sein, wollte nicht, dass Lars aufwachte, dass er mich sah, so sah. Ich hatte das Gefühl, unterzugehen. Zu ertrinken in diesem Gefühl, es war unerträglich.

Was hatte ich getan?

Nichts tust du, sagte eine Stimme in mir.

Das ist ja das Problem, du redest nicht, du teilst nicht, du gibst dir keine Mühe.

Du tust dir nur leid.

Keine Mühe?

Keine Mühe, die Welt um dich herum wahrzunehmen, sagte die Stimme.

Ich schluckte trocken. Fuhr mit der Zunge über meine Lippen und spürte, wie die Welle langsam abebbte. Die Wucht abnahm, stattdessen dachte ich über diesen Satz nach. War es so? Lag da das Problem?

Lars bewegte sich etwas, ich verharrte sofort in meinen Gedanken, so als wären sie laut oder störend, komplett albern war das, aber ich hielt den Atem an und wartete, bis ich wieder die ruhigen Atemzüge hörte, seine Brust sich gleichmäßig an meiner Wange hob und senkte.

Gerade als ich den Gedanken wieder aufgreifen wollte, klopfte es an der Tür.

Dreimal kurz.

Ich schloss die Augen. Lars regte sich neben mir.

Wieder Klopfen. Wieder dreimal kurz. Wieder Pause.

Dann öffnete jemand die Tür.

Lars schlug die Augen auf. »Was ...«

»Guten Morgen, du Schlafmütz...«, begann Lars' Mutter.

»Was ...«, wiederholte Lars und rieb sich die Augen.

»Hallo«, sagte ich.

Zwei Stunden später saßen wir auf dem Schulhof, da wo wir immer saßen, im hintersten Winkel des Raucherhofs, links von den Fahrradständern und rechts von der großen Turnhalle. Wir, das waren Lars und ich. Seine Mutter hatten wir bei ihm zu Hause zurückgelassen. Sie hatte die gleiche Nase wie Lars. Ich mochte sie. Also seine Mutter, ob das auf Gegenseitigkeit beruhte, darüber wagte ich nicht nachzudenken. Vorerst.

Wir saßen einfach da. Es war nicht besonders kalt, aber der Himmel sah dunkel aus. Grau in grau, es war ein grauer Tag. So sagte man das wohl, wenn man eigentlich die Stimmung beschreiben wollte. Ich wünschte, ich hätte eine Zigarette gehabt. Oder zwei oder drei. Dann hätte ich mich an etwas festhalten können. Aber wir waren allein hier in der Raucherecke. Weiter hinten bei den Basketballkörben, da hatte vorhin ein halbes Dutzend Neuntklässler abgehangen, aber sie schienen bereits wieder gegangen zu sein. Es war still um uns herum.

»Ist dir kalt?«

»Nein, es ist okay.«

Lars hob den Kopf und sah nach oben in den Himmel. Ich sah ihn von der Seite an, sah, wie sich seine Mundwinkel leicht nach oben verzogen, und tat es ihm nach.

Er ist schön, dachte ich, während ich in den Himmel starrte.

»Elli?«

»Lars.«

»Wie geht es dir?«

Mein Nacken schmerzte etwas.

»Überrascht es dich, wenn ich sage, dass es mir ziemlich gut geht?«

Ich schielte zu ihm hinüber. Er lächelte, tatsächlich.

Vielleicht gab es doch noch so etwas wie Hoffnung, dachte ich. Vielleicht ist das hier ein Zeichen, das berühmte Licht am Ende des Tunnels, der rettende Funke.

Ein Regentropfen traf mein Gesicht.

Lars und Elli. Elli und Lars, summte es in meinem Kopf. Verliebt.

34.

In dem Moment, als ich durch die Haustür trat, meine Chucks abstreifte und in die Stille des Hauses lauschte, registrierte ich es. Es war anders. Irgendwas war anders. Ich konnte nicht sagen was, alles sah genauso aus wie immer, alles roch so wie immer, alles schien wie immer, aber irgendwas war da, was mich stutzen ließ. Ich legte mein Schlüsselbund auf die Kommode, warf einen

Blick nach oben, die Treppe hinauf und ging dann den Flur entlang zur Küche.

Vorbei an der jungen Josephine Baker, die bei uns an der Wand hing. Es war eine Kopie dieser ziemlich bekannten Fotografie von ihr. Baker trug darauf ihr berühmtes Bananenröckchen, und wirklich nur das, und lächelte kokett in die Kamera, mir war es immer so vorgekommen, als würde sie mir zublinzeln.

Als Marlene den Kunstdruck damals aufhängte, fand ich ihn schrecklich peinlich. Ich war ungefähr dreizehn Jahre und in unserem Flur hing eine halb nackte Frau. Keiner meiner Mitschüler, oder besser keiner der Eltern meiner Mitschüler, hatte eine halb nackte Frau im Bananenröckchen im Flur hängen. Warum musste Marlene es dann tun? Ich weiß noch, dass ich eine Zeit lang immer nur mit gesenktem Kopf durch den Flur gehuscht bin, so als hätte ich Angst, dass das Bild zu mir sprechen würde, wenn es mich sähe, wenn es sähe, dass ich es sehe. Es war so unfassbar peinlich. Meine Mutter war das Allerletzte. Tatsächlich.

Denn niemals war sie.

So.

Wie ich sie haben wollte, nie nur so, wie sie sein sollte.

Immer so, wie sie war.

»Du bist so peinlich«, hatte ich sie angeschrien.

»Danke, danke«, hatte sie gelacht.

»Warum tust du mir das an?«

»Weil ich Bananen so gern mag.«

Ich hatte sie einen Moment lang fassungslos angestarrt, war dann aus dem Zimmer gerannt und hatte die Tür hinter mir zugeschlagen.

Josephine aber blieb.

Nackt in unserem Flur.

Seit Monaten hatte ich ihr keinen Blick mehr zugeworfen, eigentlich, das wurde mir jetzt bewusst, hatte ich sie vergessen. Ich war jeden Tag ein Dutzend Mal an ihr vorbeigegangen und hatte sie überhaupt nicht wahrgenommen. Sie war mir egal gewesen und sie war mir heute auch egal. Ich hatte sie zufällig entdeckt, wieder-entdeckt, um genau zu sein, und während ich nun in dieser Sekunde in diesem stillen Flur stand, fragte ich mich, was ich jemals schlimm an dieser halb entblößten Frau mit dem Bananenröckchen gefunden hatte.

Ich konnte mich nicht erinnern.

»Hallo Töchterchen!«

Ich zuckte zusammen.

Marlene stand in der Tür zur Küche. Sie trug eine alte Jeans, einen noch älteren Pullover und ihre Haare waren unter einem Kopftuch versteckt. Sie war gerade dabei, sich Gummihandschuhe, einer war grasgrün, der andere Müllabfuhr-orange, auszuziehen.

»Bin ich zu früh?«, fragte ich.

»Nein«, lächelte sie. »Ich bin fertig. Ich war nur kurz draußen bei den Mülltonnen.«

Plötzlich hatte ich ein schlechtes Gewissen.

»Ich wollte morgen putzen. Du hättest es nicht tun müssen«, sagte ich leise und es klang in meinen Ohren furchtbar falsch.

Marlene zog die Augenbrauen leicht hoch, sagte aber nichts, sondern strich sich lediglich mit dem Handrücken eine widerspenstige Locke aus der Stirn.

»Ich nehme jetzt schnell eine Dusche und dann lege ich mich einen Moment hin.«

Ich nickte und sah ihr zu, wie sie sehr langsam die Treppe hinaufging. Auf halber Höhe hob sie den Arm, zog sich das Tuch vom Kopf und fuhr sich mit den Händen durch die Haare. Sie sahen fettig aus. Grau.

Ich spürte einen Stich in der Brust.

»Was passiert jetzt eigentlich mit dem Brautkleid?«, rief ich ihr nach.

Marlene, die bereits oben angekommen war, drehte sich halb herum und sah mich an.

»Ganz ehrlich?«

»Ganz ehrlich.«

Hatte sie bemerkt, dass ich die Nacht nicht zu Hause gewesen war? Hatte sie es bemerkt und sagte jetzt nichts, weil sie keinen Streit wollte, oder war es ihr egal? Oder wusste sie es tatsächlich nicht?

Ich war bereits ein paar Mal nachts abgehauen, aber das war was anderes gewesen. Meistens hatte Marlene mich dazu sogar ermutigt. In meinem Alter habe sie das fast jede Nacht getan und so weiter und so fort.

Nie hatte sie nichts gesagt. Das Recht auf einen Kommentar, das beanspruchte meine Mutter immer. Das Schweigen war neu.

Mein schlechtes Gewissen auch.

»Ich weiß es nicht.«

Sagte Marlene, drehte sich abrupt um und verschwand aus meinem Blickfeld. Einen Moment lang wusste ich nicht, was sie nicht wusste. Einen Moment lang hatte ich das Gefühl, irgendwo zwischen Raum und Zeit, zwischen Gefühl und Verstand, zwischen Realität und Fiktion zu hängen. Wie ein Tennisball, den man für den Aufschlag in den Himmel wirft. Dieser minikleine Moment, in dem der Ball seine höchste Stelle erreicht, kurz verharrt, nur gefühlt natürlich, und dann herabfällt. Dann fiel es mir wieder ein.

Ich nickte erneut. Wobei das albern war, denn niemand sah mir zu. Sah, wie ich verstand oder zumindest so tat.

Sophie.

Ich muss sie unbedingt anrufen, dachte ich.

Und Greta.

Und Otto.

Ich muss sie alle anrufen, dachte ich.

Auch Lars.

Und musste lächeln.

Und dann dachte ich, vielleicht könnten Marlene und ich heute Abend etwas kochen. Auf dem Sofa sitzen. Reden.

Irgendwas war anders.

Ich wusste nicht, was es war, aber irgendwas *war* anders.

Definitiv.

35.

Damals hielt es ich fast zwei Monate lang aus. Ich sprach fast zwei Monate lang fast kein einziges Wort mit meiner Mutter. Es waren tatsächlich nur drei Worte, die ich in den Mund nahm, wenn wir zusammen waren: »Ja«, »Nein« und »Lügnerin«. Wobei ich letzteres ehrlicherweise nicht oft sagte, und wenn, dann meistens so leise, dass sie es nicht verstehen konnte. Ich hörte fast komplett auf, mit meiner Mutter zu kommunizieren, an dem Tag, als Evelin beerdigt wurde. Und Marlene, statt mit uns in der Kirche, zu Hause saß und einen Roman vollendete, der bald Abgabefrist hatte. Als Otto also vorn am Sarg stand und einen Teil von sich zusammen mit seiner Frau begrub, da schrieb meine Mutter von wilden Küssen bei Sonnenuntergang am Strand von Marbella.

Mir blieb damals gar keine Wahl. Ich hatte von Jochen erfahren und meine Großmutter war gestorben, ich wäre erstickt, hätte ich nicht geschwiegen. Ich wäre an all den verlogenen Worten einfach so erstickt.

Das Merkwürdige war nur, dass sich nichts änderte. Meine Mutter war wie immer. Unser Zusammenleben war irgendwie wie immer. Meine Strafe des Schweigens schien an ihr abzuprallen wie ein Flummi vom Boden. Meine Wortlosigkeit blieb ungehört.

An Tag 56 hielt ich es dann nicht mehr aus.

»Mein Finger tut irgendwie weh«, sagte ich.

»Der ist ja völlig angeschwollen!«, sagte Marlene.

»Ja, es tut auch sehr weh.«

»Wie lange hast du das denn schon?«

»Ich bin vorgestern von der Schaukel geknallt ...«

Gedankenverloren stand ich am Herd und rührte in dem Topf mit der Tomatensoße. Es hatte wieder zu regnen begonnen und Fritz lag eingerollt auf einem der Küchenstühle und schlief tief und fest. Ab und zu war ein leises Schnarchen zu hören, ansonsten war es bis auf das Summen der Abzugshaube still.

Warum war mir das jetzt gerade eingefallen? Ich hatte die Tomaten mit heißem Wasser übergossen und sie dann geschält und klein geschnitten. Dann hatte ich sie zusammen mit der Zwiebel im Topf angeschwitzt und das Ganze schließlich mit Brühe abgelöscht.

Jahrelang hatte ich nicht mehr an diese Zeit gedacht. Einfach, weil auch nichts davon geblieben war. Weil es so sinnlos gewesen war.

Marlene lag noch immer oben in ihrem Zimmer und ruhte sich aus. Ich hatte vorhin bei ihr hereingeschaut und sie gefragt, ob sie nachher mit mir was essen wollte. Sie hatte nur stumm genickt, aber entspannt ausgesehen. Auch nicht mehr so blass.

Das Wasser in dem Topf neben der Tomatensoße begann zu kochen. Schnell riss ich die Verpackung auf und ließ die Spaghetti vorsichtig in die brodelnde Flüssigkeit gleiten. Salz hatte ich bereits vorher hinzugefügt, jetzt brauchte ich nur noch einen Schuss Olivenöl zu der Pasta zu geben. Mit dem Kochlöffel schmeckte ich die Soße ab, verbrannte mir leicht die Zunge, aber war zufrieden. Es schmeckte. Nicht überragend, aber Marlene würde es mögen. Und ich auch.

Ich nahm das gute Geschirr aus dem Wohnzimmerschrank. Das von Hutschenreuther, das wurde bei uns nur zu besonderen Gelegenheiten benutzt. Es gefiel mir, es war schlicht, aber schön. Weiß hauptsächlich und am Rand mit einem Ornament in Gold, Blau und Grün. Zwei Weingläser, die großen bauchigen, für den Rotwein und zwei Wassergläser, die kleinen schmalen, stellte ich dazu und dann zündete ich den dreiarmigen Kerzenständer an. Also die Kerzen, natürlich, nicht den Halter.

Zufrieden trat ich ein paar Schritte zurück. Fritz schnarchte einmal sehr laut, und ich fand, es war perfekt.

»Gibt es etwas zu feiern?«

Ich drehte mich schnell um und sah Marlene im Türrahmen stehen. Sie hatte sich ihren Bademantel übergeworfen und band gerade die Bänder vorn zusammen. Eine der Schlaufen war abgerissen und die losen Enden baumelten herab. Diesen Bademantel besaß sie schon seit Ewigkeiten, ich konnte mich an keinen anderen erinnern, genauso lange gab es auch die abgerissene Schlaufe. Marlene schien sich nicht an ihr zu stören und Nähen war ohnehin nicht ihr Ding. Was nicht überraschte, wenn man wusste, dass Evelin sich damals ihr eigenes Brautkleid zusammengeschneidert hatte.

Ehe ich etwas erwidern konnte, setzte sich Marlene auf den Stuhl neben Fritz, streichelte ihm zweimal über den Kopf und nahm die Serviette von ihrem Teller. Sie fuhr mit der Zunge über ihre Lippen und sah mich erwartungsvoll an. Für einen kurzen Moment sah sie aus wie ein Kind. Es hätte mich nicht überrascht, wenn sie sich als Nächstes Messer und Gabel geschnappt und mit beiden Händen ungeduldig auf den Tisch gestampft hätte.

»Na, los! Auf was wartest du? Ich habe Hunger!«

Die ersten Minuten aßen wir schweigend. Ich sah ein paar Mal hoch, um zu sehen, ob Marlene aß. Sie tat es und ich freute mich. Früher hatten wir öfter mal zusammen gegessen, ganz früher, um genauer zu sein, die letzten Jahre war es immer weniger geworden. Meistens trafen wir uns in der Küche und jeder bereitete sich das zu, was er essen wollte, und dann verschwanden wir wieder. Marlene ins Arbeitszimmer, ich ins Wohnzimmer vor den Fernseher, Marlene mit einem Buch in ihr Schlafzimmer, ich in mein Zimmer. Je nachdem, worauf wir Lust hatten. Es hatte sich einfach so ergeben, ohne dass wir das bewusst entschieden hatten. Ich glaube, Marlene war aber sehr froh darüber, dass die Zeiten des gemeinsamen Essens vorbei waren. Für sie war das Zubereiten von kindgerechten oder eben auch nicht kindgerechten Mahlzeiten eine Qual gewesen. Und so hatte es auch geschmeckt. Daher war auch ich dankbar dafür, dass ich irgendwann alt genug war, um mir selbst ein Brot zu schmieren oder Nudeln zu kochen. Glücklicherweise neigte niemand in unserer Familie zu Fettleibigkeit. Wir aßen einseitig und ungesund und blieben trotzdem so, wie wir waren. Zumindest äußerlich.

»Irgendwie siehst du anders aus.«

Marlene hatte sich zurückgelehnt und guckte mich mit zusammengekniffenen Augen an. Sie schwenkte mit der rechten Hand ihr Weinglas und ließ die rote Flüssigkeit hin und her schwappen.

»Wie anders?«

»Ich weiß es nicht. Anders eben.«

Ich wischte mir mit der Serviette über den Mund, legte sie dann neben meinen Teller. Marlene trank mit großen Schlucken ihren Wein, und ich spürte, wie mein Herz in der Brust pochte. Fritz schnarchte mal wieder kurz laut auf, ich sah zum Fenster und bemerkte, dass der Mond hoch am Himmel stand.

Wir aßen beide fast zwei Teller. Und dann hielten wir uns unsere Bäuche. Hielten mit der einen Hand unsere Weingläser und mit der anderen unsere Bäuche fest. Als hätten wir Angst, zu platzen. Wir schafften es gerade noch, das schmutzige Geschirr in die Spüle zu stellen, dann wankten wir ins Wohnzimmer, ließen uns auf das große Sofa fallen und schlossen zufrieden und dankbar unsere Augen.

Später lehnte ich meinen Kopf an Marlenes Schulter. Einfach so. Ohne groß darüber nachzudenken. Sie war ziemlich knochig, diese Schulter.

»Hast du mal wieder mit Greta gesprochen?«, fragte ich leise, zog meine Beine an und begann, meine Füße zu kneten. Sie waren eiskalt, aber ich war zu faul gewesen, mir vorhin Socken anzuziehen.

Marlene zögerte einen Augenblick, streckte sich etwas, sie hatte ihre Beine ausgestreckt und ihre Füße lagen vor ihr auf dem Tisch.

»Noch nicht.«

Ich wusste nicht, was ich sagen sollte. Seit diesem Nachmittag vor ein paar Wochen war so viel passiert. Greta war oft für Wochen unterwegs, aber Marlene und sie telefonierten oft. Normalerweise.

»Ich denke, ich habe jetzt einen Freund.«

Marlene begann, mit ihren Füßen zu wackeln.

»Du denkst?«

»Wir haben das noch nicht besprochen.«

»Ach so.«

»Ja …«

»Wer ist es denn?«

»Ich weiß nicht, ob du ihn kennst. Er heißt Lars.«

»Ist er hübsch?«

»Marlene!«

»Wieso denn? Ist das was Schlimmes?«

»Nein, aber nicht wichtig.«

»Ach so …«

Fritz sprang plötzlich auf das Sofa, mitten zwischen uns. Er drängte sich auf meinen Schoß, drehte sich zweimal um sich selbst, bevor er sich schwerfällig fallen ließ und uns vorwurfsvoll ansah. Keine Party ohne Fritz, das war ja klar.

Ich begann, ihn vorsichtig im Nacken zu kraulen. Marlene hatte ihren Kopf zurückgelegt und die Augen geschlossen. Ich lehnte noch immer an ihrer Schulter und kuschelte mich tiefer in die Kissen.

Ich habe vergessen, Sophie anzurufen, dachte ich träge. Das muss ich morgen früh gleich machen, vor der Schule noch, dachte ich.

Und kurz bevor ich einschlief, setzte sich ein weiterer Gedanke in meinem Kopf fest.

Es war nicht einmal schlimm heute Abend gewesen.

Nicht ein einziges Mal.

36.

Ich war viel zu spät dran. Aus irgendeinem Grund hatte der Wecker nicht geklingelt, und ich war davon aufgeweckt worden, dass Fritz liebevoll, aber drängend an meinen nackten Zehen knabberte. Ich war aufgeschreckt, hatte den Kater dabei aus Versehen vom Bett gefegt und war innerhalb von Sekunden aufgesprungen, hatte meine Sachen zusammengerafft und war ins Bad gerannt. Zehn Minuten später saß ich auf dem Fahrrad und trat in die Pedale.

Sophie wartete an den Fahrradständern. Sie kaute ungeduldig auf einer blonden Haarsträhne herum und trippelte hin und her, als würde sie dringend auf Toilette müssen.

»Tut mir leid!«, rief ich bereits aus der Ferne, stoppte kurz vor ihr und sprang vom Rad.

»Du bist echt das Allerletzte!«, zischte sie und sah einen Moment richtig böse aus. Dann grinste sie, machte einen Schritt auf mich zu, gab mir einen Kuss auf den Mund und umarmte mich.

»Lars, Lars, Lars«, flüsterte Sophie an meinem Ohr.

»Ja, ja, ja«, flüsterte ich zurück.

Dann lösten wir uns voneinander. Der Schulgong ertönte zum dritten Mal. Sophie setzte sich ihre Sonnenbrille auf und ich atmete zum ersten Mal heute Morgen tief durch.

Ich sah ihn auf dem Flur vor den Bio- und Chemieräumen. Er stand an die Wand gelehnt da und unterhielt sich mit einem Mitschüler. Seine Haare waren vom Duschen noch etwas feucht. Vielleicht hatte er auch verschlafen und war zu spät aus dem Haus gekommen. Vielleicht. Vielleicht aber auch nicht.

Als er mich sah, richtete er sich auf, sagte etwas zu dem Typ, mit dem er eben noch gesprochen hatte, und kam auf mich zu.

Ich wusste nicht, was ich machen sollte, also lächelte ich.

»Hey«, sagte Lars.

»Hey«, sagte ich.

Er lächelte jetzt auch. Vielleicht weil er auch nichts wusste, vielleicht aber auch, weil er es wollte.

»Ich geh schon mal vor«, sagte Sophie und verschwand.

Plötzlich hatte ich eine Art Déjà-vu. Eine Zeit lang war es nämlich genau so jeden Morgen gewesen. Nur waren da die Rollen anders verteilt gewesen. Da war Tolga gewesen anstelle von Lars, und ich war es gewesen, die verschwunden war, die die beiden allein gelassen hatte.

Das ist irgendwie verrückt, dachte ich. Im wahrsten Sinne des Wortes, *ver-rückt*.

Mitschüler wuselten um uns herum, eilten zu ihren Klassenräumen und riefen sich dabei irgendwelche Dinge zu. Es war wie jeden Morgen, aber ganz anders. Lars und ich standen uns gegenüber, ganz nah beieinander, voreinander und sahen uns an. Dann nahm er meine Hand. Seine war warm und trocken und ich musste wieder lächeln.

Es war, wie es war, und es würde schon werden. Irgendwie. Dachte ich.

Die ersten zehn Minuten Mathe bei Frau Ahlers zogen blind an mir vorbei. Dann gab sie uns zwei Arbeitsblätter, erinnerte uns an die Klausur in der kommenden Woche, und ich war gezwungen, mich auf ihre Übungen zur Stochastik zu konzentrieren.

In der zweiten Stunde hatte ich Religion, ich konnte im Raum bleiben, Sophie musste zu Chemie und wir verabschiedeten uns mit einem Kuss und einer Zigarette voneinander.

Die nächsten fünfundvierzig Minuten sprach Frau Müller über die Wirklichkeit der Kirche, was immer das auch heißen mochte. Ich kaute Hubba Bubba, malte Blumen auf meinen Collegeblock und versuchte, Julia und Micha zu ignorieren, die sich hinter meinem Rücken angeregt flüsternd unterhielten.

Ich hatte gestern doch noch ganz spät Sophie angerufen. Sie hatte bereits geschlafen, aber als ich ihr von Lars und mir erzählt hatte, war sie hellwach geworden und ich auch wieder. Das ganze Gespräch dauerte nur fünf Minuten, länger war Lars und meine Geschichte noch nicht, aber danach war alles viel größer und wirklicher geworden.

Lange hatte ich noch wach gelegen, ein Kribbeln im ganzen Körper spürend und unfähig, wieder einzuschlafen. Irgendwann war es dann doch passiert. Und ich hatte nicht geträumt, zumindest konnte ich mich nicht dran erinnern.

Es war, wie es war, und es würde schon werden. Irgendwie.

Der Gong ertönte. Frau Müller versuchte noch kurz, gegen die plötzlich aufwallende Geräuschkulisse anzukommen, resignierte aber schnell. Sie war neu an der Schule. Wir waren ihr erster Kurs in Religion. Ich fand sie ganz nett, aber ihr Unterricht war einfach zu langweilig. Man konnte nicht anders, als ihn an sich vorbeiziehen zu lassen.

Als ich aus dem Raum trat, legte mir jemand eine Hand auf die Schulter.

Ich drehte mich schnell um, dachte an Sophie, vielleicht auch Lars, wollte gerade lächeln und fuhr dann überrascht zurück.

Greta.

Im dunkelblauen Hosenanzug mit einem cremefarbenen Hut auf dem Kopf, der mich sofort an Miss Marple erinnerte.

»Was machst du denn hier?«

»Kann man hier irgendwo rauchen?«

»Ja …«

»Dann guck mich, Scheiße noch mal, nicht an wie ein Marsmensch, sondern bring mich dahin. Sofort!«

Greta nahm einen Zug, dann noch einen und dann auch noch einen dritten. Dann hustete sie einmal sehr laut, räusperte sich und schlug sich selbst leicht auf die Brust. Sie trug strahlend weiße Segelschuhe zu ihrem Hosenanzug. Ich kannte mich nicht aus mit Segeln, ich hatte noch nie so eine Art Boot betreten, aber in irgendeiner Serie im Fernsehen hatten sie die mal getragen, ein hübsches junges Mädchen und ein hübscher junger Mann waren verliebt grinsend über einen Steg getänzelt, und als das Mädchen auf das Segelboot sprang, da hatte man die Schuhe in Nahaufnahme gezeigt. Segelte Greta?

Wir lehnten an der Mauer auf dem Raucherhof, aber diesmal auf der anderen Seite, entgegensetzt zu dem Platz, wo Sophie und ich uns für gewöhnlich aufhielten.

Ich nahm selbst einen Zug von der Zigarette, registrierte dabei, dass Greta ihre bereits fast aufgeraucht hatte, und ließ meine Tasche an der Schulter hinunter auf den Boden rutschen.

»Also, was machst du hier?«

Greta zog erneut hektisch an ihrer Zigarette und verzog dann ihr Gesicht.

»Wie kannst du nur so was rauchen? Das ist ja ekelhaft!«

»Dann rauch doch deine eigenen, wenn dir meine nicht schmecken!«

»Elli, wir müssen reden.«

»Ach ja?«

»Deine Mutter ist total verrückt geworden.«

»Das hast du erst jetzt begriffen?«

»Halt die Fresse und hör mir zu.«

Greta ist zusammen mit sieben Geschwistern groß geworden. Ihre Mutter war zwischen ihrem 18. und ihrem 34. Lebensjahr zehn Mal schwanger, zwei Kinder haben die ersten drei Monate im Mutterleib nicht überlebt, die anderen acht wurden geboren und waren eben da. So hat Marlene es mir erzählt, genau so. Die acht Kinder wurden geboren und waren da. Gretas Vater arbeitete mal hier und mal da. Meistens auf dem Bau. Er hielt sich und die Familie mit ständig wechselnden Aushilfsjobs über Wasser. Er war in vielen Bereichen geschickt, aber unzuverlässig. Wenn er nicht einfach irgendwann von seiner Arbeit wegblieb, dann war er meistens bereits vorher schon gefeuert worden. Es war ein Auf und Ab. Meistens eher Letzteres. Gretas Mutter war in erster Linie Mutter und ständig in Sorge, ob das Geld wohl reichte, ob sie die Miete bezahlen konnte, ob ihr Mann mal wieder gefeuert worden war. Ihre Lebensaufgabe war es, diese ständige Auf und Ab in der Waage zu halten. Es auszugleichen.

Es war nicht einfach.

Greta verließ ihr Elternhaus, als sie fünfzehn war. Sie fing als Kellnerin im Theater an, jobbte dann als Aushilfe in der Maske, machte eine Ausbildung zur Friseurin, nahm einen Kredit auf und wurde Visagistin. Sie spricht mit keinem ihrer Geschwister noch ein Wort, aber besucht jeden Monat ihre Mutter im Pflegeheim. Ihr Vater ist vor zehn Jahren gestorben. Herzinfarkt. Ihre Mutter weinte drei Tage lang, weil sie nicht wusste, wie sie den Sarg bezahlen sollte. Und die Blumen. Und den Bestatter.

Es war wirklich nicht einfach.

Greta ist so, wie sie ist. Sie ist als Vierte geboren worden. Ein Mittelkind sozusagen. Marlene sagt immer, dass Greta gar nicht anders könne. Dieses Boxen, Schubsen und Schlagen, das ist ihr in die Wiege gelegt worden. Sie wäre sonst untergegangen.

Sie ist so, wie sie ist, weil sie so sein muss.

Sagt Marlene.

»Ich habe meine vergessen.«

Irritiert sah ich hoch.

»Was?«

»Meine Zigaretten! Ich habe meine verschissenen Zigaretten zu Hause vergessen! Stell dir vor, das ist mir in den letzten zehn Jahren nicht ein einziges Mal passiert! Immer habe ich ein Ersatzpäckchen in der Tasche. Immer!«

Ich schwieg. Greta zog wütend an ihrer Zigarette.

»Das ist doch alles eine riesengroße Scheiße.«

Sagte sie und sah mich zum ersten Mal, seit wir auf dem Raucherhof standen, an. Ich erwiderte ruhig ihren Blick.

Es war, wie es war, und es würde schon werden. Irgendwie.

»Ich wäre eine Scheißersatzmutter.«

»Sag nicht so oft Scheiße.«

»Siehst du.«

Wir sahen uns in die Augen. Ein paar Sekunden schien jede von uns über etwas nachzudenken und dann platzten wir zeitgleich. Wir lachten. Sahen uns in die Augen und lachten. Sehr laut und ließen dabei unsere Zigaretten fallen, Gretas war nur noch ein kleiner Stummel.

Als wir wieder sprechen konnten, irgendwann, und sich Greta eine weitere Zigarette von mir geschnorrt hatte, nahm ich ihre Hand.

»Geh zu Marlene, das ist wichtig.«

Greta nickte, wischte sich ein paar Tränen von den Wangen und rückte ihren Hut zurecht, der ihr bei unserem Lachanfall halb vom Kopf gerutscht war. Wir sprachen noch ein wenig über ihren neuen Film, für den sie die Maske machen sollte, eine berühmte Schauspielerin sollte da mitspielen, die Greta sehr gern mochte, die ich aber nicht kannte, kommende Woche war in der Toskana Drehbeginn und dann erzählte ich ihr vom gestrigen Abend. Sie nickte wieder, strich diesmal mir ein paar Tränen von den Wangen und stand dann auf.

Gemeinsam gingen wir bis zu meinem Klassenraum. Gretas linker Segelschuh hatte jetzt vorn einen grauen Fleck. Das machte mich traurig. Irgendwie. Ich spürte einen Stich in der Brust, aber Greta schien es noch nicht mal bemerkt zu haben. Wir umarmten uns. Der Gong ertönte und ich blickte ihr hinterher, wie sie den Gang hinunterlief und sich immer weiter von mir entfernte.

Es war, wie es war, und es würde schon werden.

Ja?

37.

Marlene parkte absichtlich in der Nebenstraße. Fast direkt vor dem Laden waren zwei Lücken gewesen, aber sie war weitergefahren, an dem Haus vorbei, war bei der nächsten Gelegenheit abgebogen und hatte den Audi zwischen zwei Einfahrten geparkt. Seit einer Viertelstunde saß sie nun hier und kämpfte mit sich. Aussteigen oder nicht aussteigen?

Sie hatte Kopfschmerzen. Nein, das stimmte nicht. Sie hatte Kopfschmerzen *und* Rückenschmerzen. Und als reichte das nicht schon, hatte sie in der letzten Zeit öfter das Gefühl, immer schlechter sehen zu können. Als wäre der Schmerz, der langsam ihren Rücken hochgeklettert war, nicht zufrieden damit, ihren Kopf im Ganzen verschlungen zu haben, sodass er sich nun gierig nach weiteren Körperteilen umsah, die er verschlingen konnte.

Der Krebs war ein Monster. Im Laufe der Wochen war dieses Bild immer klarer geworden. Der Krebs war ein alles verschlingendes Monster, das sich von nichts und niemandem aufhalten ließ. Und der Schmerz war sein stummer, gierig fressender Gehilfe, der sie mürbe machen und in die Knie zwingen wollte.

Bei der letzten Untersuchung hatte der Arzt ihr gesagt, dass ihre Milz stark vergrößert sei. Er war nicht überrascht gewesen, das sei ein relativ häufig auftretendes Symptom. Er hatte weitergesprochen, aber sie hatte nicht mehr zugehört. Nie zuvor hatte sie über ihre Milz nachgedacht. Geschweige denn, sich gefragt, warum es sie eigentlich gab. Was tat die Milz für sie? Was war ihr Job? Egal, was es war, sie machte ihn beschissen. Am Ende hatte ihr der Arzt neue Tabletten verordnet und ihr dann eine Broschüre in die Hand gedrückt. Sie hatte im Auto einen kurzen Blick darauf geworfen, sie dann ins Handschuhfach gestopft und war weiter zum Krankenhaus gefahren, um Elli abzuholen. Als sie ihre Tochter, ernst und irgendwie verloren, mit dem weißen Verband an der Hand auf sich zugehen sah, hatte sie gewusst, dass ihre Milz sie am Arsch lecken konnte. Aber so richtig. Und dann war sie mit Elli zum Brautmodengeschäft gefahren.

Marlene blinzelte ein paar Mal, verbarg dann kurz ihr Gesicht in den Händen, ließ ihren Kopf und ihren Oberkörper nach vorn auf das Lenkrad fallen und wartete.

Das half meistens, wenn sich vor ihren Augen eine Art Schleier bildete und sie spürte, wie sich die Hilflosigkeit in ihr ausbreitete. Und die Angst. Sie zählte langsam bis zehn, dann öffnete sie die Augen und nahm die Hände herunter.

Besser, dachte sie.

Zog den Autoschlüssel aus der Zündung und stieg aus.

Sie schlief im Moment schlecht. Was verrückt war, denn sie schlief mehr als in ihrem ganzen Leben zuvor. Sie ging abends gegen 22 Uhr ins Bett und stand morgens vor neun nicht auf. Mittags legte sie sich erneut für zwei, manchmal drei Stunden hin. Aber es war kein guter Schlaf. Es war mehr ein Wälzen, ein Ringen, ein Kampf. Sie dämmerte vor sich hin, unruhig, in einem Zustand zwischen Wachsein und Lethargie. Oft fühlte sie sich danach erschöpfter als davor. Und meistens war sie schweißgebadet.

Sie begann, sich zu fürchten. Und das war eigentlich das Schlimmste.

Gestern Nacht hatte sie dann beschlossen, heute zu ihm zu fahren. Es war an der Zeit. Im wahrsten Sinne des Wortes. Der Kalender hing in der Küche, sie sah jeden Tag, die Tage, die vorbeigegangen waren, und sah die, die noch kommen sollten, und die, die sie nicht mehr erleben würde. Vielleicht hatte Elli recht. Normale Menschen taten so etwas nicht.

Sie hatte gar nicht groß darüber nachgedacht. Sie tat so was eben. Na und?

Sie war gegen drei Uhr morgens aufgewacht, einfach so, und hatte festgestellt, dass ihr Nachthemd an ihr klebte, so sehr hatte sie geschwitzt. Sie hatte sich nicht aufraffen können, zu duschen, also war sie nur aufgestanden, um sich umzuziehen, und dabei war ihr Blick auf ihre Liste gefallen, die immer auf ihrem Nachttisch lag und sie erinnern sollte.

Punkt fünf, stand da. Und dahinter der Name ihres Vaters, Otto.

Es las sich einfach, aber als sie jetzt die Straßenseite wechselte und kurz danach um die Ecke bog, da wusste sie nicht mehr, was das eigentlich hieß. Sie wusste es tatsächlich nicht.

Was mache ich hier?, dachte sie. Ich gehe zu meinem Vater und möchte ... Was?

Mich versöhnen? Ihm sagen, dass es mir leidtut? Mich verabschieden? Abrechnen?

Nichts davon fühlte sie. Nichts davon löste etwas in ihr aus.

Ich habe ihn auf die Liste geschrieben, weil ich nicht wusste, was ich sonst mit ihm machen soll, dachte sie. Ich bin vielleicht zum ersten Mal in meinem Leben in die Falle getappt, etwas zu tun, weil ich denke, dass ich es tun muss. Ich kann nicht aus diesem Leben gehen, ohne mich mit meinem Vater zu vertragen. War es das? Steckte dieser Gedanke dahinter?

Plötzlich fror sie. Sie stand keine drei Meter von der Ladentür entfernt auf dem Bürgersteig und fror. Es war ein Tag im Oktober. Nicht sehr kalt, eher mild sogar. Die Wetterfrau im Radio hatte heute Morgen davon gesprochen, dass man heute getrost den Regenschirm zu Hause lassen könne. Die Sonne würde sich gegen Mittag sehen lassen und man solle die Pause doch draußen verbringen.

Phrasen über Phrasen. Marlene war es so leid. Sie atmete tief ein, tat einen Schritt nach vorn, und gerade als sie ihre Hand auf die Klinke legen wollte, ging von innen die Ladentür auf.

»Entschuldigung«, murmelte sie und trat beiseite.

»Kein Problem, Sie können gern … Ach, hallo Marlene, das ist ja ein Zufall!«

Marlene hob überrascht ihren Kopf.

»Tante Inge!«

»Guten Tag.«

Sagte die Schwester ihres Vaters und sah sie prüfend an. Sie lächelte nicht. Sie sah immer noch so aus, wie Marlene sie in Erinnerung gehabt hatte. Wann hatten sie sich das letzte Mal gesehen? Kurz vor Evelins Tod musste das gewesen sein. Über fünf Jahre war das jetzt her, und Marlene spürte, dass sie keinerlei Lust hatte, genau jetzt daran erinnert zu werden. Tante Inge trug ein graues Kostüm und graue halbhohe Pumps. An ihrem Arm baumelte die 2.55 von Chanel. An ihren Ohren kleine goldene Kreolen. Tante Inge war eine schlanke Dame Ende fünfzig, sie hatte ein rundes Gesicht, eine klitzekleine Nase und immer knallrot geschminkte Lippen. Ihre Augen funkelten dunkel. Und spöttisch. Sie war Ottos kleine Schwester, die Jüngste in dieser Generation in der Familie Fassner, und hatte mit Anfang vierzig bereits ihren Mann verloren. Er war Zahnarzt gewesen und bei seinem jährlichen Skiausflug mit ehemaligen Kommilitonen tödlich verunglückt.

Marlene hatte damals mit Elli in der WG gewohnt, sie kam selten nach Hause, aber als die Nachricht kam, war sie zufällig da gewesen, und sie erinnerte sich noch gut daran. Gott sei Dank sind keine Kinder im Spiel, hatte Evelin immerzu vor sich hin gemurmelt, als sie den Telefonhörer aufgelegt hatte. Gott sei Dank! Und war dann in die Küche gegangen, um ihrer Schwägerin eine Pastete zu backen. Marlene hatte die schreiende Elli auf dem Arm gehabt und sich unglaublich leer gefühlt. Nicht wegen Onkel Wilhelm, der nun tot war, sondern weil sie die vergangenen drei Tage insgesamt fünf Stunden Schlaf bekommen hatte und sie mal wieder nicht mehr wusste, warum sie eigentlich hier war. Otto hatte sich, seit sie gestern aus dem Auto gestiegen war, in seinem Arbeitszimmer verbarrikadiert und polierte seine Münzen und Evelin huschte wie eine Fremde in ihrem eigenen Haus umher. Niemand beachtete Marlene. Niemand kümmerte sich. Solange sie da war.

Verließ sie jedoch für eine halbe Stunde das Haus, dann kamen sie aus ihren Verstecken. Dann war Elli mit ihnen allein und sie waren mit ihr allein und alles Störende war verbannt. So war es immer. Evelin und Otto konnten nur Großeltern sein, wenn sie nicht dabei war. Als wäre sie eine Art Störfall, der den normalen Rhythmus ins Wanken, nein, ihn total zum Erliegen brachte. Marlene, Elli *und* Evelin und Otto funktionierten nicht, Elli und Evelin und Otto waren perfekt.

Sie war das Problem.

So war es immer schon gewesen. So würde es immer sein.

Sie hasste ihre Eltern dafür. Aus tiefstem Herzen.

Sie hatten sich nichts zu sagen, und wenn redeten sie aneinander vorbei. Marlene hatte jahrelang gedacht, dass es am Generationenkonflikt lag. Das hatte ihr irgendwie gefallen. Ihre Eltern als direkte Nachkriegsgeneration, obrigkeitshörig, nicht gewohnt zu hinterfragen, dankbar und konservativ, und dann sie, geboren in den frühen Sechzigern, geprägt durch die Jugendkulturen der Siebziger- und Achtzigerjahre. Nicht radikal, aber unbequem, nicht zu politisch, aber hinterfragend, sehr provozierend und unangebracht wissbegierig. Hauptsache dagegen. So simpel es klang, so treffend war diese Bezeichnung für die Beziehung zwischen ihr und ihren Eltern. Egal, was Evelin und Otto taten oder sagten, Marlene war dagegen. Und umgekehrt. Vertrauen gab es wenig, aber auf diese Tatsache konnte man sich verlassen. Als sie dann aber schwanger wurde, da entpuppte sich der vermeintliche Generationenkonflikt als etwas viel Tiefgreifenderes, als etwas sehr viel Weiterreichendes.

Als etwas, was Marlene nicht mehr so gefiel.

Denn zwischen ihren Eltern und ihr war nichts.

All das, worüber sie sich in all den Jahren gestritten hatten, ihre ganzen Konflikte entpuppten sich, als *Nichts*. Ein großes, Furcht einflößendes, unabänderliches Nichts. Die Streitereien hatten nur einem Zweck gedient, die Leere zwischen ihnen zu verdecken, sie mit Sinnlosigkeiten zu füllen, damit es nicht offenbar wurde.

Dass das nichts war, was sie und ihre Eltern miteinander verband. Das Gesetz der bedingungslosen Liebe zwischen Eltern und Kind war ein Märchen. Es existierte nicht, zumindest nicht im Hause Fassner.

Manchmal wusste Marlene nicht, ob sie ihrer Tochter nicht eigentlich dankbar sein musste. Fest stand, sie war es nicht, sie war zunächst schockiert gewesen, hatte es nicht wahrhaben wollen, aber es dann akzeptiert, auch wenn sie das niemals laut ausgesprochen hätte. Ihr fiel es schwer zu denken, dass sie ihre Eltern nicht liebte. Viel schwerer war es jedoch, sich einzugestehen, dass ihre Eltern sie nicht liebten.

Wir alle sind schuldig, dachte sie. Wir alle drei, und wir werden dafür bezahlen, dachte sie.

Ich werde fatalistisch. Auf meine letzten Tage werde ich tatsächlich fatalistisch, dachte sie. Wer hätte das gedacht?

»Wie geht es dir, mein Kind?«

Marlene schrak aus ihren Gedanken hoch. Ihre Tante hatte sich an ihr vorbeigeschoben und stand nun neben ihr auf dem Bürgersteig. Sie musterte ihre Nichte ein zweites Mal. Streng. Von oben bis unten, blinzelte dann leicht und faltete die Hände vor ihrer Brust. Die 2.55 baumelte noch immer an ihrem Arm hin und her. Marlene fiel ein, dass sie ihr Haar heute nicht gewaschen hatte. Sie hatte es fest vorgehabt, aber dann vergessen. Tatsächlich einfach vergessen. Sie richtete sich etwas auf, legte zum zweiten Mal an diesem Tag die Hand auf die Türklinke und verzog das Gesicht zu einer lächelnden Grimasse.

»Ich habe ganz wenig Zeit, liebste Tante … Ich würde ja gern plaudern, aber …«

Tante Inge hob die Augenbrauen.

»Du hast dich tatsächlich kein Stück verändert.«

»Doch, ich denke schon.«

Sagte Marlene, drückte die Tür auf und verschwand im Innern des Geschäfts. Es machte Bim Bam und gleich noch mal Bim Bam. Sie erlaubte sich einen kurzen Moment, sah sich nicht um, stand nur ganz still, vielleicht drei oder vier Sekunden lang, und rief dann in die Stille.

»Hallo Otto!«

Wartete und rief nach ein paar Sekunden erneut.

»Hallo Otto! Ich bin es, Marlene!«

Er tauchte ganz plötzlich auf. Sie schrak etwas zusammen, als er aus dem schmalen Gang, links von ihr, hervorgeschossen kam. Er musste hinter der Fensterscheibe gestanden und sie und ihre Tante beobachtet haben.

Er sagte nichts. Hatte ein Poliertuch in der einen und eine Wasserkaraffe in der anderen Hand.

Marlene sah ihren Vater an. Wie er so, wie er war, vor ihr stand.

Und dann fiel es ihr ein.

»Ich will zu Evelin. Kommst du mit?«

38.

Er schmeckte nach Kartoffelchips und Becks. Und als ich meine Arme um seinen Hals schlang und mein Gesicht an seinem Hals vergrub, da fühlte ich das, was man fühlt, wenn es gerade richtig gut ist. Wenn alles irgendwie passt, wenn das Leben im Takt ist, sozusagen, es dich glücklich macht, dieses schöne Leben, wenn du diesen tiefen inneren Frieden spürst, der dir ganz allein gehört und du denkst, ja, ja, das hier ist wunderbar und kann meinetwegen auch immer genau so bleiben.

Lars.

Macht glücklich, dachte ich.

Und dann drückte ich meine Lippen wieder auf die seinen und versuchte, diesen einen, wunderbaren Zustand noch etwas länger auszukosten.

Es war später Nachmittag und wir waren in meinem Zimmer. Die letzten Stunden hatten wir Musik gehört. Er hatte Dutzende CDs mitgebracht und wir hatten uns irgendwann meine alte Mixtape-Sammlung vorgenommen, ein, zwei Bier dabei getrunken und alte, pappige Chips gegessen, die ich unter meinem Bett gefunden hatte.

Sisters Of Mercy fand Lars grässlich. Skunk Anansie verzieh er mir. Bei The Pogues zog er überrascht die Augenbrauen hoch. Bei ABBA bekam er einen Lachkrampf.

Ich hockte auf meinem Bett, sah zu Lars hinunter, der auf dem Boden vor meiner Stereoanlage saß, inmitten einer Masse von CDs, Kassetten und vereinzelten Platten, und konnte es nicht fassen. Wenn ich nicht gerade mein Bier in winzigen Schlucken trank oder meine salzigen Fingerspitzen der Reihe nach ableckte, dann konnte ich nicht anders, als ihn anzuschauen und zu lächeln.

Immerzu.

Mein ganzer Körper war angespannt, aber mein Kopf war so ruhig wie lange nicht mehr. Ich fühlte mich gut, stark, leicht und ein bisschen anders.

Ich war Elli und ich war nicht Elli. Ich war eine neue Elli, eine bessere Version, das hier passierte in Fast Forward, da war kein Stillstand, das riss mich mit, war schneller als ich, aber nicht zu schnell. Genau schnell genug, dass ich nicht ins Grübeln geraten konnte.

Exit Music von Radiohead schallte nun durch meine Boxen.

»Das magst du?«

»Zu diesem Song habe ich alle Tränen der Welt vergossen.«

»Also magst du ihn?«

»Ich weiß nicht. Was glaubst du?«

»Du magst ihn nicht, du *liebst* ihn.«

Und dann warf Lars sich wieder zu mir auf das Bett und zog mich fest in seine Arme. Ich kuschelte mich an ihn, sprachlos.

Vor drei Monaten noch hatte ich nicht gewusst, wie das ging. Ich hatte keine Ahnung gehabt, wie das funktionierte mit der Liebe. Ich hatte diese Sehnsucht gefühlt, war aber unfähig gewesen. Unfähig, es anzunehmen. Es anzunehmen, wie es war, es zuzulassen, wie es war. Ich war verliebt und es war okay. Ich konnte das. Ich würde das schaffen. Ich war bereit, glücklich zu sein.

»Willst du noch ein Bier?«

»Nein, lieber ein Wasser.«

»Ich hole das schnell.«

»Ich komme mit.«

Auf dem Weg nach unten kam uns Fritz entgegen, er strich um unsere Beine und schnurrte leise. In der Küche ließ Lars sich auf einen der Stühle fallen, und ich öffnete den Kühlschrank, holte die angebrochene Dose mit dem Katzenfutter heraus und begann, den Napf zu füllen. Fritz lief aufgeregt hin und her und miaute. Als ich mich bückte und ihm das Futter hinstellte, stürzte er sich darauf, als hätte er seit Tagen nichts zu essen bekommen. Ich lächelte, sah zu

Lars und sah, dass er auf die Wand neben sich starrte. Seine Miene drückte pure Fassungslosigkeit aus.

»Ist das … Ist das … Hat deine Mutter hier notiert, wann …«

»Ja, das ist es.«

Schweigen.

»Krass. Warum macht sie das?«

»Ich weiß es nicht. Sie hat gesagt, sie weiß, was sie tut.«

Ich holte zwei Gläser aus dem Küchenschrank und nahm eine Flasche mit Mineralwasser aus dem Kasten, der in der Ecke neben der Tür zur Abstellkammer stand. Dann setzte ich mich Lars gegenüber an den Tisch, goss uns beiden ein und nahm einen Schluck. Lars starrte immer noch auf den Kalender, ich vermied es, sah ihn an, sah, wie sich seine Augen verengten, ahnte, was jetzt kommen würde, und hatte Angst davor.

»Sag es nicht«, sagte ich leise.

Lars wandte mir abrupt seinen Kopf zu.

Wir sahen uns ein paar Sekunden stumm in die Augen. Ich trank schnelle, kleine Schlucke und mit einem Mal veränderte sich alles. Es war, als würde alles in sich zusammenschrumpfen, dieser Raum, dieser Tisch, Lars und ich, wir waren plötzlich klein wie Puppen und passten in einen Schuhkarton und irgendjemand nahm ihn in die Hand und begann mit uns zu spielen, drehte den Karton nach rechts, nach links, und dann im Kreis, immer schneller und schneller, wie ein Karussell. Und dann stoppte es plötzlich, und der Schuhkarton, der einmal diese Küche gewesen war, stand still, und all das, was vorher so geordnet und sicher gewesen war, war nun ein heilloses Durcheinander. Ein absolutes Chaos.

Was hatte ich mir nur gedacht?

»Willst du darüber reden?«, fragte mich der fremde Junge, der mir gegenübersaß.

Fast erstaunt sah ich ihn an.

Es waren noch 73 Tage.

Reden?

39

Er hörte nicht auf. Er saß neben ihr auf dem Beifahrersitz und sah starr geradeaus durch die Windschutzscheibe. Sein ganzer Körper war völlig unbeweglich, nur seine Hände ruhten nicht. Mit der rechten Hand wickelte er das Tuch, das er eben noch im Laden dazu benutzt hatte, die Gläser zu polieren, um seine linke Hand, und wenn diese so verschnürt war, als trüge sie einen Verband, ließ er los, zog den Tuchverband im Ganzen ab, schüttelte ihn, sodass er sich löste und das Tuch wieder frei schwang, und begann von Neuem.

Immer und immer wieder.

Es machte Marlene wahnsinnig. Sie hätte ihm am liebsten ins Gesicht geschlagen.

Aber stattdessen umfasste sie das Lenkrad so fest, dass ihre Knöchel weiß unter der Haut hervortraten, und fuhr weiter.

Der Friedhof lag außerhalb. Etwa eine Stunde brauchten sie, aber auch, weil der Verkehr am späten Nachmittag zäh war und viele Pendler die Straßen langsam machten. Im Schritttempo lenkte Marlene den alten Audi durch das Tor. Der Kies knirschte unter den Rädern, sie parkte an einer großen Hecke, allein. Nur etwas weiter hinten, direkt am Weg, stand ein weißer VW-Bus. Er hatte vorn an der Stoßstange eine Beule. Sie zog die Handbremse an und stellte den Motor ab.

»Wir sind da«, sagte sie überflüssigerweise.

Otto sagte nichts, sondern rang noch ein letztes Mal. Dann stieg er aus. Sehr viel schneller, als Marlene es ihm zugetraut hätte.

Sie folgte ihm. Ihr blieb nichts anderes übrig. Denn sie wusste nicht, wo es langging. Otto hatte das Tuch immer noch in der Hand, aber er wickelte nicht mehr, sondern hielt es nur fest. Mit kleinen Schritten lief er den Weg entlang, am VW-Bus vorbei, dann rechts, dann noch mal rechts und dann links. Marlene ging drei Schritte hinter ihm. Sie spürte, wie es in ihrer Brust enger und ihr Atem lauter wurde. Es schien, als würde Otto immer schneller werden. Plötzlich wandte er sich abrupt nach links und blieb stehen. Fast stolperte sie gegen ihn, so unvermittelt kam das. Aber dann fing sie sich, strich sich das Haar aus der Stirn und stellte sich neben ihren Vater, hob den Kopf und hörte ihr Herz schlagen. Fühlte es in ihrer Brust, in ihrem Hals. So laut. Und für einen kurzen Moment hatte sie die verrückte Angst, dass ihr Herz, wenn sie den Mund jetzt in diesem Moment öffnen würde, hinaushüpfen würde. Einfach so. Aus ihrem Mund auf den Boden. Wie ein Frosch.

Auf die nasse, schwarze Erde vor ihr.

Quak, dachte sie.

Und dann auf den kleinen, grau melierten Grabstein.

Sie starrte auf die Inschrift, auf die Umrandung, auf das Heidekraut. Schmucklos war das Grab, einfach und schlicht. Es war, wie sie es sich vorgestellt hatte. Und es war ganz anders, als sie es sich vorgestellt hatte. Der imaginäre Frosch hüpfte weiter. Da war der Name ihrer Mutter, ihr Geburtsname, zwei Daten, drei Worte, das war es. Das war nicht viel, und Marlene spürte einen Stich. Obwohl sie wusste, dass es so gut war. Es passte. Zu ihrer Mutter, zu ihrem Vater, zu ihren Eltern. Aber, und das war es, das war das Problem, es passte nicht zu ihr. Es wäre nicht ihr letzter Wunsch. Nicht in ihrem Sinne. Dieses Grab war ein Symbol für die Entfremdung zwischen ihren Eltern und ihr. Ein Beispiel von vielen für die Distanz zwischen ihnen.

Selbst der Tod trennte sie.

Ein Geräusch neben ihr schreckte sie hoch. Sie drehte ihren Kopf, blickte zu Otto.

Ihr Vater weinte nicht. Er lächelte.

Etwas zaghaft, aber er lächelte.

Sie fragte sich nicht zum ersten Mal in ihrem Leben, wer dieser kleine, grauhaarige Mann neben ihr eigentlich war. Was wusste sie von ihm? Was hatte er für Wünsche in seinem Leben gehabt? Welche Enttäuschungen hatte er erlebt? Welche Träume waren in

Erfüllung gegangen, wie viele Male war er verzweifelt, wirklich verzweifelt?

Marlene räusperte sich.

Machte den Mund auf, dachte an den Frosch, dachte an Evelin und schloss ihn wieder.

Da war keine Schuld, zumindest nicht diese. Sie hatte fest damit gerechnet. Schließlich hatte sie es gewagt, nicht zu erscheinen. Sie hatte wahrscheinlich das Unverzeihlichste getan, was man als Kind tun konnte, sie war nicht zu der Beerdigung ihrer Mutter gegangen. Sie hatte damit gegen alle gesellschaftlichen und moralischen Konventionen verstoßen, hatte sich schlimme Dinge anhören müssen, war beschimpft worden, war gemieden worden, aber sie hatte es durchgezogen. Im Leben hatten sie wenig geteilt, warum hätte sie also plötzlich den Tod mit ihrer Mutter teilen sollen? Es war ihr unaufrichtig und falsch vorgekommen. Die Vorstellung, am Grab zu stehen und die Kondolenzen entgegenzunehmen, war in ihren Augen pure Heuchelei. Nein, so war sie nicht. Nicht sie.

Greta hatte sie als Einzige dabei unterstützt. Sie hatte mit ihr wegfahren wollen, ans Meer, lass uns ins kalte Wasser springen und um die Welt weinen, hatte sie gesagt. Aber Marlene hatte abgelehnt. Sie hatte Elli gesagt, sie würde arbeiten, aber stattdessen hatte sie auf ihrem Bett gelegen und die Decke angestarrt. Hauptsache dagegen, hatte sie gedacht und geweint und gewusst, dass sie dafür in der Hölle schmoren würde.

Und jetzt?

Sie stand am Grab ihrer Mutter, zum ersten Mal nach über fünf Jahren, und fühlte viel, aber keine Schuld.

Deswegen.

»Was willst du hier?«, fragte Otto leise. Seine Stimme klang etwas heiser, er lächelte nicht mehr.

Marlene hatte plötzlich das Gefühl, zusammenzufallen. In sich. Es war ein ohnmächtiges Gefühl. Sie suchte in ihrem Kopf.

»Ich werde mich nicht entschuldigen«, sagte sie schließlich.

Ihr Vater hob seinen Kopf, wandte sich ihr direkt zu, sah ihr nun in die Augen, dann nickte er.

Drehte sich auf der Stelle um und ging fort.

Ließ sie allein.

Und plötzlich, es kam wie ein Überfall, nach der Ohnmacht, kam die Wucht. Sie brach über sie ein, sie wälzte sich über sie hinweg, sie mischte sich mit der Wut der Vergangenheit, der Ungerechtigkeit der Gegenwart und der Hoffnungslosigkeit der Zukunft. Sie konnte nicht anders, sie ging in die Knie, sie brachte sie dazu, sich hinzuwerfen, auf die nasse Erde, auf das Grab ihrer Mutter. Ihre Finger krallten sich in das Erdreich, als suchten sie Halt, ihr Oberkörper sackte nach vorn, ihr Kopf hing zwischen ihren Schultern, und Marlene spürte, wie die Druckwelle sich in ihrem Inneren Bahn brach.

Zum ersten Mal, seit der Albtraum begonnen hatte, zum allerersten Mal, war ihr etwas bewusst geworden.

Das hier war auch ihr Grab.

Frieden, Zuversicht, Erlösung.

So lautete die Inschrift.

Und Marlene konnte gar nicht anders, sie begann zu schreien.

40.
HEUTE

Ich sehe Jochen zwei, vielleicht drei Mal im Jahr. Nie weniger, aber auch nie öfter. In der ersten Zeit nach Marlenes Tod war er sehr präsent. Für mich, aber auch für sich, glaube ich. Er blieb drei Monate, war zwar zwischendurch immer mal wieder fort, bei seiner Familie, in seiner Kanzlei, bei Konferenzen, aber von sieben Tagen in der Woche war er mindestens fünf bei mir. Er nahm sich Zeit. Für mich, aber auch für sich, glaube ich. Heute.

Jochen schlief im Hotel und Tante Inge liebte ihn. Greta hasste Jochen. Also hasste Greta auch Tante Inge und Tante Inge hasste dafür Greta. Otto war Otto und gleichzeitig auch nicht mehr Otto und irgendwie außen vor, und ich, ich hasste Marlene.

Ich hasste Lars.

Lars?

Eine Ewigkeit lang hatte ich diesen Namen nicht ausgesprochen. Ja, nicht einmal über ihn nachgedacht.

Ich saß in meinem Wagen und war auf dem Weg zu meiner wöchentlichen Stunde Pilates. Emma war bei Holgers Eltern, sie wollten gemeinsam in den Zoo gehen. Er würde bald, zumindest teilweise, über den Winter schließen und meine Schwiegereltern hatten Emma versprochen, den Tieren noch rechtzeitig Tschüss zu sagen. Die Ampel zeigte Rot, ich hielt an, sah aus reiner Gewohnheit auf das Display meines Smartphones und fuhr, als es grün wurde, wieder an.

Wenn ich zurückblicke, auf die Zeit nach Marlenes Tod, und es richtig tue, ohne Dinge zu erfinden, weil es sich dann besser anfühlen würde, dann gibt es keine durchgehende Erinnerung, keinen Film, der an mir vorüberzieht. Sich vor meinem inneren Auge abspielt oder so. Im Gegenteil. Bis vor ein paar Jahren konnte ich mich kaum erinnern. Alles lag in diesem berühmt-berüchtigten Nebel, den so viele Menschen gern anführen, wenn sie über besonders beeindruckende oder schockierende Erlebnisse berichten. Ich gehörte auch dazu. Ein Teil meiner Vergangenheit lag in diesem Nebel und die einzelnen Erinnerungen tauchten ab und zu wie Blitze wieder auf. Sie kamen immer furchtbar überraschend und ihre Kraft war übermenschlich. Und es passierte überall und ohne Vorwarnung.

Ich zog in unserer damaligen Küche eine Schublade auf und fand unter den Zahnstochern und Schaschlikspießen plötzlich einen von Marlene bekritzelten Zettel. *Hör auf, meine Feuerzeuge zu klauen! M.* Ich schlug eine Frauenzeitschrift auf und las ihren Namen. Ich kam nach Hause und Greta saß im Wohnzimmer auf dem Sofa und trank ein einziges Glas Wein. Später wurde es anders, nicht besser, aber anders. Meine Mutter war tot, aber es dauerte eine Weile, bis die Welt es begriff. Alte Freunde, die anriefen und nach Marlene fragten, Versicherungsvertreter, die an der Haustür klingelten, ein Handwerker, der sein Geld verlangte. Es war anders. Es war, als würde sie immer und immer wieder sterben.

Kopfschmerzen.

Seit Tagen hatte ich Kopfschmerzen. Ich lehnte mich etwas nach rechts und öffnete das Handschuhfach. Irgendwo musste sich hier doch noch eine kleine Packung Aspirin verstecken. Ich wühlte mit der Hand im Fach, ohne die Augen von der Fahrbahn abzuwenden. Eine kleine Flasche Enteiser, eine veraltete Straßenkarte, Tankquittungen, die ich vergessen hatte, Holger zu geben, abgelaufene Eukalyptusbonbons, die meine Finger klebrig machten. Ich verzog das Gesicht. Aber da, ich jubelte innerlich, da waren die Tabletten. Ich hob mein Knie und fixierte damit das Lenkrad. Mit der rechten drückte ich die Pille in die linke Hand und warf sie mir in den Mund. Ich verzichtete auf Wasser und schluckte trocken.

Besser, dachte ich.

Irgendwas war passiert. Es fiel mir leichter, das zu denken, was ich gerade dachte. Irgendwas war mit mir passiert. Dieser Koffer hatte etwas ausgelöst, etwas verändert, in mir. Er stand jetzt seit fast einer Woche in der Abstellkammer, und ich hatte das Gefühl, dass es von Tag zu Tag besser wurde. Meine Angst war nicht mehr so groß, sie war nicht weg, aber sie war gnädiger mit mir geworden. Sie erlaubte mir, zurückzublicken. Sie gestattete mir, meine Erinnerungen hervorzukramen, an Dinge zu denken, an die ich über zehn Jahre nicht gedacht hatte. Und meine Panik stand milde lächelnd daneben und ließ es zu.

Ich bremste, schaltete in den zweiten Gang und bog ab. Der Parkplatz vor dem Fitnessstudio war mal wieder übervoll. Ich fuhr am Gebäude vorbei, über den Platz, bog dann auf der anderen Seite wieder auf die Straße ab und stellte mich hinter einen großen Geländewagen. Hier parkte ich meistens, hier hatte ich eigentlich immer Glück, ich mochte Gewohnheiten.

Er hatte meine Augen. Ich weiß noch, wie ich vor ihm stand, etwa eine Woche davor, und für einen Moment ganz weit weg war. Ich war von der Schule oder von einer Freundin nach Hause gekommen, so genau kann ich mich nicht mehr erinnern, und er saß in unserem Wohnzimmer. Mit dem Rücken zur Tür, sodass ich erst nur seinen Hinterkopf sah. Braunes Haar, kurz geschnitten, ein weißer Hemdkragen, darüber ein dunkelgraues Jackett. Ich ahnte, wer er war, aber als er sich umdrehte, wusste ich es.

Ich sah mir in die Augen. Ein Lächeln. Eine verlegen ausgestreckte Hand, verstörte Blicke, keine Marlene, aber eine böse Greta.

»Schön, dich kennenzulernen.«

Ich schüttelte leicht den Kopf, griff nach meiner kleinen Sporttasche auf dem Beifahrersitz und stieg aus. Ein paar Minuten später stand ich im Umkleideraum vor dem Spind, den ich meistens nahm, und stopfte meine Klamotten in den Schrank. Ich hatte mein Haarband vergessen. Das ärgerte mich, änderte aber nichts. Dann musste es eben ohne gehen. Ich sah auf die Uhr und schnappte mir das Handtuch, das ich auf die Bank hinter mir gelegt hatte.

Jochen war plötzlich da und er blieb. Ich sah ihn jeden Tag, mal kochte er für mich, mal lud er mich zum Abendessen ein, mal begleitete er mich zur Schule. Er reparierte den Bewegungsmelder in der Auffahrt, er kaufte mir einen schwarzen Wollmantel, er telefonierte mit dem Bestatter. Er stritt mit Greta, die mittlerweile bei uns eingezogen war. Er telefonierte mit Anwälten, mit dem Jugendamt, mit den Banken. Er zeigte mir Fotos von seinem Haus, von seinen zwei Kindern, Vivien und Gunnar, von seiner Frau Melanie. Er traf sich mit Immobilienmaklern. Er telefonierte wieder mit Anwälten, er schrie Greta an, Greta schrie Jochen an.

Er fragte nicht ein Mal, wie es mir ging.

Und am Ende der drei Monate fragte er, wo meine Koffer seien. Wir müssten packen. Ein neues Leben würde auf mich warten.

Leben?

Ich?

Ich schlüpfte als eine der Letzten in den großen Saal, sah mich schnell um und entdeckte in der vorletzten Reihe noch eine kleine Lücke. Gerade als ich mein Handtuch auf die Matte legte, startete der Trainer mit seiner Begrüßung. Ich kannte ihn nicht, er musste neu sein. Er war groß, dunkelhaarig und wie erwartet sehr trainiert. Ich hörte hinter mir zwei Mädchen im Teenageralter kichern.

Greta hat mir vor ein paar Jahren erzählt, wie sie es damals empfunden hat. Am Ende, sagte sie mir, habe es sie neben ihrer besten Freundin fast acht Kilo und ihren gesamten Stolz gekostet, aber das wäre es ihr wert gewesen. Jedes verdammte Gramm. Es war Marlenes Wunsch gewesen. Und niemand hätte jemals das Recht gehabt, ihn nicht zu respektieren.

Ich blieb. Jochen ging.

Und kam eigentlich nie zurück. Jedenfalls nicht richtig.

Es ist eben nicht so wie in diesen Filmen. Wenn ein Elternteil stirbt und der andere plötzlich da ist und alles so schön, leicht und perfekt wird, wie rosarote Zuckerwatte. So funktioniert das nicht. Wenn jemand stirbt, dann prallen Leben aufeinander. Es gibt keine Garantie und keine Sicherung, es gibt da nur diese große Taubheit, diese Leere, die in dir selbst ist, ausgelöst durch den Verlust eines Menschen, der dir nahestand. Jochen meinte es gut. Davon war er überzeugt. Aber nicht in erster Linie mit mir. Er tat, was er tun musste. Was in seinen Augen das Beste war.

Seit es Emma gibt, lehnt Holger ihn noch mehr ab. Als ich ihm damals alles erzählte, im Mai, bei unserer ersten richtigen Verabredung auf dieser Decke zwischen dem kalten Johannisbeersaft und den schwarzen Oliven, da hörte er mir sehr genau zu. Später gestand er, dass er sehr verärgert über meinen Vater war. Und als dann Emma auf der Welt war, war es endgültig vorbei. Jochen war für ihn ein Versager, eine Enttäuschung, ein verantwortungsloser Mensch. Und er verstand nicht, warum ich ihn weiter an unserem Leben teilnehmen ließ.

Und ich kann es ihm nicht erklären. Nicht richtig wenigstens.

Ich weiß nur, dass ich schon als Jugendliche oft damit haderte, dass ich Dinge lieber zuließ, als dass ich mich ihnen widersetzte. Oder mich mit ihnen auseinandersetzte.

Ich war in der Lage, mein innerliches Schreien zu ignorieren. Und nach außen zu schweigen.

Vielleicht ist es das.

Ich habe nichts gegen Jochen.

Ich bin ihm nicht böse, er ist, wie er ist, was er ist, ich bin nicht schuld daran, ich habe nichts getan, er gab sich Mühe.

Er war nur wirklich nie mein Vater.

Wir lagen mittlerweile auf dem Rücken, und Georg, so hieß der Trainer, so viel hatte ich verstanden, ging von einem Kursmitglied zum nächsten, um zu kontrollieren, zu korrigieren oder einfach nur freundlich und motivierend zu lächeln. Ich drückte mein Becken weiterhin in Richtung Raumdecke und spürte ein leichtes Ziehen im rechten Pomuskel. Meine Schultern taten ebenfalls etwas weh, neben mir hörte ich eine Frau schnaufen. Es roch latent nach Schweiß.

Das hier macht kein bisschen Spaß, dachte ich plötzlich.

Ich habe nicht ein bisschen Spaß an diesen lächerlichen Übungen, auf dieser lächerlich überteuerten Matte, mit diesem lächerlich grinsenden Trainer, dessen Namen ich jetzt schon wieder vergessen habe, dachte ich.

Mein linker Pomuskel begann zu zucken.

Morgen war Jochen für zwei Stunden in der Stadt. Wir wollten uns im Park treffen. Emma, er und ich. Enten füttern.

Plötzlich tauchte ein Bild vor meinem inneren Auge auf. Wieder dieser Name.

Lars.

Nein.

Nein, alles ging noch nicht. Gewisse Erinnerungen taten zu weh. Koffer hin oder her.

Es reicht, dachte ich.

Und dann tat ich etwas, was ich lange nicht getan hatte.

Ich stand auf, nahm mein Handtuch und verließ mit hoch erhobenem Kopf den Raum.

41.

1997

Es war an einem Sonntag, als Greta endlich wieder durch unsere Haustür ging, sich auf unsere Treppe setzte, ihre schwarzen Lederstiefel auszog, wieder aufstand, mir ihre Stiefel in die Hand, Marlene einen Kuss auf den Mund drückte und noch bevor sie die Küche erreicht hatte, nach Mehl und Milch rief. Auf ihrem Kopf saß ein dunkelroter Trilby-Hut, ihre rechte Socke hatte ein Loch. Marlene hielt sich ihre Wange, lächelte dabei und folgte ihrer Freundin wie ein Küken seiner Entenmama, und ich stellte die Stiefel ordentlich auf die kleine Schuhbank, die unter der Garderobe stand.

Der Regen trommelte gegen die Fenster, der November hatte ungemütlich begonnen und wirkte nicht so, als wolle er sich im Laufe seiner Zeit von einer besseren Seite zeigen. Ich mochte ihn nicht. Das war schon immer so gewesen. Der November hatte nichts an sich, was mir gefiel. Er war dunkel, nass, kalt und nichts war in ihm, auf das man sich freuen konnte. Er hatte kein Weihnachten, kein Strahlen wie der goldene Oktober, kein neues Jahr wie der Januar. Er war Mittel zum Zweck, die Brücke zum Höhepunkt des Jahres, das Ende des Herbstes, der Übergang zum Winter. Man nahm ihn hin, weil man keine Wahl hatte, duldete ihn. Wie ein Familienmitglied, das man nicht ausstehen konnte, aber auf jeder verdammten Familienfeier wiedersah.

Mir war noch nie etwas Gutes im November passiert.

Ich nahm meine Tasse Tee, die ich auf der Kommode abgestellt hatte, als Greta erschienen war, wieder in die Hand und ging nach oben in mein Zimmer. Lars würde später vorbeikommen und wir wollten für ein Deutschreferat lernen. Oder auch nicht. Je nachdem, wie viel Disziplin wir aufbringen konnten. Lars, Lars, Lars, summte es in meinem Kopf und in meiner Brust schlug mein Herz ein wenig schneller. Kater Fritz lag bereits auf meinem Bett, er hatte sich lang ausgestreckt und zeigte seinen mit weißem Fell bedeckten Bauch. Ich strich im Vorbeigehen leicht über seinen Kopf, er maunzte leise, dann setzte ich mich im Schneidersitz auf den Boden neben mein Bett und sah aus dem Fenster.

Marlene ging es schlecht.

Wir sprachen nie darüber, natürlich taten wir das nicht, sie sagte nichts und ich fragte nicht, aber es war nicht zu übersehen. Sie hatte weiter abgenommen und unter ihren Augen lagen dunkle Schatten. Ich wusste, dass sie nachts oft aufstand und ins Bad stolperte. Ich hörte, wie sie sich über der Toilettenschüssel erbrach, und ich ahnte, wie sie sich danach vor dem Waschbecken das Gesicht wusch und den Mund ausspülte und dagegen ankämpfte.

Wogegen eigentlich?

Was wusste ich von der Krankheit meiner Mutter? Nichts, dachte ich und nahm einen Schluck von der mittlerweile lauwarmen Flüssigkeit. Ich weiß nichts, dachte ich.

Ich wusste weder ihren Namen, noch wusste ich, was dieser Krebs genau mit meiner Mutter tat. Ich wusste nicht, woher er kam, ich wusste nicht, was die Ärzte gesagt hatten. Ich wusste nicht, warum meine Mutter sich dagegen entschieden hatte, etwas zu unternehmen. Ich wusste nur, sie hatte sich entschieden und ich musste damit leben.

Und sie damit sterben.

Ich nahm schnell noch einen Schluck, fuhr mir mit der Hand durch mein Haar.

Es war typisch und es war tückisch. Die Diagnose hing wie ein Damoklesschwert über uns, und wir duckten uns permanent, immer auf der Hut vor seiner Klinge, die jederzeit auf uns herabsausen könnte. Als würde der Tod ein Stück näher an uns heranrücken, je öfter wir über ihn sprächen.

War das so?

Kater Fritz streckte sich und drehte sich auf die andere Seite. Ich griff zur Fernbedienung meines CD-Players und drückte auf PLAY. Kurt sang von *Polly*. Ein Leid übertönt ein anderes Leid, dachte ich und lauschte der kratzigen Stimme eines Mannes, der selbst nicht mehr auf dieser Welt war.

In der letzten Zeit war es etwas besser geworden. Mit Marlene. Oftmals fühlte ich fast so etwas wie Frieden. Nein, Frieden war zu viel gesagt, es war eher eine Art Einklang. Wir stritten nicht mehr so viel. Wir diskutierten nicht mehr so viel. Marlenes Dominanz und ihr Ringen mit ihrer Rolle in dieser Familie war schwächer geworden, zumindest nach außen hin, manchmal war es fast schön. Wie dieser eine Abend im Oktober, als ich von Lars berichtet hatte. Das hatte so etwas Normales, Gesundes und Gerechtes gehabt. Solche Momente ließen andere in Vergessenheit geraten. Als habe jemand einen Weichzeichner über die Vergangenheit gelegt.

Es klopfte. Ich wollte gerade etwas sagen, als bereits die Tür aufging.

»Äpfel oder Birnen?«, brüllte Greta und der Hut vorn auf ihrem Kopf hatte jetzt weiße Flecken.

»Äpfel«, antwortete ich automatisch.

»Okay«, brüllte Greta. Zog die Tür hinter sich zu und zurück blieb ein Hauch von Zimt.

Ich hatte mir die Frage schon mal gestellt, etwas anders, ja, aber ähnlich.

Darf man glücklich sein, wenn da jemand stirbt, neben einem? Darf man das?

Ich sah aus dem Fenster, der Regen prasselte nach wie vor gegen die Scheibe, den ganzen Tag hatte er es schon getan und so würde dieser Sonntag wohl auch enden.

Es war November.

Als Lars mich später in den Arm nahm, meine Augenlider küsste, eines nach dem anderen, und dann *Effie Briest* aus seinem Rucksack zog, da musste ich plötzlich an einen Zeitungsartikel denken, den ich mal gelesen hatte. In dem Artikel ging es um einen Mann, der beschlossen hatte, seine Zeit nicht mehr unnötig mit Essen zu vergeuden. Das ganze Einkaufen, Zubereiten, Verspeisen, Aufräumen, wieder Einkaufen, Zubereiten, und so weiter und so fort, war ihm zuwider geworden. Also beschloss er, einen Ersatz zu erfinden. Er war nicht im klassischen Sinne essgestört, es ging ihm nicht darum, nichts mehr zu essen, es ging ihm nur darum, diesen lebensnotwendigen Vorgang zu optimieren. Er las, er recherchierte, er forschte und er probierte.

Und dann hatte er es geschafft, er hatte einen Drink erfunden, der alles beinhaltete, was der Mensch zum Leben brauchte. Vitamine, Mineralstoffe, Kohlenhydrate, Proteine, all das und noch viel mehr, waren in diesem Getränk enthalten. Er trank ihn dreimal am Tag und war glücklich. So ging es bereits seit drei Jahren und kein Arzt auf der Welt hatte irgendwelche Mängel an ihm feststellen können. Alle Untersuchungen waren positiv verlaufen. Kein Lebensmittel kam mehr mit ihm in Berührung. Neben dem Text war ein Foto abgebildet. Es zeigte einen jungen Mann Ende zwanzig, Anfang dreißig, schwarzer Rollkragenpullover, schwarze Jeans, ernster Blick.

Ich hatte das Foto lange angestarrt, hatte mich vornübergebeugt, um besser sehen zu können. Viel war mir zu diesem Bild eingefallen, aber kein Glück.

Vielleicht war ja das das Geheimnis. Alles zu optimieren, zu reduzieren, nur auf das Wesentliche, ohne Emotion, ohne Umwege, ohne Wenn und Aber. Vielleicht lag dort der Schlüssel.

Schwachsinn, dachte ich und schüttelte leicht den Kopf. Welcher Schlüssel denn? Und zu welchem Schloss?

»Woran denkst du?«

Ich sah vom Buch hoch. Lars saß an meinem Schreibtisch, hatte sich mit dem Stuhl zu mir gedreht und einen Kugelschreiber zwischen seine Hände geklemmt. Sein Haar hing ihm etwas ins Gesicht, und ich sehnte mich nach ihm, obwohl er keine zwei Meter von mir entfernt war.

»Ich habe mal einen Artikel gelesen, da ging es um einen Mann, der seine Zeit nicht mehr unnötig mit Essen vergeuden wollte ...«

Als ich fertig war, nickte Lars und schlug sein Buch zu. Marlene war mit Greta, lange bevor Lars gekommen war, weggefahren. Sie wollten essen gehen oder sich betrinken. Das war nicht ganz klar. Beide hatten mir unterschiedliche Versionen ihrer gemeinsamen Abendplanung dargelegt. *Effie Briest* lag auf meinem Schreibtisch, ich holte zwei Bier aus der Küche und Lars legte eine CD einer Band in den Player, die ich nicht kannte.

Und dann bestellten wir beim besten Pizzaservice der Stadt. Zwei große Margherita und eine Riesenportion Tiramisu.

42.

Es war ein Mittwoch, an dem Marlene und ich wegfuhren. In der ersten Stunde hätte ich Chemie bei Frau Sallhauber gehabt, danach eine Stunde Französisch bei Herrn Haskamp, in der ich die Übersetzung eines Gedichts aus *Rester vivant* von Michel Houellebecq hätte abgeben müssen. Ich aß gerade, wie jeden Morgen, meinen Teller Buchweizengrütze mit Zimt und Zucker, als Marlene ins Zimmer stürmte und mir zurief, ich solle meine Zahnbürste nicht vergessen, wir würden jetzt aufbrechen.

Eine halbe Stunde später war Hansi bei unserer Nachbarin abgeliefert, Kater Fritz mit Blick auf meine zerknautschte Reisetasche und Marlenes uralten kleinen Koffer, den sie sonst nur für ihre Dienstreisen nutzte, beleidigt unter meinem Bett verschwunden und Marlene und ich auf der Autobahn.

Ich hatte mich ohnehin nicht für ein Gedicht entscheiden können, die Sonne schien und ich war müde. Nichts sprach also dagegen.

Ich fragte nicht, wohin es gehen sollte. Ich stemmte meine Füße gegen das Armaturenbrett, rutschte tief in den Sitz hinein und nahm die Zigarette entgegen, die Marlene mir hinhielt. Wir rauchten schweigend bis kurz vor der Abfahrt, die Marlene zu kennen schien, sie blinkte, ohne großartig aufzublicken, mir aber unbekannt war. Wir fuhren auf die neue Autobahn. Der Verkehr war überschaubar, der Aschenbecher quoll über, ich öffnete das Beifahrerfenster einen Spaltbreit und inhalierte tief.

»Wenn du Hunger hast, dann greif mal in meine Tasche.«

Ich sah meine Mutter überrascht an, nickte, aber sagte nichts. Ich hatte keinen Hunger, daher verzichtete ich auf ihr Angebot, stattdessen fragte ich mich, wann Marlene wohl das letzte Mal so einen Satz zu mir gesagt hatte.

»Ich habe früher total gern Rosinenbrötchen gegessen, aber irgendwann habe ich es vergessen. Ich habe einfach keine mehr gegessen und dann vergessen, wie gut sie sind«, sagte sie und starrte geradeaus auf die leere Fahrbahn. »Das ist merkwürdig, oder?«

Ja, dachte ich, das hier ist sehr merkwürdig.

Sagte aber wieder nichts, weil Marlene auch keine Antwort zu erwarten schien.

Ich rutschte noch ein wenig tiefer in den Sitz, schloss meine Augen und dachte an den Streit. Sophie und ich hatten uns gestritten, vielleicht zum ersten Mal seit wir uns kannten, wir hatten gestritten und es tat immer noch weh. Es war kein lauter Streit gewesen, was es nicht besser machte, es war eine stumme Auseinandersetzung gewesen, ein stilles Ringen, bei dem niemand klein beigeben, niemand dem anderen zustimmen wollte.

Ich war zu ihr gefahren, wir hatten Tee getrunken, uns über Karohemden für Mädchen, enge Jeans für Jungs und Plateauschuhe im Allgemeinen unterhalten, dann waren wir in das Badezimmer ihrer Eltern gegangen und hatten ihre Haare mit Zitronensaft und Olivenöl eingeschmiert. Dann waren wir zurückgegangen, Sophie mit einem Turban auf dem Kopf, ich mit einer Maske aus dunkelgrünen Algen im Gesicht, und hatten uns die Fußnägel neonpink lackiert. Und dann war es passiert.

Ich runzelte in Erinnerung daran die Stirn, öffnete kurz die Augen, zündete mir schnell eine neue Zigarette an und tauchte dann wieder ab. Marlene fuhr konzentriert und schien ebenfalls in ihre eigenen Gedanken versunken zu sein.

Ich wusste gar nicht mehr genau, wie es dazu kam, ich wusste nur noch, wie überrascht ich darüber war, was Sophie zu mir sagte.

»Hast du dir mal vorgestellt, was du sehen würdest, wenn dein Leben ein Brunnen wäre und du hinab auf die Wasseroberfläche blickst?«

Wir saßen uns gegenüber auf ihrem Bett, beide nach vorn über die Fußnägel gebeugt, ich hatte gerade den Pinsel ins Fläschchen getaucht. Ich hielt in der Bewegung inne und sah Sophie erstaunt an.

»Sag das noch einmal.«

Sophie seufzte, hatte ihren Blick jedoch weiterhin fest auf ihren linken Fuß geheftet.

»Ich meine, welches Spiegelbild würde dir wohl entgegenblicken?«

»Ist das ein Spiel?«

Sophie blickte hoch und zog die Augenbrauen zusammen.

»Du redest immer davon, was dich und Marlene unterscheidet, warum ihr nicht miteinander klarkommt, was euch trennt ...«

»Ja, und?«, unterbrach ich sie.

»Nun warte doch mal«, sagte sie. »Ich war noch nicht fertig. Du siehst immer nur das, was euch unterscheidet, nie das, was offensichtlich ist.«

»Und was wäre das?«

»Elli, das muss ich doch eigentlich nicht sagen, oder? Das weißt du.«

»Offensichtlich nicht.«

»Bist du jetzt sauer?«

»Was heißt denn sauer? Ich verstehe überhaupt nicht, was du mir eigentlich sagen willst!«

»Es macht dir Angst.«

Sophie hatte ihren Blick gehoben und sah mir nun in die Augen. Sie funkelten dunkel. Mir war warm und in meinem Kopf schleuderten die Gedanken umher.

Ich atmete hörbar tief ein.

»Sophie«, sagte ich jetzt wieder bemüht ruhig. »Was meinst du?« Zwischen jedem Wort machte ich eine kleine Pause, als würde ich mit einer Person sprechen, die geistig leicht zurückgeblieben war.

Meine beste Freundin erwiderte weiterhin meinen Blick, sie schien einen Moment lang zu überlegen, richtete sich auf, traf eine Entscheidung und sackte dann wieder etwas in sich zusammen.

»Sie ist deine Mutter, sie hat dich zur Welt gebracht, sie hat dich großgezogen, dir zu essen gegeben, dir Klamotten gekauft, dich genervt, belogen und betrogen, dich enttäuscht. Du hast dir immer eine andere Mutter gewünscht, eine bessere, ältere, normalere, hast mich um meinen Vater beneidet, um meine Mutter, um beide zusammen, vor allem um das, und Marlene schenkte dir zum 13. Geburtstag eine Packung Kondome und leistete sich drei Wochen später den gleichen Badeanzug, den wir uns gerade gekauft hatten. Du hast geweint, geschrien, bist verstummt, wir haben geredet, geraucht, uns betrunken, viel ist kaputtgegangen, manches hast du übersehen. Du bist alt geworden, immer älter, je jünger deine Mutter war, ihr habt Rollen getauscht, euch gemessen, konkurriert und verloren …«

Ich starrte Sophie an. Sie sprach und sprach und ich konnte nichts anderes tun, als zuzuhören. Wort für Wort, Gefühl für Gefühl, Stich für Stich.

»… Du hast geschwiegen, erduldet, ertragen, hast dir in dieser Rolle gefallen. Aber nun, nun ist alles anders. Marlene wird …

sterben und du wirst leben. Und du hast Angst. Natürlich hast du Angst.«

Ich konnte mich nicht rühren. Selbst meine Wimpern versagten ihren Dienst.

Sophie richtete sich wieder etwas auf.

»Weil du sie liebst. Trotz allem.«

Und dann war es still.

»Ich muss mal. Du auch?«

Marlene wies mit der rechten Hand auf ein Schild, das neben der Autobahn auftauchte und den nächsten Rastplatz in 500 Meter Entfernung anzeigte. Bevor ich antworten konnte, hatte sie schon den Blinker gesetzt.

Auf der Toilette setzte ich mich auf den geschlossenen Klodeckel, beugte mich nach vorn und legte meinen Kopf in beide Hände. In der Kabine neben mir hörte ich, wie jemand versuchte, ein Würgen zu unterdrücken. Es roch nach Scheiße und nach Desinfektionsmitteln und verrückterweise nach Bratwurst mit Kartoffelsalat. Ich spürte ein Kneifen in der Magengegend und wusste nicht, was es war. Ekel oder Hunger. Beides erschien mir in diesem Moment absurd. Es gab anderes zurzeit.

Oder? Nicht?

Ich drehe mal wieder durch, dachte ich. Es ist mal wieder so weit, dass sich meine Ratio verabschiedet und der Freak Hallo sagt.

Hallo Freak, flüsterte ich fünf Minuten später, als ich vor dem schmutzigen Waschbecken stand und beim Händewaschen in den Spiegel vor mir sah.

Ja, ja, das Wetter ist schrecklich, sagte eine ältere Dame neben mir, wackelte zweimal mit ihrem Kopf und lächelte mich dann freundlich an. Marlene wartete bereits draußen. In der einen Hand hatte sie eine Tüte Karamellbonbons, in der anderen einen Becher Kaffee.

Im Auto fragte ich Marlene dann doch, wo wir eigentlich hinfahren würden.

»Binz«, sagte sie.

»Rügen?«, fragte ich.

»Was denn sonst«, sagte sie.

Und als wir die Brücke erreicht hatten, die das Festland mit der Insel verband, da spürte ich, dass etwas näher kam. Etwas Großes, etwas Fremdes. Etwas, was aus mir herauswollte. Marlene schaltete das Radio an, sie war sehr blass, fast durchsichtig, aber schön.

Ja, dachte ich erstaunt, sie ist schön.

Und das war wichtig, gerade jetzt, auf der Brücke.

Nach Binz.

Ich verbrannte meine Zunge an dem heißen Kaffee und sah aus dem Fenster. Die Scheibe war beschlagen. Als ich mit dem Ärmel meines Kapuzenpullis über das beschlagene Glas fuhr, sah ich es ganz deutlich.

Es hatte zu schneien begonnen.

43.

Am ersten Abend rief ich Lars an. Ich erzählte vom Strand, vom Schnee und von der kleinen Pension und dem noch kleineren Doppelzimmer, ich erzählte von den schönen weißen, frisch sanierten Villen an der Strandpromenade, von den verfallenen alten Villen an der Strandpromenade, ich erzählte davon, dass Marlene dauernd von der Bäderarchitektur schwärmte, und beichtete, dass ich dabei zunächst an Waschbecken und Badewannen gedacht hatte, ich erzählte von der Forelle mit Salzkartoffeln, vom »Koloss von Rügen« und von der Luft, die nach Winter und Salz, nach Fisch und Ewigkeit schmeckte. Lars lachte leise und ich drückte mich ein wenig tiefer in die dunkle Ecke hinter der Rezeption, wo das Telefon hing, und steckte mit zitternden Fingern eine Mark nach der anderen in den Schlitz des Apparats. Meine Wangen glühten von der Kälte draußen, mein Kopf schwirrte, mein Herz klopfte.

Marlene und ich waren den ganzen Tag an der frischen Luft gewesen, waren zum Kap Arkona gewandert, waren von dort nach Prora zum sogenannten Koloss, dem ehemaligen »Kraft-durch-Freude-Bad« der Nationalsozialisten, gefahren, wir waren in Binz am Strand entlangspaziert, hatten heiße Schokolade mit Baileys in einem kleinem Café an der Promenade geschlürft und am späten Nachmittag in der Pension unsere kalten Füße in der heißen Badewanne aufgetaut. Und als ich sie fragte, wie lange wir bleiben würden, nahm sie meine Hand, nur das, und drückte sie, ohne mich anzusehen, und da hatte ich die Welt anhalten wollen. Halt an, Welt! Bitte!

Am zweiten Abend rief ich Sophie an. Ich erzählte vom Strand, vom Schnee, der noch mehr geworden war, und von der kleinen Pension und dem noch kleineren Doppelzimmer. Ich erzählte von der Seebrücke, von den Wellen, die so hoch gegen die Planken geschlagen waren, dass uns die Gischt ins Gesicht geklatscht war. Ich erzählte von dem Sanddornschnaps und von meinen Bauchschmerzen, nachdem ich drei Gläser nacheinander getrunken hatte, und davon, dass Marlene jede Nacht aufstand und sich stundenlang in den Sessel setzte, der in unserem winzigen Zimmer stand, und einfach nur so dasaß, stumm und krank, mit beiden Armen den Oberkörper umschlungen. Ich erzählte, dass ich jede Nacht so tat, als merkte ich nichts, als würde ich schlafen, und dass ich nachgezählt hätte, heimlich, Marlene schluckte siebzehn Tabletten jeden Tag, vier morgens, sechs mittags und sieben abends. Ich erzählte, dass sie über Kopfschmerzen klagte, nicht anstrengend oft, aber oft genug, dass ich mir Sorgen machte. Sophie schwieg. Ich erzählte ihr von der Luft, dieser tollen Luft, und dass dies der erste Urlaub wäre, tatsächlich wäre Rügen, Binz, das hier, das erste Mal, dass Marlene und ich gemeinsam Urlaub machten. Sie wüsste das, aber ich wollte das trotzdem sagen, einfach so, weil es ging. Weil es wahr war. Und dann fragte ich nach der Bio-Klausur, die ich verpasst hatte und die ich würde nachschreiben müssen. Sophie lächelte, ich sah es nicht, natürlich nicht, aber ich wusste, sie tat es. Ich warf eine weitere Mark in den Schlitz und hörte meinen eigenen Atem als Echo im Telefonhörer.

»Sophie«, sagte ich.

»Wäre es Marlenes Gesicht?«, fragte ich.

»Vielleicht«, sagte sie.

»Wäre das schlimm?«, fragte ich.

»Natürlich nicht«, sagte sie.

Und dann legte ich auf.

Am Abend des dritten Tages rief ich Otto an.

»Die Zeit, Otto, die Zeit läuft ab, Otto, hör zu, die Zeit«, flüsterte ich.

»Püppi, meine Püppi«, sagte Otto.

»Nein, hör mir zu, die Zeit, sie läuft ab«, weinte ich.

»Ach, Püppi«, sagte Otto.

Und dann legte er auf.

Am Morgen des vierten Tages wachte ich auf, streckte mich und versuchte, mich, genau wie in den Tagen zuvor, zurechtzufinden. Ich lag auf dem Rücken und registrierte, dass Marlene neben mir lag, sie hatte sich von mir abgewendet, ich sah ihren Rücken, ihr zerzaustes Haar, hörte ihren Atem, leicht rasselnd und pfeifend, aber so hörte ich mich wohl auch an, Rügen im November bei Schnee und Eis ohne Winterjacke war keine gute Idee gewesen. Ich streckte mich ein zweites Mal, kniff die Augen zusammen, riss sie gleich wieder auf und begann, mich aus den dicken weißen Federdecken herauszuschälen, die Marlene und mich jede Nacht unter sich begruben. Ich verharrte kurz auf der Bettkante, sah auf den Wecker, den ich, seit ich sieben Jahre alt war, besaß und von zu Hause mitgebracht hatte, er hatte die Form einer Sonne, war hellgelb und seine Zeiger sahen aus wie Sonnenstrahlen. Es ist noch viel zu früh, dachte ich, stand auf und schlich vorsichtig ins Bad. Dort angekommen, ging ich erst mal auf Toilette und betrachtete danach mein Gesicht im Spiegel. Ein roter Pickel prangte auf meinem Kinn, ansonsten sah ich blass aus und unter meinen Augen lagen dunkle Schatten.

Ich sehe aus, als habe ich nicht eine Stunde geschlafen, dachte ich.

Dann begann ich, meine Zähne zu putzen. Aus dem Zimmer hörte ich ein leises Seufzen, ein Stöhnen, Marlene schien ebenfalls aufzuwachen. Ich spuckte aus, spülte zweimal nach, gurgelte einige Sekunden lang und hörte wieder ein Seufzen, dieses Mal lauter. Ich nahm das Handtuch zur Hand. Diese Nacht war Marlene nicht aufgestanden, ich hatte sie gehört, wie sie neben mir lag und stöhnte und sich unruhig im Schlaf hin und her warf. Zwischendurch stieß sie immer mal wieder unartikulierte Laute aus, ich hatte überlegt sie zu wecken, sie schien von schlimmen Dingen zu träumen, aber irgendwas hatte mich abgehalten. Ich trocknete meine Hände, hängte das Handtuch dann ordentlich wieder auf den Haken neben dem Waschbecken und trat zurück ins Zimmer. Marlene lag noch genau so, wie ich sie verlassen hatte. Nur stöhnte sie mittlerweile viel lauter und wirkte seltsam angespannt, wie sie da so lag, mit dem Rücken zu mir und den am Hinterkopf verstrubbelten Haaren. Ich ging ein paar Schritte um das Bett herum, und als ich am Fußende war und auf Marlene herunterblickte, fiel mir auf, wie weit ihr Kopf in den Nacken gezogen war. Sie sah aus, als recke sie im Schlaf den Hals. Wohin sah sie? Was tat sie denn da?

»Marlene«, flüsterte ich.

Ich lief weiter und stand nun auf ihrer Seite des Bettes. Ihre Augen waren geöffnet. Ich ging vor ihr auf die Knie, legte die rechte Hand auf das Bettlaken, hob meine linke Hand und legte sie meiner Mutter auf die Schulter.

»Marlene«, flüsterte ich erneut.

Statt einer Antwort kam ein unartikulierter Laut. Ihre Augen sahen dunkel aus und starr, sie sahen an mir vorbei, ihre Nasenflügel bebten.

Dann rief ich laut um Hilfe.

Später rief ich Greta an.

»Hol uns nach Hause«, sagte ich.

»Was ist passiert?«, fragte Greta.

»Meningitis, sie liegt im künstlichen Koma«, sagte ich.

»Scheiße«, sagte Greta.

Und dann weinten wir, bis ich keine Münzen mehr in meinem Portemonnaie fand.

Später, viel später, am Ende dieses schrecklichen vierten Tages, als wir nebeneinander im Bett lagen, ich mit meinem Kopf auf Gretas Brust, sie mich eng umschlungen, da begann ich zu zittern und konnte nicht mehr aufhören. Egal, wie fest sie mich an sich drückte, jeder Muskel in meinem Körper schien aufgehört zu haben, mir zu gehorchen. Wir schwiegen. Greta hatte den ganzen Tag nichts anderes getan, als zu reden. Mit den Ärzten, mit den Schwestern, mit der Pensionswirtin, mit Marlenes Verlag und mit den vielen anderen, die gesichtslos an mir vorbeigezogen waren. Ich hatte mich zurückgezogen. In mich selbst, an diesen Ort, wo ich keine Worte brauchte, keine Worte hatte und keine Worte wollte. Ich hatte meine Sprache verloren. Diese Nacht, das Bewusstsein, die ganze Zeit neben Marlene gelegen zu haben, ohne etwas zu merken. Nein, ohne etwas zu tun, so war es korrekt. Ich brauchte mir nichts vorzumachen. Ich hatte gespürt, dass etwas nicht stimmte. Und dabei war es geblieben. Dieses Bewusstsein, diese Gedanken, sie lähmten mich.

Ich ekelte mich.

Greta war sofort ins Auto gesprungen, war zweimal geblitzt worden, hatte sich einmal verfahren und hatte gegen Mittag dann das Krankenhaus erreicht. Sie fand mich auf den harten Sitzen vor der Intensivstation, stolperte leicht, als sie auf mich zueilte. Ein älterer Mann, der neben ihr ging, zuckte zusammen, an der Wand hingen Bilder von Tulpen. Blauen Tulpen. Ich erkannte sie erst, als sie genau vor mir stand. Jemand hatte mir eine Decke um die Schultern gelegt, ich trug noch mein übergroßes Schlafhemd und dazu meine grünen Chucks, und mir einen Becher Tee in die Hand gedrückt. Als ich hochblickte, sah ich direkt in Gretas Augen. Sie nickten mir zu, wortlos und ernst und wütend, und dann drückte sie auf den blassroten Knopf, der sich neben der breiten Tür zur Station befand. Ein paar Sekunden später schwang sie auf und Greta verschwand hinter ihr.

Irgendwann waren wir zurückgefahren, Greta hatte meine Hand genommen und wir waren zurück in die Pension gefahren, der Schnee glitzerte im Licht der Straßenlaternen, auf dem Weg von Stralsund nach Rügen rauchten wir eine ganze Schachtel Zigaretten. Meine Augen hatten getränt, weil es so kalt draußen war und niemand von uns daran dachte, die Scheibe etwas herunterzulassen, meine Augen tränten und es fühlte sich gut an.

Als das Zittern etwas weniger wurde, ließ Greta mich los und stieg aus dem Bett. Die Wirtin hatte es neu bezogen und es duftete nach Flieder. Ich strich über das Laken, dort wo Marlene vor ein paar Stunden noch gelegen hatte, kniff in den weißen Stoff und hielt mich daran fest. Greta machte zwei Schritte und blieb dann vor dem kleinen Fenster stehen, sah hinaus. In die Dunkelheit. Ich schloss die Augen, versuchte, mich fallen zu lassen, hielt mich fest und versuchte, mich zu entspannen. Spürte, wie ich langsam wegdämmerte.

»So wird es nicht enden, glaub mir, so nicht«, flüsterte Greta. Ich ließ ihre Worte auf mich wirken, ließ sie langsam in mein Bewusstsein sickern.

»Ich spüre das, ich weiß nicht, was es ist, aber das hier ist nicht Marlenes Ende«, flüsterte sie.

Okay, dachte ich. Dumpf. Schwer. Immer tiefer sinkend.

»Okay«, versprach Greta.

Und der Flieder blühte rot in meinem Traum.

44.

Sie träumte. Da war ein Wald, ein dichter, dunkler Wald, und sie lief zwischen den Bäumen entlang, auf ein kleines Häuschen zu, rot war es, das Haus, klein und rot und das Dach schwarz. Sie musste an das

Lied denken, an das Lied vom Männlein im Walde, sie schüttelte den Kopf, nein, das war ja Unsinn, darin ging es um Hagebutten, nicht um Häuser, Elli hatte das Lied als Kind so gemocht, sie hatte das vergessen, doch nun fiel es ihr wieder ein.

Plötzlich stand sie vor der Tür. Das Haus hatte eine große schwarze Tür, sie ging auf und Marlene wurde in das Haus hineingezogen, sie konnte gar nichts dagegen tun, das Haus verschlang sie, wie ein Raubtier sich seine Beute einverleibte, stumm und selbstverständlich, sie hatte Angst, schrie aber nicht, öffnete stumm ihren Mund. Dann saß sie am Tisch.

Alle saßen am Tisch, alle aßen, alle waren da. Otto, Evelin, Elli. Sie saßen um den Tisch herum und bewegten ihre Münder auf und zu, aßen Kuchen, gelben, trockenen Kuchen, und aus ihren Mündern rieselten die Krümel, wenn sie ausatmeten, niemand sprach, alles aß.

Und dann stand sie plötzlich in der Ecke, sah ihnen zu, sie stand mit dem Gesicht zur Wand, wie in der Schule, zu ihrer Zeit gab es das eigentlich nicht mehr, doch eine Lehrerin hatte diese Strafe noch vollzogen, sie hatte Tennrich geheißen und war bereits sehr alt gewesen, daran erinnerte sie sich jetzt, sie stand mit dem Gesicht zur Wand, aber sah alles. Sah den drei Menschen zu, sah, wie sie immer weiter Kuchen aßen, Stück für Stück, stocksteif auf den Stühlen, mit ausdrucksloser Miene, saßen und aßen.

Sie versuchte, sich bemerkbar zu machen, sie wollte nicht hier stehen, sie wollte wieder an den Tisch, sie hörte von weither ein Piepen, ein lautes Piepen, ihre Ohren taten ihr weh, als sie die Hände hob, um sie sich über die Ohren zu legen, da waren es Flossen. Ihre Hände waren Flossen, wie bei einem Fisch, sie starrte auf die schwarzen, glatten und glänzenden Schuppen und das Piepen wurde lauter.

Helft mir, sagte sie, aber niemand beachtete sie.

Helft mir, ich verwandle mich in einen Fisch, schrie sie, aber niemand beachtete sie.

Als sie sich umdrehte, da merkte sie, dass sie geschrumpft war, sie war ganz klein, der Tisch war riesig, die Stühle unerreichbar, sie zuckte auf dem Boden, rechts, links, spürte, wie ihr die Luft wegblieb, wie sich ihre Kiemen zusammenzogen.

Jemand nahm sie in die Hand, fast zärtlich, legte sie auf den Tisch, sie war dankbar, drehte ihre Augen, versuchte, einen Blick zu erhaschen, sah ein Wasserglas, sah Wasser, schnappte nach Luft.

In diesem Moment sauste das Messer hinab und köpfte sie.

Nach vier Tagen holten sie die Ärzte aus dem künstlichen Koma, nach sieben durfte sie das erste Mal aufstehen, nach neun rauchte sie heimlich ihre erste Zigarette, am 15. Tag wurde sie auf eigenen Wunsch entlassen. Greta fuhr sie mit dem Rollstuhl zum Auto, half ihr beim Einsteigen, zerrte wütend am Sicherheitsgurt, gab dem Stuhl einen Tritt, dass dieser umfiel, lief um das Auto herum, stieg ein und fuhr los. Der leicht mit Schnee bedeckte Kies stob rechts und links unter den Rädern des Wagens hervor und Marlene schloss die Augen. Der Assistenzarzt hatte ihr beim Abschied nicht in die Augen sehen können, ihre Klamotten schlotterten an ihr herum, sie hatte fünfzehn Tage vergeudet und Glück gehabt. Großes Glück, wie der dicke Chefarzt mit der großen Hornbrille kopfschüttelnd bei der letzten Visite gesagt hatte.

Elli wartete zu Hause.

Es war Ende November und zum ersten Mal hatte Marlene Angst.

Die Angst hatte sie langsam erfasst, Zentimeter für Zentimeter war sie an ihr hochgekrochen und nun hüllte sie sie komplett ein. Sie war gefangen, die Angst war wie eine Spinne und sie war ihr ins Netz gegangen, sie kam nicht mehr heraus. Die Angst hatte sie, hielt sie, hatte sich untrennbar mit ihr vereint. Sie würde gewinnen. Im Krankenhaus war es passiert. Als sie sie geweckt hatten, als sie aus diesem Albtraum erwacht war und man sie extubiert hatte, sie hatte nach Luft geschnappt und wieder geschnappt und wieder. Sie hatte gedacht, jetzt sei es aus, jetzt sei es vorbei, ihr Hals hatte sich angefühlt, als hätte sie Glasscherben gegessen, und sie hatte keine

Luft bekommen. Hände hatten sie festgehalten, Gesichter hatten sich über sie gebeugt und Münder hatten sich auf und zu bewegt. Und dann war sie wieder eingeschlafen, ohnmächtig, und beim nächsten Mal war es anders gewesen.

Sie träumte viel. Es wurde nicht besser. Sie begann sich vor der Angst zu fürchten, aber sie konnte atmen. Sie war kein Fisch.

Rügen, es war ihr beim Duschen eingefallen. Sie hatte Urlaub auf die Liste geschrieben, Urlaub mit Elli, hatte aber nicht gewusst wohin, und dann war es ihr eingefallen. Sie hatte es immer schon sehen wollen. Jochen hatte ihr davon erzählt, seine Eltern hatten dort gelebt, waren geflohen, nach dem Krieg, hatten alles aufgegeben, waren im Westen angekommen, aber nie wirklich, und früh verstorben.

Jochen hatte ihr von den Erinnerungen seiner Eltern erzählt, hatte geschwärmt, hatte von der Traurigkeit seiner Eltern berichtet, und von seinem Plan, irgendwann, ja, irgendwann, mal dorthin zu fahren. Verrückt hatte sie das damals gefunden. Rügen lag doch hinter dem Eisernen Vorhang. Wie sollte das denn gehen?

Greta lenkte den Wagen stumm und böse durch die Stadt, sie würden ein paar Stunden brauchen, würden sich beeilen, jeder aus anderen Gründen, und alles, was sie hätten sprechen können, war bereits gesagt worden oder sollte lieber nicht gesagt werden. Morgen würde sie sofort zu ihrem Arzt müssen. Ihre Tabletten mussten neu eingestellt werden, in der Klinik hatten sie sie umgestellt, umstellen müssen, das wäre in solchen Fällen so, das müsste sie nicht verstehen, das war eben so.

So, so.

Es war mehr gewesen. Ja.

Es ist mehr gewesen, dachte Marlene und spürte ihre Hüftknochen durch den Stoff, spürte, wie sie ihr im Sitzen in die Unterarme stachen.

Sie hatte Elli nie die Wahrheit gesagt, warum auch, sie hatte gewusst, dass er niemals mehr eine Rolle spielen würde, und es war ja auch nichts Wirkliches gewesen. Nichts Gutes. Vollendetes.

Sie war in ihn verliebt gewesen.

Er nicht in sie. Zumindest nicht genug.

Sie waren kurz davor gewesen, ihre Schule zu beenden, die Welt schrie nach ihnen und sie antworteten mit Lavalampen, Anti-Atomkraft-Aufklebern, Flokati-Teppichen, The Clash und vierzehnjährigen Drogenabhängigen, die auf neugierige Journalisten trafen. Er war mehr gewesen. Für sie. Für ihn war es anders. Marlene hatte lange, sehr lange, darüber gegrübelt, ob es Liebe gewesen war, vielleicht hätte es eine werden können, es war ein Sommer gewesen. Ein Sommer, mehr nicht, für sie eine Option auf mehr, für ihn nur das. Und als sie gemerkt hatte, dass sie schwanger war, da gab es erst recht kein Zurück.

Greta hatte Elli an Tag fünf nach Hause gebracht. Sie hatte es entschieden und Elli hatte schließlich zugestimmt. Marlene war nicht böse gewesen, als sie es erfahren hatte, vielmehr hatte sie eine Erleichterung verspürt.

Ich rieche nach Krankenhaus, dachte sie jetzt, hier im Auto. Greta hatte die Heizung hochgedreht, ihr war kalt. Die Landschaft zog am Fenster an ihr vorbei. Sie fuhren übers Land, im Radio hatten sie vor der Autobahn gewarnt, mehrere Unfälle hatte es gegeben. Die Bäume entlang der Straße waren weiß, Schnee rieselte vereinzelt zu Boden, die Felder verschwammen mit dem Horizont, die weiße Pracht blendete sie fast.

Sie schloss wieder die Augen, spürte, wie ihr Körper immer schwerer wurde. Greta sah zu ihr herüber, seufzte vorwurfsvoll, griff nach hinten auf die Rückbank, schnappte sich ihren schwarzen Wollmantel und legte ihn über sie. Marlene kuschelte sich in den Sitz und schlief ein.

Elli stand vor dem Haus, als sie ankamen. Sie kam ihnen entgegen gelaufen, Jeans, Chucks, ein grüner Parka, das Haar zum Pferdeschwanz gebunden, die Augen eine einzige Frage. Greta war ausgestiegen und ums Auto herum zum Kofferraum gegangen. Sie und Elli begrüßten sich mit einem Kuss auf den Mund. Marlene zog an dem Riegel in der Tür und stemmte sich hoch. Ihre Tochter stand plötzlich vor ihr, hielt ihr ihren Arm hin.

»Wie geht es dir?«

»Wie sehe ich denn aus?«

»Marlene ...«

»So schlimm?«

Sie ergriff Ellis Hand. Sie war kalt und feucht. Und klein. Sie zögerte, konnte nicht loslassen, strich zart mit dem Daumen über Ellis Handrücken, fühlte, wie jung diese Haut war, fühlte keine Adern, keine Erhebungen, wo keine sein sollten, nur Glätte, nur eine Sekunde lang, aber es reichte.

Elli sah ihr forschend ins Gesicht.

Vielleicht sind die, die wir zu beschützen glauben, genau die, die keinen Schutz benötigen, dachte Marlene, während sie dem Blick ihrer Tochter begegnete. Vielleicht wünschen wir uns das nur, dieses Beschützen, weil wir sonst an der Machtlosigkeit, die wir fühlen, zerbrechen würden. Vielleicht war das ja so, und sie müsste sich keine Sorgen mehr machen.

Sie schlug die Autotür zu und stand einen Moment da. Einfach so. Greta reichte Elli Marlenes kleinen Koffer und beide gingen auf das Haus zu. Es sieht schäbig aus, dachte sie, als sie so dastand. Es könnte einen neuen Anstrich gut vertragen, dachte sie. Sie hatte nicht gewusst, wie sehr sie sich sorgte. Vor der Angst hatte sie es nicht gewusst. Vor Rügen und ihrem Zusammenbruch. Ich liebe mein Kind. Mein Leben habe ich lange Zeit nicht geliebt, dachte sie. Aber ich liebe mein Kind.

»Auf was wartest du denn?«, rief Greta ihr etwas ungeduldig zu. Elli war bereits im Haus verschwunden.

Hier hatte es offenbar nicht geschneit. Der Boden war trocken, aber die Luft schmeckte ein wenig nach Schnee. Marlene holte tief Luft.

Diese Ahnung, dass da etwas war, was sie versäumte, in jeder Sekunde, in der sie lebte, dass da etwas war, was ihr gehört hatte, was ihr genommen worden war, diese Ahnung, ihr ganzes Leben hatte sie damit gerungen.

Und jetzt?

In der Küche schenkte Elli Kaffee ein und sie setzten sich mit den dampfenden Tassen an den Tisch. Kater Fritz strich um ihre Beine, sie hörte Hansi von weither zwitschern. Ein Stapel ungeöffneter Briefe lag auf dem Tisch, daneben ein Kugelschreiber und ein Zettel, auf dem Elli die Telefonanrufe notiert hatte. Sie hat eine typische Mädchenschrift, dachte Marlene, die Buchstaben waren rund und bauchig, verschnörkelt, aber klar, schön und großzügig. Die Küchenuhr tickte in der Stille. Keine der drei Frauen sprach ein Wort. Irgendwann stand Greta auf und verließ das Zimmer. Sie hörten die Tür zum Gäste-WC klappen. Elli trank einen Schluck und räusperte sich.

»Kann ich dich mal was fragen?«

»Natürlich.«

»Was ist das, was du hast?«

»Du meinst den Namen?«

»Ja, genau.«

»Die genaue Bezeichnung?«

»Ja.«

»Drecksscheiße.«

45.
HEUTE

Er sah schlecht aus. Wir saßen auf der Bank, auf der Emma und ich immer saßen, wenn wir im Park waren und Enten füttern wollten. Die Bank war aus dunkelbraunem Holz und an einem Ende war die Sitzfläche komplett verkohlt, irgendwelche Jugendlichen hatten wahrscheinlich mit Feuer gespielt oder tatsächlich versucht, die Bank anzuzünden, man konnte nur spekulieren.

Entweder hatten sie Angst bekommen oder sie waren gestört worden, in jedem Fall fanden Emma und ich das Ergebnis nicht schlimm, denn zum einen wurde diese Bank von den meisten Parkbesuchern wegen ihrer Versehrtheit gemieden, und zum anderen passten Emma und ich wunderbar auf den Rest der Bank, also auf die Fläche, die nicht verkohlt war. Wir hatten immer das gleiche Ritual. Sobald wir die Bank erreicht hatten, setzten wir uns erst mal hin. Emma hockte neben mir, ihre Wangen waren meistens vor Aufregung etwas gerötet und im Arm hatte sie ihre Puppe Gerda. Dann begann sie zu zählen, alle Enten auf dem Teich wurden gezählt. Emma konnte bis zehn zählen, sie war stolz darauf, daher zählte sie bis zehn und fing dann von vorn an. Sie zählte und nickte und hielt ihre Finger nacheinander nach oben und ich musste mir immer die Zwischensummen merken. Als das geschafft war, sprang sie auf, hüpfte drei, vier Schritte ans Ufer und beugte sich etwas vor. Sie breitete die Arme aus und rief dabei, dass sie alle Enten umarmen wolle, sie müssten nur zu ihr kommen. Sie könne doch nicht zu ihnen kommen, sie könne noch nicht schwimmen, sie habe sie so lieb, sie sollten doch bitte kommen, das wäre sehr nett. Nach dieser Ansprache stand ich auf, ging zu ihr hinüber und holte aus meiner Tasche die Tüte mit dem alten Brot. Ich gab sie Emma, und sie begann, die herbeieilenden Enten zu füttern. Ihre Augen strahlten, sie verteilte Luftküsschen, die Enten schnatterten und schnappten und ich zog mich wieder leise auf die Bank zurück.

»Sie ist ziemlich gewachsen«, sagte mein Vater und zog leicht fröstelnd die Schultern hoch. Er trug einen dunkelblauen Mantel, der an ihm seltsam fremd aussah. Jetzt stellte er den Mantelkragen hoch und vergrub sein Kinn im Kragen.

»Sie ist ein Kind. Sie wächst«, gab ich zurück. Und wunderte mich. Über mich. Und sah weiter geradeaus in Richtung Teich, sah zu Emma, wie sie glücklich am Ufer entlanghüpfte und mit den Enten sprach.

Jochen warf mir einen kurzen Blick zu. Sagte nichts und zog erneut die Schultern hoch. Er hätte sich lieber in einem Café mit uns getroffen oder bei uns zu Hause. Aber ich hatte es so gewollt. Wieder spürte ich einen Stich, wusste ihn aber nicht zu benennen. Es war wie eine leichte Irritation, als wenn man ein vermeintlich fremdes Buch in die Hand nahm, die Inhaltsangabe durchlas und wusste, dass man es bereits gelesen hatte, sich aber partout nicht daran erinnern konnte.

»Du siehst gut aus«, sagte Jochen in die Stille.

Ich lächelte leicht, sah ihn immer noch nicht an, hob meine Hand, und antwortete damit Emma, die sich zu uns umgedreht hatte und uns fröhlich zuwinkte.

»Und du müde.«

Ein paar Sekunden lauschte ich dem Klang meiner eigenen Stimme nach. Klang sie anders? Mir war fast so.

»Melanie und ich, wir werden uns scheiden lassen.«

Sagte mein Vater, sehr plötzlich und sehr laut, stand auf und ging langsam auf Emma zu. Der blaue Mantel hatte hinten einen hellen Fleck. Und seine Kopfhaut schimmerte durch die Haare am Hinterkopf hindurch. Eine Ente kam zu mir herübergewatschelt. Ich hörte Emma lachen, als ihr Großvater sie an die Hand nahm und mit der anderen Hand auf etwas auf dem Teich zeigte.

Später, als wir in unserem Wohnzimmer saßen und uns die kalten Finger an den dampfenden Teebechern wärmten, da fragte ich ihn, ob es ihm leidtäte. Jochen sah mich lange an, seine Augen waren wie Schatten an einem dunklen Winterabend und seine Stimme rau, als er antwortete, dass es in Ordnung sei, ein Leben höre auf, ein neues würde beginnen. Ich sagte, nein, das Leben bleibt, du beginnst nur neu, oder versuchst es zumindest. Er schien einen Moment darüber nachzudenken und sagte dann, dass es kein Zurück gäbe. Sie hätten es versucht, aber sie könnten nicht mehr miteinander. Ich sagte, ja. Er sagte, ja. Und dann stand ich auf und holte den Zwetschgenkuchen aus der Küche. Wir aßen schweigend,

Emma war in ihrem Zimmer und spielte mit ihrem Puppenhaus. Wir hörten ihre Stimme mal lauter, mal leiser und ab und zu in verschiedenen Tonlagen. Jetzt schimpfte der Puppenpapa gerade mit seinem kleinen Puppensohn. Der hatte nämlich seine schmutzigen Schuhe nicht ausgezogen und das gesamte Haus dreckig gemacht. In meiner Brust verkrampfte sich etwas. Die Pflaumen schmeckten bitter. Die Wanduhr tickte laut.

»Ich ernähre mich von der Schuld.«

Jochen hob seinen Kopf und sah mich an.

»Wenn ich damit aufhöre, werde ich dann verhungern?«

Jochen ging genau um 19.47 Uhr. Holger hatte gesagt, dass er nach der Arbeit noch kurz mit einem Kollegen etwas trinken gehen würde, und hatte angerufen, als er im Taxi auf dem Weg nach Hause saß. Seine Stimme hatte leicht und wütend zugleich geklungen. Ich hatte genickt und zur Uhr geblickt. Jochen hatte genickt und seinen Mantel angezogen.

Manchmal übe ich vor dem Spiegel, seinen Namen zu sagen. Also seinen richtigen Namen. Ich stehe vor dem großen Spiegel mit den integrierten Halogenleuchten im Rahmen und beobachte mich, wie ich den Mund öffne und statt *Jochen* versuche, *Papa* zu sagen. Meine Lippen bewegen sich, meine Zunge krümmt und streckt sich, aber es will mir einfach nicht gelingen. Alles, was aus meinem Mund herauskommt, klingt falsch und noch mal falsch.

Als Marlene noch lebte, da war Jochen mein Retter. Als sie starb, da wollte ich nicht mehr gerettet werden.

Selbst das hat sie mir kaputt gemacht. Das und noch so viel mehr.

Dachte ich, als ich an der Tür stand und Jochen hinterhersah. Ich rufe wieder an, hatte er gesagt, viel Glück bei der Scheidung, hatte ich gesagt, Elli, mach dir nicht zu viele Gedanken, hatte er gesagt, viel Glück, hatte ich wiederholt und seine langsamen Schritte auf der Treppe gezählt.

Die Gewissheit, dass es kein Zurück gibt. Dass es nichts zu ändern gibt, dass es nicht noch mal beginnen kann, dass alles so ist, wie es ist und dass man damit leben muss. Bis zum bittersüßen Ende. Diese Gewissheit, die bleibt in mir. Die ist mit mir verbunden, die werde ich nicht los.

Als Holger nach Hause kam, nahm ich ihn fest in den Arm. Ich wartete nicht, bis er seine Jacke ausgezogen und seine Schuhe abgestreift hatte, ich kroch in seine Arme, ich drückte ihn an mich, drückte mich an ihn. Er taumelte ganz leicht, fing sich aber schnell und sein Kinn streifte meinen Oberkopf. Er fragte nicht, sondern wusste. Ich liebte ihn. Er war mein Halt, mein Fels, meine Liebe. All das, was man oft las, oft hörte, gern zitierte, er war all das, weil es stimmte. Nichts konnte ich mir ausdenken, was ihn besser beschrieb. Neben ihm war mein Leben lebenswert.

Und sie?

Sie hatte ihn mit sich zusammen ins Grab genommen. *Ihn.* Damals.

Niemals konnte ich ihr das verzeihen.

Wollte ich ihm verzeihen?

Und sie?

Diese Ahnung, dass das etwas war, was ich versäumte, in jeder Sekunde, in der ich lebte, dass da etwas war, was mir gehört hatte, was mir genommen worden war, diese Ahnung, mein ganzes Leben hatte ich damit gerungen.

Holger fuhr mit seiner Hand unter mein Shirt. Fuhr mit seiner Hand über meine nackte Haut, fuhr an meiner Wirbelsäule entlang weiter nach oben, verharrte zwischen meinen Schulterblättern. Ich hob meinen Kopf, er sah mir forschend ins Gesicht. Ich küsste ihn. Zeigte ihm, dass ich es wollte. Schloss die Augen, dachte an das Glück und ließ es geschehen.

Und sie? Und sie? Und sie?

War tot.

46.
1997

Lars wartete auf mich an den Fahrradständern. Sein Haar wehte im Wind, immer wieder hob er seine Hand, um es hinter die Ohren zu schieben, aber der Wind ließ sich das nicht gefallen. Er wollte gewinnen und er gewann, und ich sah an der Art, wie Lars seine Hand hob, dass er genervt war. Als ich mich neben ihm vom Rad schwang, seufzte er und gab auf. Ich sah ihn an, glücklich, und wir küssten uns. Der Novemberwind riss weiter an unseren Haaren, wirbelte unsere Haare zwischen uns auf, verflocht sie ineinander, und ich musste grinsen. Lars ließ mich los, seufzte noch mal, zog sich ein Haar aus seinem Mundwinkel, schnippte es fort und dann nahm er lächelnd meine Hand und wir gingen durch die große Tür in die Schule.

Es funktionierte. Seit vier Wochen und fünf Tagen funktionierte das, wovon ich nie dachte, dass es funktionieren konnte.

Lars und ich. Wir waren zusammen, wir führten eine Beziehung und es war gut. Es war sogar mehr als gut. In all dem Chaos blieb er. Existierte er und zwar ganz nah neben mir, bei mir. Er hielt es aus, hielt mich aus.

Da war Liebe.

Da blieb Liebe.

Da waren wir, ein Wir.

Im Flur vor dem Deutschraum trafen wir Micha und Sophie. Micha wedelte mit einer Zeitschrift, tippte aufgeregt mit dem Finger auf ein Bild und begann, auf Lars einzureden. Sophie zog mich ein Stück beiseite. Wir umarmten uns, gaben uns einen Kuss, und ich kramte mein Heft aus der Tasche, schlug es auf und hielt es ihr hin. Sie begann, ihren Collegeblock an die Wand gedrückt, abzuschreiben.

Es war laut im Flur, wie immer, morgens um kurz vor acht, es war laut, fröhlich, es roch nach nassen Klamotten, frischem Deodorant und Jugendlichen. Ein paar Zehntklässler hockten auf dem Boden, ein paar Siebtklässler liefen herum und spielten Fangen, ein Mädchen, ich schätzte sie auf achte oder neunte Klasse, heulte und zwei ihrer Klassenkameradinnen standen um sie herum und trösteten sie. Ich hielt das Heft, atmete tief ein, atmete wieder aus und genoss das. Alles.

Das hier war Normalität, das hier war Alltag.

Harmlos, gut, leicht.

Der Schulgong ertönte. Laut und blechern.

Sophie machte schwungvoll einen Punkt. Stülpte die Kappe auf ihren Füller und stopfte ihren Block in ihre Tasche. In dieser Minute kam Herr Meisel um die Ecke. Er donnerte uns ein fröhliches Guten Morgen entgegen, Lars gab mir einen Kuss auf den Mund, er schmeckte nach Honig und Frischkäse, dann huschten wir auf unsere Plätze.

Nach der Schule wartete ich auf Lars. Ich hockte auf dem Mauervorsprung im Raucherhof, wo auch sonst, Lars hatte in der letzten Stunde Physik, ich hatte Geschichte gehabt und Frau Eger hatte, wie immer, zehn Minuten eher die Stunde beendet, ihr Zug ging pünktlich, das war nun mal so, so war es nun mal.

Das Wetter war besser geworden. Der Wind war fort, ein paar Sonnenstrahlen brachen durch die Wolkendecke, ich aß mein Pausenbrot. Schwarzbrot und darauf Gouda mit Marmelade, an den Ecken war der Käse bereits hart geworden, das machte aber nichts. Ich hatte Hunger.

Licht und Schatten, ohne einander existieren sie nicht. Ginge eines von ihnen verloren, wäre die Wirklichkeit des anderen vorbei, dachte ich. Ein Mensch kann nicht nur im Licht sein, denn dann würde er nichts mehr spüren, er könnte keine Unterschiede mehr machen, alles wäre gleich, alles eins, alles viel zu hell. Und auch nur Schatten würde das Ende bedeuten, denn nur Dunkelheit hält niemand aus. Sie gehören zusammen, sie sind untrennbar, dachte ich, während ich die Schultür beobachtete und zusah, wie immer mehr Schüler aus dem Gebäude strömten.

Ich liebe ihn, dachte ich.

Sophie kam auf mich zugelaufen. Sie hatte eine Zigarette im Mundwinkel und zündete sie sich noch im Laufen an. Als sie mich erreicht hatte, ließ sie ihre Schultasche vor sich fallen und knöpfte ihren Mantel zu.

»Danke für heute Morgen«, sagte sie.

»Immer wieder, weißt du doch«, sagte ich, sah sie an und blinzelte ins Gegenlicht.

»Hat du ihn mal wieder angerufen?«

Ich überlegte. Dann schüttelte ich den Kopf.

»Nein.«

Sophie hob den Kopf und blies den Rauch über sich in die Luft. Es sah übertrieben und lustig aus.

»Warum nicht?«

Ich überlegte wieder lange.

»Ich glaube nicht, dass es etwas bringt.«

»Das ist doch Quatsch.«

»Nein, ist es nicht.«

»Doch.«

»Bitte, Sophie, lass mich damit in Ruhe.«

Sophie hockte sich plötzlich vor mich hin, nahm meine beiden Hände und ergriff sie. Von unten sah sie mich an.

»Soll ich wirklich?«

»Ja.«

Wir sahen uns ein paar Sekunden lang an. Ihre blauen Augen blickten kühl und ernst, ihre Hände waren warm und kräftig. Ich drückte sie, stumm und bittend.

»Okay«, antwortete sie.

In meinem Leben gibt es so viele Frauen, und nur so wenig Männer, dachte ich. Mein Leben ist bestimmt durch den Einfluss von Frauen. Und wir sind alle miteinander verwoben, wie ein Teppich, dessen Fäden sich durch das Muster ziehen, dessen Fäden das Muster erst bestimmen, die nur ineinander einen Sinn ergeben und zum großen Ganzen werden.

Machen wir alle die gleichen Fehler?

Als Lars aus der Tür kam, rannte ich auf ihn zu.

Ich liebe ihn!, dachte ich.

»Ich denke viel zu viel, mach bitte, dass es aufhört«, flüsterte ich ihm ins Ohr, als er mich fest in seine Arme schloss.

»Ich mag Mädchen, die nachdenken«, flüsterte er zurück.

»Hast du Zeit, mit zu mir nach Hause zu kommen?«, fragte ich, etwas atemlos, ungeduldig.

»Ja«, sagte er, ganz ruhig, gelassen.

»Kannst du Staub saugen?«, fragte ich.

Lars lachte laut auf.

»Ja, ich glaube, das kann ich.«

»Gut. Gut!«

»Elli, ist alles in Ordnung mit dir?«

»Ja, alles super!«

»Wirklich?«

»Du bist mein Lieblingsmensch, Lars.«

»Ja?«

»Ja. Und nun lass uns putzen gehen.«

47.

Marlene saß im Wohnzimmer. Auf dem Sofa. Eigentlich lag sie mehr, als sie saß. Auf ihrem Schoß zusammengerollt lag Fritzi, über ihre Füße hatte sie eine graue Wolldecke ausgebreitet. Sie sah stolz aus, krank und stolz. Und jung.

Sie ist fünfunddreißig, dachte ich.

Den ganzen Nachmittag hatten Lars und ich geputzt. Kichernd und herumalbernd. Er hatte mich durchs Haus gejagt und meinen Pulli mit der Düse vom Staubsauger angesaugt, und das schmatzende Geräusch, das dabei entstand, hatte seltsam laut in meinen Ohren geklungen. Als wir fertig waren, selbst den Boden der Abstellkammer in der Küche hatte Lars gesaugt, knurrten unsere Mägen und wir fuhren mit dem Rad zum kleinen Bistro bei mir um die Ecke. Lars aß zwei Thunfisch-Baguettes und ich eines mit Schinken und Ei. Die Knoblauchsoße rann uns das Kinn hinunter und mein Herz fühlte sich an, als würde es summen. Leicht, leise und zuverlässig.

Als wir zurückkamen, lag Marlene da.

»Hallo!«

Ihre Stimme klang dunkel und weich. Nur die kleine Stehlampe auf dem Beistelltisch neben ihr gab Licht. Fritzi schnurrte leise.

»Hallo«, sagte ich.

»Hallo Frau Fassner«, sagte Lars.

»Du musst Lars sein«, sagte Marlene.

Lars machte zwei Schritte nach vorn und streckte die Hand aus. Sein Haar hing ihm wirr in die Stirn, die Wangen waren vom Fahrtwind und der Kälte draußen gerötet. Er lächelte leicht und unsicher. Ich spürte ein albernes Kichern in mir aufsteigen. Zu verrückt fühlte ich mich an. Zu verrückt war das alles. Und gleichzeitig auch nicht. Fühlte sich so Glück an? Als würde man überschnappen?

Marlene traf auf Lars. Lars auf Marlene.

Ich biss mir auf die Lippe, sonst wäre ich geplatzt.

Marlene blickte hoch zu Lars. Lächelte ebenfalls. Und ergriff seine Hand, hielt sie fest und schüttelte sie leicht.

»Schön«, sagte sie. Und mehr nicht.

Ein paar Sekunden sagte niemand etwas. Ich sah auf die beiden ineinander verschlungenen Hände. Sie sahen aus wie Schlangen. Schlangen, die sich umeinander geschlungen und ineinander verhakt hatten. Und ganz plötzlich ging etwas verloren. Meine Lippen fühlten sich taub an.

»Wir gehen nach oben«, sagte ich.

Lief zurück in den Flur und hängte meine Jacke, die ich die ganze Zeit über dem Arm getragen hatte, an den Haken neben der Tür. Sah mich um. Sah, wie Marlene und Lars sich voneinander lösten.

Fuhr mir über die trockenen Lippen, schmeckte die Knoblauch-soße, schmeckte die Küsse vor der Haustür, im Bistro, in der Ab-stellkammer. Das Telefon klingelte. Greta war dran, sie fragte, ich redete schnell und hastig, stolperte über Worte, korrigierte mich, ärgerte mich, verstand nichts und drückte dann Marlene den Hö-rer in die Hand. Lars sah mich an, sah an mir vorbei und ich nahm seine Hand und zog ihn mit mir fort. Die Treppen hinauf, in mein Zimmer. In mich hinein.

»Ich hatte sie mir ganz anders vorgestellt«, sagte er. Er stand vor dem Fenster und sah hinaus.

»Wie denn?«

»Ich weiß es nicht.«

»Wie kannst du nicht wissen, wie du sie dir vorgestellt hast, aber behaupten, dass du sie dir ganz anders vorgestellt hast?«

»Ich kann es nicht beschreiben.«

»Das verstehe ich nicht.«

Als Lars irgendwann ging, da war das Sofa leer. Ich brachte ihn zur Haustür, wir küssten uns, ich schloss die Tür hinter ihm und dann stieg ich langsam, sehr langsam, die Treppen wieder hinauf. Ich zog mich eher, als dass ich ging, meine Füße schienen unendlich schwer zu sein. Als würden Gewichte an ihnen hängen.

Später klopfte es an meiner Tür. Ich rief »Herein!« und Marlene öffnete die Tür. Ich saß auf meinem Schreibtischstuhl, über das Bio-logiebuch gebeugt und versuchte, mir die Unterschiede zwischen Mitose und Meiose einzubläuen.

Als ich mich umdrehte, saß Marlene auf meinem Bett.

Bitte mach es nicht kaputt, dachte ich. Ganz plötzlich. Ganz plötzlich war dieser Satz in meinem Kopf, und so unerwartet er da gewesen war, so wahr war er.

»Weißt du eigentlich ...«, begann Marlene langsam. Machte eine Pause und sah mich jetzt direkt an. Ich schwieg, weil sie es erwartete und ich wütend auf sie war. Diese alte Wut, diese alte, vertraute Wut, die eine Zeit lang fort gewesen war, die sich versteckt hatte, diese alte Wut tauchte in dieser Sekunde wieder auf. Überdeckte alles, verbarg alles, nahm alles für sich ein.

»… dass ich immer ein Buch schreiben wollte?«

Marlene sah mich mit großen Augen an. Die Augenbrauen hochgezogen, der Oberkörper klein zusammengekauert, die Beine eng übereinandergeschlagen. Ihre Hände rangen in einem fort miteinander, sie rieben sich, sie fassten sich an, als suchten sie an der jeweils anderen Hand etwas, was verloren gegangen war.

Ich wusste nicht, was ich sagen sollte. Ich wusste nicht, was ich sagen musste.

Marlene sprach hastig weiter.

»Ich wollte das immer, ich wollte das immer einmal tun. Ich habe mir immer gesagt, dass ich es irgendwann noch tun werde. Wenn ich älter wäre, wenn ich mehr zu sagen hätte, wenn sich alles in meinem Kopf gesetzt und sortiert hätte.«

Sie nickte, sah auf ihre Hände, redete mehr zu sich als zu mir.

Ich sah auf sie hinunter. Saß auf meinem Stuhl und sah zu ihr hinab. Hatte wieder einmal das Gefühl, riesig neben ihr zu sein und gleichzeitig winzig. Wie kann eine Körperlichkeit so gegensätzlich zu dem sein, was in uns drin ist? Wie kann man so groß sein und sich so klein fühlen, dachte ich, während ich Marlene betrachtete und versuchte, die Wut wegzudrängen. Geh weg, dachte ich. Du hast hier nichts zu suchen, dachte ich.

Bitte mache es nicht kaputt. Bitte, dachte ich.

»Aber weißt du, warum ich es in Wirklichkeit nie getan habe?«

Ich schüttelte ganz leicht den Kopf.

»Es gab nichts, was ich hätte erzählen können.«

Wieder blickte sie mich mit ihren großen Augen an. Ich versuchte, gleichgültig zu wirken, unbeeindruckt.

»Nichts, was auch nur annähernd dem entsprochen hätte, was ich hätte schreiben wollen. Meine Geschichten begannen mit blonden, von der Liebe enttäuschten Zahnarzthelferinnen und endeten am Strand auf Mallorca Arm in Arm mit dem Mann und dem

Portemonnaie ihrer Träume. Mehr gab es in meiner Fantasie nicht. Immer wenn ich versuchte, etwas anderes, etwas Wahrhaftiges zu schreiben, dann blieb das Blatt leer.«

Marlene lachte laut und bitter auf und sah wieder hinab auf ihre Hände.

»Du fragst dich jetzt bestimmt, warum ich dir das erzähle?«

Wieder hatte ich nicht das Gefühl, dass Marlene mit mir sprach. Ich verzichtete daher auf eine Reaktion, sondern lehnte mich zurück. Meine Mutter stand auf, ging zur Tür, ihre Füße steckten in cremefarbenen Fellpuschen, die ich nicht kannte. Sie trug ihren Bademantel, die Schlaufen hingen rechts und links hinab, schleiften mit ihren Enden über den Boden. Sie legte ihre Hand auf die Türklinke, drehte sich dann zu mir um.

»Ich habe dir das erzählt, weil ich will, dass du es weißt.«

Und verschwand in der Dunkelheit des Flurs.

Die Wut loderte auf, wie Flammen leckte sie an mir, dann war es, als habe man kalte Erde über mich geworfen. Ich ging die zwei Schritte zu meinem Bett, setzte mich auf genau die Stelle, auf der Marlene gerade noch gesessen hatte, zog meine Beine an, umfasste sie mit beiden Armen und rollte mich zusammen.

Ich wünschte mir mit einer plötzlichen Intensität, die mich schwindelig machte, die Vergangenheit zurück. Marlene sollte wieder Marlene sein. Meine komplizierte, coole und taffe Mutter, die alles so machte, wie sie es wollte, und die dagegen ankämpfte, die Mutter zu sein, die *ich* wollte. Ich wünschte mir die Wut zurück. Die alte Wut, die ich vor ein paar Minuten noch versucht hatte, wegzudrängen. Die Wut, die mir so vertraut war, die ich kannte, aber es war vergebens, ich bekam sie nicht mehr zu fassen.

Sie war fort. Und an ihrer Stelle war da die Angst.

Ein schlechter Tausch, dachte ich und spürte, wie der Schwindel bis in jede Faser meines Körpers vordrang. Die Narbe an meiner Hand pochte dumpf, im Zimmer war es mittlerweile stockfinster.

Angst lähmt. Wut brennt, dachte ich, während ich darüber nachdachte, wie der Tag begonnen und wie er geendet hatte. Und dann
konnte ich endlich weinen.

Und das war besser als alles andere, was ich hätte tun können.
Und ich hielt es aus und weinte und weinte und dann war es vorbei.

Ich schlief ein und träumte nicht.

48.

Greta hatte den Arzt herausgesucht. Sie hatte von einem Schauspie-
ler gehört, der von seiner Tante, die wiederum von ihrer Freundin,
deren Mann schwer herzkrank war, den Tipp bekommen hatte, dass
dieser Arzt eventuell, in solchen Fällen, helfen könnte. Nicht wirklich helfen natürlich, nicht heilen, aber helfen im Sinne von »es
erträglicher machen«.

Palliativmediziner, so hatte er sich vorgestellt. Er hatte seinen
Namen genuschelt, aber Palliativmediziner sehr deutlich und langsam und laut aus seinem Mund kommen lassen, die anderen ster-
benden Menschen im Wartezimmer hätten es verstehen können,
trotz geschlossener Sprechzimmertür, hätten sie zugehört und wären nicht so sehr mit dem Sterben beschäftigt gewesen. Aber die
meisten wussten wahrscheinlich, wer er war, was er war. Sie hatten
nicht so gewirkt, als wären sie zum ersten Mal hier. Greta hatte
neben Marlene auf dem Korbstuhl sitzend ihren Hut in den Händen
gedreht und geflüstert, dass das doch schon mal ein gutes Zeichen
sei. Man verließ diesen Arzt sterbend und kam lebend wieder. Es
rieche nach Tod, aber noch nicht nach Verwesung. Halleluja, hatte
sie geflüsterte und ihre Stimme hatte dabei geknurrt wie die eines
kleinen, bissigen Terriers.

Eine stille und junge Sprechstundenhilfe hatte ihnen ein Formular ausgeteilt, Greta hatte die Frau wütend angestarrt, diese war zu-
sammengezuckt und dann schnell verschwunden, und es Marlene

wortlos weitergereicht, sie hatte etwa die Hälfte ausgefüllt, als ihr Name aufgerufen wurde. Der Teppich war weich und federnd, die Farbe grau. Wie seine Augen, der Arzt hatte einen festen Händedruck, graue Haare, graue Augen, tiefe Falten um den Mund, wissende Tränensäcke. Er wies auf die zwei Stühle vor seinem Schreibtisch, ging selbst um genau diesen herum und setzte sich, als sie sich setzten.

Hinter dem Arzt an der Wand hing *La persistencia de la memoria* von Salvador Dalí, eine Kopie des berühmten Bildes von den Taschenuhren, die zerfließen. Ihr Blick fiel auf die Ameisen, auf die Felsen im Hintergrund. Etwas störte sie, sie konnte nur nicht sagen was.

»Ich werde Ihnen nicht dabei helfen, zu sterben.«

Seine Stimme klang jetzt leiser, dunkler, voll und warm, ja, ein bisschen Wärme war auch dabei.

Greta neben ihr setzte sich aufrecht hin. Ihr Hut tanzte auf ihrem Schoß.

»Ich werde Ihnen dabei helfen, zu leben«, fuhr er fort und sah ihr nun direkt in die Augen. »Bis es vorbei ist.«

Sie schluckte trocken, nickte, fand das alles für einen kleinen Moment viel zu viel, viel zu dramatisch, bis ihr einfiel, das sie ja starb, das war, nun, tatsächlich, wohl dramatisch. Ich glaube, ich muss lachen, dachte sie. Und dann, ich glaube, ich kippe gleich um, und beides hinterließ die gleiche furchtbare Machtlosigkeit, und dann schob sie das Formular über den Schreibtisch, er war aus Mahagoni, dunkelbraun, fast rot, glänzend poliert. Der Arzt nahm es entgegen, zog seine Brille aus der Brusttasche seines Kittels und beugte sich über den Zettel. Er las schweigend, zog die Augenbrauen dabei hoch. Sie kam sich vor wie bei einer Prüfung. Einem Vorsprechen. War sie gut genug? War sie krank genug?

War das hier wirklich real?

»Ich brauche ein Glas Wasser«, sagte Greta sehr laut und stand auf.

Der Arzt hob den Kopf, ruhig und bedächtig, nickte, ruhig und bedächtig, zog eine Schublade neben sich auf, nahm ein Glas und eine kleine Flasche stilles Wasser heraus und schob beides über den Schreibtisch. Greta griff gierig danach, schraubte die Flasche auf, und als sie sich einschenkte, spritzten ein paar Tropfen auf die dunkelbraune Oberfläche. Marlene sah zu den Uhren hinauf, zu der Zeit, die verrann. Greta trank mit großen Schlucken, es klang sehr laut in dem sonst so stillen Raum. Sie setzte sich. Der Arzt machte sich eine Notiz.

Als er sie untersuchte, da fiel ihr auf, dass es sehr lange her war, dass jemand sie berührt hatte. So berührt hatte. Nicht so wie der Arzt es jetzt tat, sondern so, wie sie es sich gewünscht hätte. Sie erschrak fast ein wenig. Die Sehnsucht kam wie ein unerwarteter Schlag in die Magengrube, sie kam plötzlich und überraschend. Sie hatte nicht gewusst, wie sehr sie es vermisst hatte, wie sehr sie sich nach Körperlichkeit sehnte. Vor zwei Jahren war sie nach einer Kneipentour das letzte Mal neben einem Mann aufgewacht. Sie war ziemlich betrunken gewesen, konnte sich an den Akt selbst kaum erinnern, aber an die Erregung davor. Alles in allem war es unbedeutend gewesen. Ein One-Night-Stand, schneller, fremder Sex. Sie hatte es fast so schnell vergessen, wie es passiert war. Bis jetzt.

Das Stethoskop fühlte sich kühl und hart auf ihrer Haut an. Sie hustete, horchte, hustete, atmete und schloss dabei die Augen. Ihre Haut war anders. Sie hatte manchmal das Gefühl, jedes Staubkorn fühlen zu können. Sie war empfindlich geworden, ihre Haut, dünn wie Pergament. Greta war hinausgegangen, als sie begann, ihre Bluse aufzuknöpfen. Sie hatte den Hut in der einen Hand, in der anderen hielt sie noch immer das Glas Wasser. Marlene hatte den Stoff abgestreift, und es hatte sich angefühlt, als würde sie sich gleichzeitig ihrer Haut entledigen. Nur tat es nicht weh. Dann wieder gab es Stellen, wie jetzt, als der Arzt mit seinen langen Fingern an ihrem Rücken entlangfuhr, die waren taub. So taub, als wären sie in Eis getaucht worden. So taub, als wären sie bereits gestorben.

Ist der Tod kalt?, fragte sie sich.

Sie sah an sich hinab und sah ihre Brüste. Zwei kleine Hautlappen, die Warzen dunkelrot und hart. Wenn sie jetzt die Hand heben und die Brustwarze zwischen ihren Fingern reiben würde, dann würde es wehtun. Das wusste sie. Sie würde schreien. Und schreien und lachen. Einen Moment lang wünschte sie es sich. Dann war es wieder vorbei.

Es gab also noch Dinge, die auf ihrer Liste fehlten.

Die Liste, dachte sie.

Keiner hat mir gesagt, wie schwer es ist, Mensch zu bleiben, dachte sie. Frau zu bleiben, korrigierte sie sich. Keiner hat mir gesagt, dass das die größte Herausforderung ist. Der Verfall ist so groß, so schnell, es fällt so schwer, es ist nahezu unmöglich, dachte sie.

»Sie können sich wieder anziehen«, sagte der Arzt. »Meine Helferin wird sich weiter um Sie kümmern.«

Sie sah über seinen Kopf hinweg. Zu seinem Schreibtisch. Ihr war, als bewegten sich die Ameisen.

Später am Ufer des Flusses hakte sich Greta bei ihr unter. Sie trug ihren Hut auf dem Kopf, das war wieder richtig und wichtig, sie standen nebeneinander, die eine groß und stark, und der Novemberwind blies ihnen ins Gesicht. Marlenes Hände steckten in der Tasche ihres Mantels, jetzt zog sie die rechte Hand hervor und hielt Greta einen Zettel hin. Diese nahm ihn wortlos, hielt ihn einen Moment lang in der Hand und steckte ihn dann in ihre Manteltasche. Beide sahen sie geradeaus auf das Wasser, es war grau und schmutzig.

»Wenn es nicht mehr geht, dann rufst du ihn an.«

»Ja.«

»Aber es ändert nichts.«

»Nein.«

»Du bleibst bei ihr.«

»Ja.«

»Greta …«

»Ja?«

»Warum heißt es eigentlich Friedhof?«

»Ich weiß es nicht.«

»Nichts daran ist friedlich.«

»Findest du?«

»Ja.«

»Willst du nicht dorthin?«

»Ich weiß es nicht.«

»Wir werden eine Lösung finden.«

Marlene sah auf das Wasser, am Ufer stauten sich kleine Blätterberge, dunkelbraun, schmutzig-gelb und schwarz, sie vermoderten langsam, dazwischen hing Müll, Zweige, eine Ente, eine einzelne, paddelte an ihnen vorbei. Sie spürte Gretas Blick auf ihrem Profil, spürte, wie sich ihr Griff verstärkte.

Sie sagte lange Zeit nichts, aber sie wusste, ihre Freundin hatte verstanden.

Dann zündete Greta zwei Zigaretten an, zog an beiden, bis die Glut hell aufloderte, und reichte dann eine an Marlene weiter. Sie rauchten schweigend. Der Rauch blies ihnen ins Gesicht. Sie mussten etwas husten, die Augen zusammengekniffen, weiterhin untergehakt. Sie standen und rauchten und husteten und sahen aufs Wasser. Es wäre lustig gewesen, so banal, zwei Frauen im November am Ufer eines Flusses, an einem anderen Tag, in einem anderen Leben, mit anderen Vorzeichen, vielleicht, vielleicht auch nicht.

Ich muss aufpassen, dass es nicht schlecht endet, dachte Marlene einmal kurz. Wie ein Blitz, wie eine Warnung, dann war der Gedanke wieder fort.

Und dann drehten sie sich um und gingen zum Auto.

49.

Sophie hat am 10. Dezember Geburtstag. Jedes Jahr, natürlich. So ein Geburtstag bleibt. Man hört vielleicht irgendwann auf, ihn zu feiern, aber er verschwindet nicht. Er ist die eine Grenze, unerschütterlich, mit ihm beginnt alles, und ein Leben lang erinnert er daran. Daran, wie alles begann. Sophie veranstaltete seit ihrem 14. Lebensjahr eine große Party. Es gab immer Wodka mit Ahoi-Brause und Bacardi mit Cola, genau in dieser Reihenfolge, es gab Chips und Salzstangen und Bongs auf dem Sofa im Keller, hinter dem Heizkessel. Es gab Such A Surge und salziges Popcorn, Plateaustiefel und Miniröcke und zerrissene Jeans und viel Kajal. Sophies Eltern verbrachten die Nacht in einem Hotel, in der Stadt, nicht zu weit weg also, und bereits Wochen vorher sprach man über die Party, über das, was im vergangenen Jahr dort passiert war, wer da mit wem und wo was getrieben hatte, tatsächlich, und dann war der Tag plötzlich da, und es war gut, dass es so früh bereits dunkel wurde.

Am Mittag rief sie mich an.

»Kommst du schon gegen 17 Uhr und hilfst mir?«, fragte Sophie.

»Natürlich«, sagte ich.

»Ich glaube, Sven und Eva haben sich getrennt«, sagte Sophie.

»Nein, ehrlich?«, sagte ich.

»Ja, Bente hat es mir vorhin erzählt, als ich sie am Kiosk getroffen habe«, sagte Sophie.

»Krass«, sagte ich.

»Krass«, sagte Sophie.

Draußen heulte plötzlich die Alarmanlage eines Autos auf. Ich ging zum Fenster, sah hinaus, konnte aber nichts erkennen. Der Himmel sah nach Schnee aus.

»Happy Birthday, Marmeladengesicht«, sagte ich.

»Du mich auch, Kartoffelnase«, sagte Sophie.

Dann legten wir auf, und ich entschied mich für das schwarzweiße knielange Blümchenkleid, das ganz oben auf dem riesigen

Klamottenberg auf meinem Bett lag. Es war Viertel vor fünf, als ich mein Zimmer verließ und die Treppe hinunterlief, irgendwie hatte ich länger gebraucht, als ich gedacht hatte. Ich hatte meine Haare zweimal gewaschen und meine Fingernägel erst schwarz, dann weiß und schließlich rot lackiert und hatte mir mal wieder gewünscht, Sophies Wimpern zu haben und ihre langen, blonden Haare und ihre Symmetrie. Ja, darauf lief es doch immer hinaus, ich wünschte mir mehr Gleichheit, mehr Ausgewogenheit, wenn ich in den Spiegel sah, dann war da immer irgendwas falsch.

Marlene saß in der Küche, über einen Teller Dosensuppe gebeugt, einen blauen Plastiklöffel in der Hand.

Plastik?, dachte ich.

»Ich bin spät dran«, sagte ich.

Marlene schlürfte müde und schluckte langsam.

»Viel Spaß«, sagte sie.

»Es wird nicht zu spät«, sagte ich.

»Hoffentlich doch«, sagte sie.

»Tschüss Marlene«, sagte ich.

»Tschüss Elli«, sagte sie.

Und dann ließ ich sie allein, schlüpfte an der Tür in meinen dunkelgrünen Parka und trat nach draußen. Die großen Tannenbäume neben der Auffahrt wirkten dunkel und bedrohlich, als ich mich auf mein Rad schwang, der Bewegungsmelder war immer noch kaputt, ich zog an dem Riemen meiner kleinen Umhängetasche, schob sie auf meinen Rücken, lehnte mich nach vorn über den Lenker und trat in die Pedale.

Es war kalt. Winter. Wirklich kalt. Die Luft brannte auf meinen Wangen, der Wind tat in meinen Ohren weh. Ich zog beim Fahren die Schultern hoch, dachte plötzlich an Glühwein und Mandeln und Mandarinen und Walnüsse und schob den Gedanken sofort wieder weg. Sophies Elternhaus war hell erleuchtet, in fast allen Fenstern brannte Licht, die Pforte stand weit offen, die Autos ihrer Eltern waren offenbar in der Garage geparkt worden. Ich stellte mein Rad unter den Carport, verzichtete darauf, es abzuschließen, und wollte gerade klingeln, als die Haustür aufgerissen wurde.

»Baby, Baby, nenn mir das Codewort«, brüllte Sophie mich an.

»Satanarchäolügenialkohöllisch!«, brüllte ich zurück.

Als Sophie und ich noch ziemlich klein waren, hatten wir das Buch von Michael Ende geliebt. Sophie hatte es zu ihrem zehnten Geburtstag geschenkt bekommen und wir hatten es von da an überall mit uns herumgeschleppt, es war so eine Art Freundschaftsbuch geworden. Gegenseitig hatten wir uns daraus vorgelesen und uns die schlimmsten Dinge gewünscht. Sophie war immer der Rabe Jakob gewesen, während mein Part der von dem dicken Kater Maurizio gewesen war. Irgendwann war das Buch verschwunden, einfach so, keiner von uns hatte auch nur eine Ahnung, wo es abgeblieben war. Es war plötzlich weg gewesen, und komischerweise hatte es sich nicht so schlimm angefühlt, wie wir es erwartet hatten. Das Buch war verschwunden, die daraus geborenen Rituale jedoch geblieben. Vielleicht half das. Irgendwie.

Wir strahlten uns an und fielen uns in die Arme. Sophie trug eine blaue Jeans und ein weißes Männerunterhemd, sie roch nach Wodka und Pfirsich, und ich dachte, das hier, das bleibt, das hier, das ist für die Ewigkeit.

Vier Stunden später kotzte Melissa, mit der wir zusammen den Ruderkurs im Sommer gemacht hatten, in die oberste Besteckschublade in der Küche, während drei Dutzend Leute zu *Populär* von den Fantastischen Vier im Wohnzimmer herumsprangen. Ich hatte gerade die Tür unter der Spüle geöffnet, um einen Putzeimer und Lappen herauszuholen, als sich zwei Arme um meine Hüften schlangen und mich an sich zogen.

»Hey«, flüsterte es rau an meinem Ohr.

Hey, dachte ich, lächelte und drehte mich um.

Lars und ich sahen uns eine Sekunde lang an, glücklich, dann umarmte er mich fest, ich schmiegte mich an ihn, vergrub mein Gesicht an seiner Brust und dachte wieder an so etwas, wie vorhin, wieder war da diese Ahnung, dass das hier bliebe, für immer, wie schön das doch wäre, wenn Dinge einfach mal so bleiben könnten, daran dachte ich, und dann war der Gedanke, diese Ahnung auch schon wieder fort.

Lars löste sich von mir, nahm meine Hand und zog mich aus der Küche. Ich hatte Melissa und den Putzeimer bereits vergessen, als wir im Flur angekommen waren, Lars seinen Mantel auf den Haufen unter der Garderobe warf und mich weiter ins Wohnzimmer, ins Esszimmer und von dort in den großen Wintergarten zog. Überall auf den Korbmöbeln und auf dem Boden saßen und hockten Leute, rauchten, tranken, lachten, es roch nach Gras und Vanille, nach Honigkerzen und Patschuli, die Musik klang gedämpft aus dem Wohnzimmer zu uns herüber. Jemand hatte seine Gitarre mitgebracht, die ersten Akkorde von *Come As You Are* drangen an mein Ohr, Lars ließ sich auf ein Sofa fallen, legte seinen Kopf auf die Lehne und sah mich an, ich sah aus dem Fenster in den Garten, überall brannten Fackeln, Schatten tanzten im Lichtschein der Flammen, es war wie jedes Jahr, es war ganz anders.

»Ich liebe dich«, sagte Lars.

4. Teil

Danach

· · · · · · · · · · · · · · · ·

Weak
SKUNK ANANSIE

50.

Später, als es passiert, als es vorbei war, später da hatte ich lachen müssen, sehr laut, sehr bitter, sehr traurig. Ich hatte unter meinem Bett gelegen, betrunken und betäubt, gleichzeitig aber so wach, dass ich meinte, meine Sinne müssten mich umbringen, und hatte gelacht, mit weit aufgerissenem Mund, und meine Stirn hatte heiß und wund auf dem Holzboden gelegen, während meine Hände sich am Stoff meines Kleides festhielten. Ich wollte nicht, konnte nicht, durfte nicht. Und hörte mich lachen. Es war schlimm, aber noch schlimmer wäre es gewesen, aufzuhören, also lachte ich.

Der Schmerz war einsam und ohne Worte.

Er tat nur weh, er sagte nichts, er war. Da. Nur er. Und ich.

Ich weiß nicht mehr, wie viel Zeit verging. Ich weiß nicht mehr, wann es aufhörte, aber ich wachte auf und es war hell um mich herum. Und es war still, das Lachen war vergangen, meine Hände umklammerten immer noch den Stoff meines Kleides, und als ich vorsichtig die Finger von ihnen löste, war mir, als gehörten sie nicht mir, sondern einer längst toten Hand, die sich weigert, loszulassen, deren Griff unerbittlich ist.

Ich war taub. Und stumm. Und blind.

Gewesen?

Millimeter für Millimeter kroch ich unter meinem Bett hervor, richtete mich auf, zog meine Beine unter mich, kniete mich hin, setzte einen Fuß auf, dann den anderen, bis ich stand.

Da war der Schreibtisch, da mein Schrank, die eine Tür stand offen, ich betrachtete den Wäscheberg auf meinem Bett, die halb ausgetrunkene Wasserflasche auf dem Nachttisch, den blinkenden CD-Player, ich hatte ihn gestern Nachmittag vergessen abzuschalten. Alles war so wie immer.

Nichts war mehr so, wie es gewesen war.

Ich setzte mich auf den Rand der Matratze. Betrachtete meine Fußspitzen, da war ein Loch, am kleinen Zeh, rechts, die Laufmasche zog sich bereits bis zum Knöchel. Ich wackelte hin und her, mit den Zehen, vor und zurück, hin und her. Vor und zurück. Hin und her. Vor und zurück. Ließ das Loch tanzen, ließ mich dann nach hinten fallen, zwischen die Klamotten, versank zwischen ihnen, tauchte weg und schloss meine Augen.

Das Telefon begann zu klingeln. Niemand nahm ab.

Ich hielt den Schmerz fest umklammert. Er fühlte sich kalt an.

51.

Marlene lag in ihrem Bett. Unter einer dicken Federdecke, die sie zusammen mit dem Haus von ihrem Onkel geerbt hatte, und einer flauschigen Decke aus beigefarbenem Fleece. Ihr war trotzdem noch kalt. Sie griff mit der rechten Hand nach einem Tablettenröhrchen auf ihrem Nachttisch, zog es zu sich heran und begann unter der Decke, am Verschluss zu ziehen, bis der mit einem leisen Plop aufsprang und sich die Pillen auf ihrem Oberkörper verteilten. Sie verharrte einen Moment, verzog ihr Gesicht zu einer Grimasse und begann dann langsam und gleichgültig, die Tabletten wieder einzusammeln, die letzten drei steckte sie in ihren Mund, lutschte einen Moment lang darauf herum und schluckte dann trocken. Ihre Kehle brannte. Sie hatte gestern Abend Wein getrunken. Sie durfte keinen Wein trinken, ja, natürlich, man starb nicht besoffen, aber er hatte gut geschmeckt.

Das Telefon begann zu läuten. Niemand nahm ab.

Marlene lehnte sich zurück, drückte sich tiefer in die Kissen und wunderte sich.

Warum weine ich nicht?

Warum schreie ich nicht?

Warum tue ich nichts?

Das Telefon brach ab. Schrill. Fast jaulend. An ihrer Tür kratzte es. Fritz hatte Hunger. Langsam begannen die Pillen zu wirken, sie spürte, wie sie langsam wegdämmerte. Nicht zu sehr, aber gerade genug, um es erträglicher zu machen.

Was habe ich getan?, dachte sie, drehte sich auf die Seite, schob ihre Hände unter ihren Kopf und starrte blind ins Leere.

Nachdem Elli sich von ihr verabschiedet hatte, hatte sie noch lange in der Küche gesessen. Irgendwann war es ganz dunkel gewesen, sie hatte auf dem harten Stuhl gehockt und war immer weiter hinabgetaucht, in die Dunkelheit und in die Hoffnungslosigkeit. Sie hatte an *ihre* Partys gedacht, als sie jung war, so jung war, sie war noch immer jung, ja, aber es war etwas anderes, sie fand keine richtigen Worte mehr, als würde das Denken langsam aufhören, als würde sich ihr Kopf langsam verabschieden, die Fähigkeit, sich zu äußern, zu denken, zu sortieren, zu erklären, auch sich. Ach, es machte sie verrückt.

Wut kam in ihr hoch.

Also stand sie irgendwann auf. Schlich, halb nach vorn gebeugt, die Magenschmerzen brachten sie noch um, ja, vielleicht waren sie es am Ende, wer wusste das schon, aus der Küche, schlich über den Flur, zu der Kellertür, schob den Vorhang beiseite, schloss sie auf und ging in Zeitlupe die Treppe hinunter. Als sie unten angekommen war, war ihr schwindelig. Sie versuchte, sich festzuhalten, am Geländer, griff daneben, fiel auf die Knie und erbrach sich. Die Suppe lag vor ihr auf dem Kellerboden, auf den alten Pflastersteinen, kalt und feucht und glitschig, ihre Jogginghose klebte auf ihrer Haut, ihre Haare hingen ihr rechts und links ins Gesicht. Sie würgte, einmal und noch einmal, und dann rappelte sie sich wieder hoch.

Ein paar Minuten später stand sie vor dem Weinregal. Mit der linken Hand fuhr sie sich über den Mund, mit der rechten griff sie nach einem drei Jahre alten Rioja. Eine halbe Stunde später saß sie auf dem Sofa im Wohnzimmer, die Jogginghose hatte sie ausgezogen und achtlos beiseitegeworfen, die Haare mit einem Zopfband zusammengebunden.

Ich hätte niemals aufhören dürfen mit meinem einzigen, einen Glas, dachte sie.

Man sieht ja, wohin das führt, dachte sie. Und nahm einen weiteren langen Schluck von dem viel zu kühlen Rotwein und fand sich klug und geistreich und wortwitzig. Einen Moment lang, dann nur noch traurig.

Sie hatte kein Gefühl für Zeit gehabt, während sie da saß. Sie hatte getrunken, ihren eigenen, säuerlichen Geruch in der Nase, und über das Leben nachgedacht. Und über das Sterben. Und darüber, welche Vorstellung sie eigentlich von beiden hatte oder haben wollte, und irgendwann hatte sich Fritz zu ihren Füßen eingerollt.

Sie musste eingenickt sein, denn plötzlich war sie aufgeschreckt. Irgendwas hatte sie geweckt, und als sie sich aufrappelte, da hörte sie leise Stimmen im Flur, ein Kichern, Flüstern, und plötzlich hatte sie einen Stich gefühlt. Einen heißen Stich in ihrer Brust, sie hatte sich ganz still verhalten, hatte sich wieder zurückgelehnt und so getan, als würde sie schlafen. Sie und Fritz, auf dem Sofa, normal, gesund, gemütlich. Sie hatte in die Nacht gelauscht, auf die Geräusche der beiden Jugendlichen, hatte ihrem Herzklopfen zugehört, wie es hüpfte in ihrer Brust, und sie hatte sich plötzlich und unerwartet unglaublich lebendig gefühlt. So lebendig, dass sie am liebsten hätte schreien wollen. Dann war Elli über ihr, leise hörte Marlene sie atmen, Elli roch nach Rauch und Patschuli und Pfefferminz, sie spürte, wie sie die Decke über sie legte, sie an den Seiten vorsichtig unter sie stopfte.

Mein Kind deckt mich zu, dachte sie.

Dann Schritte, dann wieder Kichern, ein leises Schmatzen, dann Schritte auf der Treppe, eine Tür, eine andere Tür, Ruhe.

Marlene war enttäuscht.

Der Stich brannte wieder stärker in ihrer Brust. Sie öffnete die Augen, saß einen Moment lang da und befreite sich dann von der Decke, ruckartig, wütend.

Fritz hob langsam den Kopf und sah sie ausdruckslos an.

52.

Sie stand in der Küche am Fenster, als er hereinkam. Wahrscheinlich hatte er nur zum Kühlschrank gehen wollen, um eine Flasche Wasser zu holen oder die Pizza vom Vortag. Wahrscheinlich hatte Elli bereits im Bett gelegen und sie hatten sich geküsst oder er hatte sie gefickt, aber das glaubte sie eigentlich nicht, oder sie hatten nur geredet, und dann hatten sie Durst oder Hunger bekommen oder beides, und er hatte ihr über den Kopf gestrichen und gesagt, dass er sich kümmere, und war gegangen.

Seine Haare waren strähnig und sahen fettig aus, er trug Boxershorts und ein schwarzes T-Shirt, seine Beine waren lang und muskulös, nur leicht behaart, seine Schulterknochen stachen hervor, um seinen Hals hing eine silberne Kette, an seinem Handgelenk baumelte ein braunes, geflochtenes Lederband.

Als Lars sie sah, erstarrte er.

Sie blickten sich an.

»Hey«, sagte Marlene.

»Hallo«, sagte er leise. Seine Stimme klang unsicher. »Es tut mir leid, ich wollte Sie nicht stören.«

Sie betrachtete ihn, sein Gesicht sah so unglaublich jung aus, so unwirklich jung, sie griff sich, ohne dass es ihr bewusst war, an die Brust, zog ihr Hemd zusammen, dort, wo es so stach, wo es so brannte. Ihr Mund war trocken.

»Ich wollte nur schnell …«, begann er, brach dann aber ab. Als hätte er es vergessen. Er fuhr sich durchs Haar und sie konnte seine Unsicherheit fast greifen.

Ich sterbe, dachte Marlene. Und er weiß das, dachte sie.

In diesem Moment hob er seinen Blick und sie sahen sich an.

Sie brauchte vier Schritte bis zu ihm. Schon nach dem zweiten hob sie die Arme, und als sie bei ihm war, umschlang sie seinen Hals und presste ihre Lippen auf seine, zwang sie auseinander und drang mit ihrer Zunge in seinen Mund. Reflexartig umfasste Lars sie an der Hüfte, drückte sie von sich weg, versuchte, sich von ihr zu befreien. Sie drängte sich an ihn, spürte, wie sie zwischen den Beinen feucht wurde. Bemerkte erst jetzt, dass sie nur ihre Unterhose trug, dass die Jogginghose noch immer im Wohnzimmer lag, voll gekotzt, schmutzig, unwichtig. Ein raues Stöhnen entfuhr ihr, sie vergrub ihre Finger in seinem Haar.

»Nein!«

Sie schmeckte ihn, wollte ihn, wollte ihn in sich aufsaugen, ihn niemals mehr loslassen.

»Nein!«

Mit einem Ruck riss er sich von ihr los, sie stolperte nach hinten, gegen den Kühlschrank, prallte dagegen, spürte einen dumpfen Schmerz, rutschte dann langsam zu Boden. Und erst dann nahm Marlene sie wahr.

»Nein!«

Elli stand barfuß in der Tür, sie hatte ein blaugrün kariertes Karohemd an, ihre Haare lagen offen und zerzaust auf ihren Schultern. Ihr Gesicht war eine einzige Fratze.

»Elli, bitte, lass mich erklären …!«

Lars machte zwei Schritte auf sie zu.

»Nein!«

Elli wich von ihm zurück, sah immerzu von ihm zu Marlene, ihre Augen waren weit aufgerissen, ihr Mund eine schwarze, tiefe Höhle.

Wo sind ihre Zähne hin? Was ist mit ihren Zähnen passiert?, dachte Marlene. Und dann spürte sie, wie etwas in ihr erstarb. Sie blinzelte, zweimal, der Stich war fort, das Klopfen in ihrer Brust fast verschwunden, sie versuchte, etwas zu sagen, aber sie konnte nicht.

»Elli, ich bitte dich …«, begann Lars erneut. Er klang flehend, verzweifelt. Mit beiden Händen fuhr er sich durch sein Haar, machte einen weiteren Schritt auf Elli zu. Und von ihr weg.

»NEIN!«

Ellis Stimme drang durch das ganze Haus. Mit jedem Nein war sie lauter, war es realer, war das Ganze immer deutlicher, hässlicher geworden. Sie wich immer weiter in den Flur zurück, weg aus der Küche, weg von ihr und von Lars, jetzt stand sie an der Treppe, und Marlene spürte, wie die Übelkeit wiederkam und drohte, sie vollends auszufüllen.

Und dann wurde es dunkel um sie herum.

Als sie erwachte, lag sie immer noch vor dem Kühlschrank. Sie war allein. Es war still, sehr still, sie hörte nur das leise Ticken der Wanduhr. Über der Spüle brannte das Licht. Ihre rechte Gesichtshälfte fühlte sich nass an, sie richtete sich etwas auf und stellte fest, dass sie sich wieder erbrochen hatte. Langsam rappelte sie sich hoch, ekelte sich, ja, ekelte sich so unfassbar, dass sie meinte, daran zu ersticken. Das Nächste, was sie wusste, war, dass sie ins Bad gegangen war, sich kaltes Wasser ins Gesicht geklatscht hatte. Und dann war sie in ihr Bett gestolpert.

Und dort lag sie jetzt noch.

Sie betrachtete die Medikamente auf ihrem Nachttisch. Sie sah sich jede einzelne Verpackung an, sie zählte, sie zählte noch mal. Sie drückte sich tiefer in die Kissen, sie schloss die Augen, sie öffnete sie. Sie betrachtete die Liste. Sie strich in Gedanken durch, hakte ab, verwarf, löschte, viel zu müde, um einen Stift in die Hand zu nehmen. Die Scham lag wie eine dritte Decke auf ihr, begrub sie, machte ihr das Atmen schwer, lähmte sie.

Niemals würde Elli ihr verzeihen können. Sie hatte es nicht gewollt, nicht so. Oder doch? Was war los mit ihr?

Sie wartete.

Aber nichts passierte.

Sie lebte.

Immer noch.

53.

Ich lief. Ich lief die Straße hinunter, an den Häusern vorbei, ließ rechts den kleinen Park vorbeiziehen und links den Kiosk, an dem Sophie und ich früher immer Saure Pommes für fünf Pfennig pro Stück gekauft hatten. Ich lief in die Konrad-Adenauer-Allee, überquerte sie an der Fußgängerampel, hielt mich links und dann wieder rechts und lief. Ich lief bis zum alten Kirchturm, bog dann ab und lief weiter Richtung Wasser. Als ich am See angekommen war, lief mir der Schweiß den Rücken hinab und die Luft brannte in meinen Lungen. Ich suchte mit den Augen nach dem kleinen Weg, der am Ufer entlang einmal um den See ging, fand ihn schließlich, es war dunkel und kalt, ich war Jahre nicht mehr hier gewesen und lief dann weiter.

Ich lief davon.

Drei Tage war es her. Heute.

Ich ging nicht mehr zur Schule. Am Montag hatte der Wecker geklingelt, aber ich hatte ihn einfach ausgestellt. Wach war ich ohnehin gewesen, er hatte also keine Funktion mehr, keine Berechtigung und nichts war momentan weiter weg als die Schule.

Wo er sein würde.

Er.

Zweimal hatte ich *sie* in den vergangenen Tagen, seit *es* passiert war, gesehen.

Zweimal. Einmal auf dem Flur im ersten Stock, Marlene war gerade aus ihrem Zimmer getreten, als ich in meines gehen wollte. Sie hatte wie ein Gespenst ausgesehen. Blass, grau und schmutzig. Fast hätte ich mich erschreckt, wäre da nicht so viel Hass gewesen, dass ich meinte, nicht mehr atmen zu können. Und ein anderes Mal unten in der Küche. Sie hatte sich ein Brot geschmiert, als ich hereinkam. Beide Male hatte sie so ausgesehen, als wolle sie etwas sagen, aber sie hatte nichts gesagt. Und das war schlimm gewesen, viel schlimmer, als hätte sie etwas gesagt. Dieses Schweigen, Marlenes Schweigen, das brachte mich fast um den Verstand, denn es ließ mich allein. Weiterhin allein mit meiner Wut, meiner Trauer, meinem Hass.

Geh und stirb, dachte ich, während ich ein paar Zweigen auswich, die in den Weg ragten. Geh und stirb, dachte ich. Laut. In meinem Kopf. Und die Brutalität, die darin mitschwang, tat gut.

»Geh und stirb!«, schrie ich, während ich mein Tempo noch beschleunigte. »Geh und stirb! Geh und stirb und geh und stirb, aber geh endlich!«

Ich lief wie eine Verrückte durch den Wald, es war dunkel und mein Atem bildete weiße Wölkchen, ich lauschte meiner eigenen Stimme nach, die zwischen den Bäumen am Ufer verhallte und die klare, so klare Luft zerschnitt. Wann hatte ich das letzte Mal geschrien? Ich konnte mich nicht erinnern. Vielleicht als Kind, als ich mich an der heißen Herdplatte verbrannt hatte, oder vor ein paar Jahren, als ich beim Rollschuhlaufen gestürzt war und mir das Steißbein geprellt hatte. Ein Eichhörnchen huschte rechts von mir vorbei, lieferte sich ein kurzes Wettrennen mit mir, verschwand dann aber plötzlich, zwischen zwei Bäumen, es war fort und ich war wieder allein.

Und wieder stumm.

Es war sechs Uhr morgens. Um Mitternacht hatten Sophie und ich das letzte Mal telefoniert. Sie hat ihn geküsst, sagt er, hatte Sophie gesagt. Spielt das eine Rolle?, hatte ich gefragt. Vielleicht, hatte Sophie gesagt. Ich denke nicht, hatte ich gesagt. Und jetzt?, hatte Sophie gefragt. Ich weiß es nicht, hatte ich gesagt. Er ist völlig fertig, hatte Sophie gesagt. Er soll zur Hölle fahren, hatte ich gesagt.

Als kleines Mädchen, in der WG, da war ich oft allein. Marlene musste arbeiten oder sie war in der Uni, und sie ließ mich zurück. Es waren zwar immer irgendwelche Menschen da, Georg, der Maschinenbau-Student, der mir immer Mützen strickte und Handschuhe und Socken. Oder Belinda, die wie meine Mutter Germanistik studierte, oder auch Martin. Oder Tanja. Oder Gaby mit den langen Ohrringen und den Glitzerketten. Aber ich fühlte mich trotzdem oft allein. Ich wusste schon sehr früh, dass das einfach so war, bei uns, dass es nicht anders ging, dass Marlene und ich eben anders waren, aber manchmal half das nicht. Und manchmal stand ich stundenlang im Flur, sah immer wieder zur Wohnungstür und wartete. Wenn Belinda oder Gaby oder Martin aus ihren Zimmern kamen und mich fragten, was ich denn dort tun würde, dachte ich mir immer etwas aus. Mein Teddy Alfred wolle spazieren gehen, Marlene hätte mir erlaubt, im Flur Dreirad zu fahren, es roch so lecker aus der Küche, ich sei einfach neugierig gewesen. Die Wahrheit war, ich vermisste meine Mutter. Ich vermisste sie so sehr, dass die Angst, sie könnte eines Tages nicht mehr wiederkommen, einfach so, vielleicht würde sie noch mal anrufen, vielleicht aber auch einfach so verschwinden, wie ein Feuer in mir brannte.

Wenn Marlene dann irgendwann nach Hause kam, müde und erschöpft, dann lächelte ich nicht, sondern saß still beim Abendessen neben ihr und aß mein Leberwurstbrot. Nachts wachte ich schreiend auf, spürte den warmen Urin zwischen meinen Beinen und Marlenes kühles Gesicht an meiner Wange und das hatte etwas Tröstendes, obwohl ich nicht wusste, warum das so war.

Wer war denn traurig gewesen?

Ich verlangsamte mein Tempo, ließ mir damit Zeit, lief ganz langsam immer langsamer, spürte, dass es jetzt okay war. Die Zweige waren weiß verkrustet, es hatte nicht geschneit, aber es hatte gefroren, alles war mit einer weißen Glitzerschicht bedeckt, die Dunkelheit war vollkommen, ein paar Laternen, die am Ufer entlang standen, tauchten den Weg in ein Dämmerlicht.

Greta war gestern Nachmittag vorbeigekommen. Sie hatte vorher angerufen, hatte erst sehr kurz mit mir, dann lange mit Marlene telefoniert, und keine halbe Stunde später hatte sie vor der Tür gestanden. Wortlos war sie an mir vorbei die Treppe hoch gestürmt und war in Marlenes Zimmer verschwunden. Ich hatte gehört, wie sie zusammen ins Bad gegangen waren, Marlene weinend, Greta schimpfend, dann hatte Greta Tee und zerbröselten Zwieback mit Milch aus der Küche geholt und war wieder verschwunden.

Ich hatte mit einer merkwürdigen Gleichgültigkeit unten auf dem Sofa gesessen, während dreimal in kurzer Zeit das Telefon klingelte und ich wusste, wer dran war, ohne abzuheben. Auf dem Schoß hatte ich den ungeöffneten Brief liegen, den ich morgens aus dem Briefkasten gefischt hatte. Ich hatte dort immer noch gesessen, als Greta sich neben mich fallen ließ, schnaufend.

Was für eine verdammte Scheiße, hatte sie gesagt. Der Brief war glatt und kalt, das Papier grau und matt. Ich glaube, jetzt geht es los, hatte sie gesagt und mich von der Seite angeguckt. Lange. Ich hatte daraufhin die Augen geschlossen.

Und dann war sie aufgesprungen und in die Küche gegangen. Fünf Minuten später hörte ich den Mixer. Und dann das Radio. Eine tiefe Stimme sprach von Heiligabend und Nordmanntannen und zu hohen Preisen.

Es war der 11. Dezember.

Es waren noch 25 Tage.

Das Sterben hatte begonnen.

54.

HEUTE

Wenn man dreißig ist, eine tolle Tochter hat, einen tollen Mann, einen tollen Job, und das alles noch in die richtige Reihenfolge setzen kann, dann ist man wohl glücklich. Dann gehört man zu den Menschen, die es geschafft haben. Die etwas erreicht, die ihrem Leben einen Sinn gegeben haben.

Ich bin dreißig Jahre alt, auf mich trifft all das oben Genannte zu. Das ist mein Leben.

Das ist meine Schuld.

Das alles folgt einer unaussprechlichen Logik, einem System, das nur schwer nachzuvollziehen ist, das ist mir klar.

Ich lebe. Meine Mutter ist tot.

Und ich habe mich nicht mehr mit ihr versöhnt.

Sie hat sich nicht bei mir entschuldigt und ich habe ihr nicht verziehen. Ich habe ihr nicht mehr sagen können, dass ich sie liebe, so wie sie ist, und dass ich auf sie gewartet habe, vielleicht mein ganzes Leben lang. Ich habe ihr nicht mehr gesagt, dass sie total bescheuert ist und dass ich sie hasse, manchmal. Ich habe ihr nicht mehr erklärt, wie das ist mit dem Licht und dem Schatten und wie beides zusammengehört, für mich, dass ich es auch erst danach begriffen habe. Ich habe ihr nicht mehr gesagt, wie stolz ich auf sie war, dass ich ihre blöden Romane ausgeschnitten und aufbewahrt habe und es mich jedes Mal gefreut hat, wenn mich die Mütter von Mitschülern darauf angesprochen haben, auch wenn ich so getan habe, als wäre es mir peinlich. Ich habe ihr nicht mehr gesagt, wie viel Angst ich hatte, was für eine Scheißangst ich immer noch habe und dass ich gern älter gewesen wäre, als sie starb, reifer und glücklicher und nicht mehr so gefangen in mir selbst. Ich hätte ihr gern gesagt, dass ich Lars geliebt habe, und dass sie mir das Herz gebrochen hat, dass ich nicht weiß, was heute wäre, aber dass sie mich um etwas betrogen hat, was niemals wiedergutzumachen ist. Ich hätte sie gern gefragt, warum sie es getan hat, und ihr gesagt, dass ich es ahne, aber es trotzdem nicht verstehen kann. Ich hätte ihr so gern Holger vorgestellt und Emma. Ich hätte sie gern gefragt, was sie gemacht hat, wenn ich als Kind Bauchschmerzen gehabt habe. Ich hätte sie gern gefragt, warum sie Ian Curtis so toll gefunden hat, warum es so schwierig war mit Otto und Evelin, und warum ich immer das Gefühl hatte, sie wolle ein anderes Leben. Ich hätte ihr gern das erzählt, was ich bis heute nicht in Worte fassen kann, was in mir drin ist, was nicht herausfindet. Ich hätte sie gern noch mal gefühlt, festgehalten, berührt, richtig berührt, lebendig, warm.

Ich hätte ihr so gern so viel gesagt, aber die Möglichkeit ist vorbei.

Über ein Jahrzehnt lang habe ich nicht mehr darüber nachgedacht.

Über ein Jahrzehnt lang habe ich mich versteckt.

Über ein Jahrzehnt lang hat das alles mein Leben bestimmt.

Der Koffer steht immer noch in der Abstellkammer. Ich habe ihn bis heute nicht geöffnet. Aber ich habe ausgepackt. Für mich. Teil für Teil, Jahr für Jahr, Erinnerung für Erinnerung.

Ich bin unfassbar müde.

So müde, dass ich meinen Kopf gern auf den Tisch vor mir legen möchte, meine Augen schließen und einschlafen möchte, am liebsten für die nächsten hundert Jahre. Einschlafen und aufwachen wie Phönix. Phönix aus der Asche. Neu geboren, frei von sämtlichen Lasten, an denen ich getragen habe, von Koffern, die zu öffnen sind.

Ich weiß, bald ist es so weit.

Ich weiß, vor diesem letzten Schritt habe ich die größte Angst.

Ich weiß, dass es keinen Weg zurück gibt.

5. Teil

Der Koffer

....

God Only Knows
THE BEACH BOYS

55.
1997

Das Ende kam schnell. Knapp eine Woche, nachdem es passiert war, rief Greta den Arzt. Marlene war seit Tagen nicht mehr aufgestanden, hatte aufgehört zu essen und zu trinken und schlief fast nur noch. In den wenigen wachen Momenten sprach sie von dem Nicht-Wollen, vom Ende, davon, dass es jetzt genug war.

Der Palliativmediziner kam vorbei, setzte sich an Marlenes Bett, nickte, gab Spritzen, gab sich, sagte, er könne nicht mehr viel machen, und schüttelte traurig den Kopf.

Greta stand auf der anderen Seite des Bettes, mit geballten Fäusten und einer tiefen Falte zwischen den Augen und sagte, Marlene sei eine feige Sau.

Ich sagte nichts, ging aus dem Zimmer ins Bad und stopfte Marlenes schmutzige Unterhosen in die Waschmaschine.

Am Abend davor hatte Greta Otto angerufen. Ich hatte nicht verstanden, was Greta sagte, aber das Gespräch hatte nicht lange gedauert. Greta war laut geworden, ich hatte mir ein Kissen über den Kopf gedrückt, hatte meinem Atem zugehört, gespürt, wie dünn die Luft wurde, wie anstrengend es war, das alles hier, zu leben. Und dann war es auch schon vorbei gewesen. Greta war zu mir ins Wohnzimmer gekommen, hatte das Kissen von meinem Kopf gezogen, mich merkwürdig angeguckt und hatte dann so etwas wie »Drecksscheiße« gemurmelt, mehr zu sich selbst als zu mir.

Sophie kam jeden Tag nach der Schule vorbei, legte mir Zettel mit Arbeitsaufgaben auf den Schreibtisch, zweimal auch einen dicken, grauen Brief, dreimal eine kleine Tafel Schokolade. Sie sah klein und kummervoll aus, hilflos und unsicher, manchmal umarmte sie mich, manchmal saß sie auch nur in unserer Küche und hörte Greta zu, die ihr erklärte, warum es so wichtig war, einen Hefeteig zu kneten, richtig zu kneten. Es muss klatschen, rief Greta, während sie die gelbe Masse auf die Arbeitsplatte klatschte, hörst du das, hörst du das? Das Mehl stob zu allen Seiten, Sophie hatte beide Hände um den Becher mit dem dampfenden Tee gelegt und Gretas Kopf war vor lauter Klatschen rot angelaufen.

Und wo war ich?

Ich stolperte blind umher. Und taub und stumm. Als wäre ich in einem Labyrinth, das nur einen Zweck hatte, nämlich mich zu beschäftigen, mich abzulenken. Ich stolperte, suchte, versuchte, mich zu orientieren.

Es gelang mir nicht.

Und dort oben starb jemand.

So richtig.

Jemand?

Ich war zum Kiosk gefahren, mit dem Rad, die Reifen waren auf dem glatten Untergrund geschlittert, es hatte geschneit, vor ein paar Tagen, ich hatte eine Zeitung gekauft, für Greta, ich wusste, sie freute sich über so was, dann hatte ich mir eine Tüte von diesen salzigen Lakritzbrezeln geben lassen, hatte mit den dicken Handschuhen das Geld aus meiner Tasche gepult und war dann wieder nach Hause gekommen.

Er saß im Wohnzimmer.

Braunes Haar, kurz geschnitten, ein weißer Hemdkragen, darüber ein dunkelgraues Jackett.

Als er sich umdrehte und ich ihm ins Gesicht sah, da erkannte ich ihn.

»Schön, dich kennenzulernen«, sagte mein Vater.

»Das ist Jochen«, sagte Greta, sie stand am Fenster und sah böse aus.

»Er ist gekommen, weil Marlene das so wollte. Das hat aber nichts zu bedeuten. Alles bleibt so, wie es ist.«

Ich blickte sie an. Alles blieb so, wie es war? Was redete sie denn da?

»Setz dich doch«, sagte Jochen und klopfte auf den Platz auf dem Sofa neben sich.

Ich setzte mich auf den Sessel, legte meine Hände in den Schoß, wartete.

Das Telefon klingelte. Wir lauschten schweigend dem Klingeln, es klingelte langsam und ausdauernd, nach dem achten Mal raffte sich Greta auf und ging langsam hinaus. Als sie an mir vorbeikam, legte sie mir eine Hand auf die Schulter, drückte einmal kurz zu, es tat weh, ließ dann wieder los und beschleunigte ihr Tempo. Drei Sekunden später hörten wir, wie sie ein »Hallo« bellend abnahm.

Jochen räusperte sich.

»Das ist alles sehr merkwürdig, oder?«

Ich sah ihn weiterhin nur an.

»Du bist eine hübsche junge Frau geworden.«

»Warum bist du hier?«

Jochen griff sich an den Hals, griff an den Knoten seiner Krawatte, lockerte sie etwas, ohne sie ganz zu lösen, nahm sich Zeit, dafür und auch dafür.

»Ich dachte, du brauchst mich vielleicht.«

Ich sah ihn an, sah in meine Augen, sie waren es, ich erkannte mich in ihnen wieder, sah meinen Vater an und musste an die Wolke denken. Die Wolke, auf der er jahrelang gesessen hatte. Tauschen sollte er damals. Mit Marlene. Er für sie hier auf Erden. Alles wäre dann besser, hatte ich mir ausgemalt. Alles.

Was bin ich nur für ein Mensch, dachte ich.

»Ich habe dich mal angerufen«, sagte ich.

Greta betrat wieder den Raum, wütend stapfte sie zum Fenster, stellte sich wieder genau an die Stelle, die sie vor zehn Minuten so ungern verlassen hatte.

»Willst du was trinken?«, fragte sie, meinte Jochen, blickte aber zu mir.

»Gern, ein Wasser vielleicht«, antwortete Jochen, meinte Greta und blickte weiter zu mir.

Ich stand auf. Verließ den Raum und dachte daran, dass ich Marlene seit zwei Tagen nicht mehr wirklich gesehen hatte. Das letzte

Mal war gewesen, als Greta mich gebeten hatte, ihr eine neue Flasche Wasser zu bringen. Ich war nur kurz ins Zimmer gehuscht. Es war dunkel und still gewesen, es hatte seltsam gerochen, nach Krebs und wenig nach Mensch, und nur schemenhaft hatte sich eine Gestalt im Bett unter den Kissen abgezeichnet. Ich hatte die Flasche auf die Kommode gestellt und war auf Zehenspitzen wieder hinausgehuscht. Keiner von uns hatte etwas gesprochen.

Was gab es auch noch zu sagen?

Ich ging in die Küche, nahm den Korb mit dem Altpapier und ging damit in den Keller. An der Tür prallte ich zurück. Ein schlimmer Geruch kam von unten hoch, mir wurde übel, ich kämpfte einen Moment lang, dann ging ich langsam die Treppe hinunter, unter dem einen Arm hatte ich den Korb geklemmt, mit der anderen Hand hielt ich mich am Geländer fest.

Ich kippte den Korb mit dem Altpapier in den großen Karton, der bereits halb voll war mit alten Zeitungen, Zetteln und Werbung. Zwei graue Umschläge lagen obenauf, ich beachtete sie nicht, kippte weiter und sah zu, wie das Graue unter dem Papierberg verschwand. Dann drehte ich mich um, zum Weinregal hin, und stand eine Weile einfach so da.

Ich muss putzen, dachte ich.

Aber erst, wenn alle fort sind, dachte ich.

So lange wird es schmutzig bleiben müssen, dachte ich.

Vielleicht ist das aber gar nicht so schlimm, dachte ich.

Es wird vielleicht ohnehin noch viel schmutziger werden, dachte ich.

Oben klingelte mal wieder das Telefon.

Der Gestank kroch langsam in mich hinein, füllte mich aus, wurde zu meinem eigenen Geruch.

Hilfe, dachte ich.

56

Jochen blieb und kaufte einen Weihnachtsbaum. Er war dünn und mickrig, also der Baum, und Greta ging sofort, als sie ihn sah, zurück zu ihrem Kuchenteig in die Küche und rührte wütend in der Schüssel. Jochen und ich schmückten eine Stunde lang, grüne Kugeln und rotes Lametta, begutachteten am Ende schweigend unser Ergebnis und dann seufzte er sehr laut und fragte, ob er einen Whisky bekommen könnte. Zu Hause würde seine Frau immer den Baum kaufen.

Marlene stand nicht mehr auf. Marlene hatte sich in eine Art Tier verwandelt, ein schwaches, krankes, scheues Tier, das sich verkrochen und eingerollt hatte, um zu sterben. Greta wohnte im Gästezimmer, Jochen im Hotel, Tante Inge war zweimal zu Besuch gekommen, hatte, als ich ins Zimmer kam, ihre Stimme gesenkt und getuschelt und war dann mit einem sehr falschen, fröhlichen Lächeln auf mich zugegangen. An ihrem Arm baumelte ihre 2.55 von Chanel, ihre Lippen leuchteten rot. Es war das Warten.

Es war das Warten, was verrückt machte. Und niemand sprach darüber. Es war das schweigende Warten, was verrückt machte. Es machte mürbe und stumpf, es machte böse und traurig, es machte das Leben unerträglich.

Und dabei waren wir es ja, die das Ganze überleben würden. Absurd.

Heiligabend verbrachten wir zu zweit. Greta und ich saßen im Wohnzimmer, aßen kalte Bockwürste mit klebrigem Kartoffelsalat, guckten *Magnolien aus Stahl* auf Video und alle fünfzehn Minuten sprang Greta auf, rannte die Treppe hoch und sah nach, ob es vorbei war.

Sie schenkte mir eine neue Levis 501 und ein Buch. Ich ihr ein Foto von uns, Greta und ich am Strand, irgendwann vor ein paar Jahren, Marlene hatte es geschossen, es war Mai gewesen und noch ziemlich kalt, wir trugen Jacken und Greta einen Schlapphut.

Ich sah auf das Buch, es hieß *Sommerhaus, später*. Ich mochte es, der Einband war blau und passte zum Titel.

Jochen feierte bei seiner Frau und seinen Kindern. Er war am Tag vor Heiligabend abgereist und wollte morgen wiedergekommen.

Hansi hatte seit zwei Tagen Durchfall.

Fritz schlief bereits seit Tagen bei Marlene.

Zum Nachtisch aßen wir zwei große Schüssel selbst gemachtes Tiramisu.

Greta mit viel Amaretto, ich mit viel Kaffee. Kurz vor Mitternacht fiel der Baum um. Einfach so, ohne Vorwarnung. Er fiel um und die Kugeln rollten über das Parkett.

Lass uns ins Bett gehen, sagte Greta.

57.

Sie träumte. Da war ein Wald, ein dichter, dunkler Wald und sie lief zwischen den Bäumen entlang, auf ein kleines Häuschen zu, sie kannte es, sie war schon einmal hier gewesen, rot war es, das Haus, klein und rot und das Dach schwarz.

Plötzlich stand sie vor der Tür. Das Haus hatte eine große schwarze Tür, sie ging auf und Marlene wurde in das Haus hineingezogen, sie konnte gar nichts dagegen tun, das Haus verschlang sie, wie ein Raubtier sich seine Beute einverleibte, stumm und selbstverständlich, sie hatte Angst, schrie aber nicht, öffnete stumm ihren Mund. Dann saß sie am Tisch.

Alle saßen am Tisch, alle aßen, alle waren da. Otto, Evelin, Elli. Und noch jemand anderes, sie dachte zunächst, dass sie träumte, im Traum träumte, aber er war es wirklich. Es war wirklich. Es war Jochen. Ihr Jochen. Mein Jochen, was denke ich denn da, dachte sie im Traum, *ihr* Jochen war er nie gewesen. Nie. Aber er war es. Otto, Evelin, Elli und Jochen, sie alle saßen um den Tisch herum und bewegten ihre Münder auf und zu, aßen Kuchen, gelben, trockenen Kuchen und aus ihren Mündern rieselten die Krümel, wenn sie ausatmeten, niemand sprach, alles aß.

Und dann stand sie plötzlich in der Ecke, sah ihnen zu, sie stand mit dem Gesicht zur Wand, wie in der Schule, genau so war es schon einmal gewesen, das hatte sie doch schon einmal erlebt, dachte sie, und dann stand sie mit dem Gesicht zur Wand, aber sah alles. Sah den vier Menschen zu, sah, wie sie immer weiter Kuchen aßen, Stück für Stück, stocksteif auf den Stühlen, mit ausdrucksloser Miene, saßen und aßen.

Sie versuchte, sich bemerkbar zu machen, sie wollte nicht hier stehen, sie wollte das nicht noch mal durchmachen, sie spürte, wie eine Angst in ihr aufstieg, eine Angst, die sie nicht benennen konnte, sie wollte wieder an den Tisch, sie hörte von weither ein Piepen, ein lautes Piepen, ihre Ohren taten ihr weh, als sie die Hände hob, um sie sich über die Ohren zu legen, da waren es Flossen. Ihre Hände waren Flossen, wie bei einem Fisch, sie starrte auf die schwarzen, glatten und glänzenden Schuppen und das Piepen wurde lauter.

Helft mir, sagte sie, aber niemand beachtete sie.

Helft mir, ich verwandle mich in einen Fisch, schrie sie, aber niemand beachtete sie.

Als sie sich umdrehte, da merkte sie, dass sie geschrumpft war, sie war ganz klein, der Tisch war riesig, die Stühle unerreichbar, sie zuckte auf dem Boden, rechts, links, spürte, wie ihr die Luft wegblieb, wie sich ihre Kiemen zusammenzogen.

Jemand nahm sie in die Hand, fast zärtlich, legte sie auf den Tisch, sie war dankbar, rollte mit den Augen, versuchte, einen Blick zu erhaschen, sah ein Wasserglas, sah Wasser, schnappte nach Luft, sah, wer sie hielt, wer sie in der Hand hielt. Es war Jochen. *Ihr* Jochen.

In diesem Moment sauste das Messer hinab und köpfte sie.

Marlene wachte auf, tauchte auf, aus diesem Traum, sie schob ihren Kopf in den Nacken, öffnete leicht den Mund, schnappte nach Luft, lautlos, erschöpft, krank.

Eine Stimme an ihrem Ohr.

»Marlene, ich bin es.«

Ein Taumeln in ihrem Kopf, viel zu schwach, sie versuchte, sich zu konzentrieren.

»Kannst du mich hören?«

Jochen?, dachte sie. Jochen?

Nein, sagte sie. Und aus ihrem Mund kam nichts als kühler Atem.

»Marlene, hier ist Jochen. Wenn du mich hören kannst, dann drück meine Hand.«

Sie spürte, dass jemand ihr Handgelenk umfasste, seine Finger in ihre offene Handfläche legte. Nein, sagte sie erneut und legte all ihre Kraft in ihre rechte Hand.

»Vielleicht ist es morgen etwas besser«, sagte eine andere Stimme.

Greta?

Marlenes Lider flackerten, sie öffnete den Mund, hörte ein seltsames Summen in ihren Ohren.

Dann Schritte, die sich entfernten.

Ihr Herz, das langsam schlug.

Die Stille, die sie umschlang und einhüllte.

Ich wollte nie, dass es schlecht endet, dachte sie, was habe ich mir nur gedacht, was passiert mit mir?, und die Gedanken waren wie Flügelschläge, schnell und flatterhaft. Sie konnte sie nicht festhalten, sie konnte sie nicht bei sich behalten, sie waren da, flatterten und waren fort.

Elli?

Und dann dachte sie, ganz kurz nur, an den Koffer, unter ihrem Bett. Er war der letzte Punkt auf ihrer Liste gewesen.

Und dann hörte sie auf, zu denken.

Und dann hörte sie auf, zu träumen.

Dann hörte alles auf.

Das Leben. Ihr Leben.

Und der Tod begann.

58

Sie lag in der Küche. Auf dem Boden, vor dem Tisch, ein Stuhl lag umgestürzt daneben, die Tischdecke war halb heruntergezogen, zwei Becher lagen rechts und links neben ihr, rahmten sie ein, gaben der kleinen, dünnen Gestalt, die zusammengerollt auf der Seite lag, etwas Wirkliches.

Das Haar war ihr ins Gesicht gefallen, bedeckte es, es sah stumpf und grau aus. Leblos. Das Nachthemd war hochgerutscht, die weiße Unterhose schimmerte am Bund gelblich, die Beine waren dünn und haarlos. Alt. Der rechte Hausschuh fehlte.

Ich stand in der Küche. Starrte auf den Boden. Greta hatte vorhin eine Platte von Bob Marley aufgelegt. *Everything's Gonna Be Alright.*

Draußen rumpelte etwas. Ein metallenes Quietschen, von weither, von der Straße wahrscheinlich, es polterte. Es war halb zehn, es war dunkel. Die Müllmänner fuhren weiter.

Ich kannte die Becher nicht. Hatte Greta sie gestern mitgebracht? Der eine war blau mit weißen Blümchen. Der andere rot mit schwarzen Sternchen. Gestern war Greta einkaufen gewesen, stundenlang, und als sie wiederkam, da trug sie vier schwere, große Tüten, an jeder Hand zwei. Greta hatte gestöhnt, als sie die Tüten auf den Küchentisch wuchtete, und Jochen hatte das Zimmer verlassen und sie hatte mich angeschaut und gesagt, dass ihre Arme, Scheiße noch mal, jetzt zwei Meter lang seien, Scheiße sei das, und Milch habe sie auch vergessen.

Meine Augen wurden blind. Brannten, ich schloss sie. Spürte, wie etwas in mir riss, etwas, was seit Tagen, seit Wochen, seit Monaten zum Reißen gespannt gewesen war.

Und dann schrie im Obergeschoss jemand laut auf. Zweimal kurz hintereinander, schrill und grauenhaft, ich legte meinen Kopf in den Nacken, spürte, dass meine Blase zum Platzen gefüllt war, spürte ein Ziehen, den Riss, spürte alles und zu viel auf einmal, öffnete meine Augen, widerwillig, und erstarrte.

Da war nichts.
Da war alles.
Der Boden vor mir war leer.
Und dann wurde die Tür hinter mir aufgerissen.

59.

Otto hat mir mal erzählt, dass sein Vater und Marlene, als sie noch ein kleines Mädchen war, immer schwimmen gegangen waren. Eigentlich war es wohl so, dass mein Urgroßvater meiner Mutter das Schwimmen beigebracht hat. Nicht weit weg von ihrem Haus war ein See und da sind die beiden oft hingegangen, sogar dann, wenn kaum jemand dort war, weil es noch viel zu kalt, weil das Wasser trüb und schwer war und komisch roch, auch dann. Meine Mutter schwamm zuerst nur am Ufer, dann ein paar Meter weiter auf den See hinaus, dann bis zum ersten Drittel, kehrte immer wieder um, wenn sie merkte, dass ihre Kräfte sie verließen, und mein Urgroßvater schwamm hinter ihr, passte auf, und wenn Marlene doch mal nicht mehr konnte, dann durfte sie ihre Arme um seinen Hals legen und er brachte sie beide dann sicher ans Ufer zurück.

Otto und ich saßen draußen, ich war etwa zehn Jahre alt, wir saßen draußen auf der Veranda, es war Sommer und wir aßen Kirschen und spuckten die Kerne in unsere hohlen Hände, Evelin hasste es, wenn sie auch nur einen Kern auf dem Boden fand, und Otto fing an, zu erzählen. Selten erzählte er von Marlene, ich weiß noch, wie überrascht ich war, wie merkwürdig es war, dass mein Opa über meine Mutter sprach, so. Eines Tages, hatte er erzählt, eines Tages dann, da sagte mein Vater, also dein Urgroßvater, dass es nun Zeit wäre. Wofür?, fragte deine Mutter. Du wirst den ganzen See durchschwimmen, von hier bis zur anderen Seite, sagte dein Urgroßvater. Deine Mutter war gerade sieben oder acht Jahre alt und der See hatte an seiner breitesten Stelle fast 200 Meter Durchmesser. Das war schon allerhand für so ein kleines Mädchen. Otto brach ab und sah hinaus in den Garten, er steckte sich eine weitere Kirsche in den Mund und kaute auf ihr herum. Ich sah Otto voller Spannung an. Und was passierte dann?, fragte ich, schnell und atemlos. Eine Biene summte um uns herum, ich blies mir eine Haarsträhne aus dem Gesicht, Otto seufzte. Sie gingen ins Wasser, deine Mutter und dein Urgroßvater, er wie immer ein paar Schritte hinter ihr, sie sollte beim Schwimmen nichts sehen, außer das andere Ufer, immer nach vorn, nie nach hinten, erzählte er. Sie schwammen und schwammen und deine Mutter machte es ganz gut, sie konzentrierte sich, sie hatte es ja etliche Male mit deinem Uropa geübt. Und als sie so schwamm, da wusste sie plötzlich, dass das hier immer das Ziel gewesen war. Es bis zum anderen Ufer zu schaffen, dort anzukommen, bei all den Versuchen vorher, war das Ziel immer da gewesen, auch wenn dein Urgroßvater es nie laut gesagt hatte, es nie bestimmt, sie nie unter Druck gesetzt hatte. Sie spürte die großen, kräftigen Bewegungen hinter ihr, wusste, er war da, und das gab ihr Kraft, erzählte Otto, spuckte den Kirschkern in seine Hand und fuhr dann fort. Deine Mutter hat sich nicht einmal umgeschaut. Sie ist geschwommen und geschwommen, mit zusammengekniffenen Augen, das Ufer fest im Blick, den kleinen Körper bis in die Haarspitzen angespannt, das Rauschen des Wassers in ihren Ohren, nicht ein Mal hat sie zurückgeschaut, ganz so, wie es dein Urgroßvater ihr gesagt hatte.

Otto seufzte noch einmal, steckte sich eine neue Kirsche in den Mund und sah weiter geradeaus in den Garten. Der Oleander blühte pink, ich biss mir auf die Lippe. Und dann?, fragte ich. Und dann? Hat sie es geschafft? Otto blinzelte, wischte sich mit der Hand, der, in der keine Kerne waren, über die Augen. Ja, sie hat es geschafft, sie hat den ganzen See durchschwommen, von einem Ufer bis zum anderen, sagte Otto. Und was hat Urgroßvater dazu gesagt?, fragte ich schnell. Otto sagte nichts. Eine Weile saßen wir still da. Ich wagte nicht, noch einmal zu fragen, fühlte mich plötzlich irgendwie schlecht, spürte, wie Otto mit etwas rang. Dann räusperte er sich. Dein Urgroßvater ist nie am anderen Ufer angekommen, sagte er und schwieg erneut. Ich traute mich nicht hochzuschauen, wartete, darauf, dass Otto fortfuhr. Mein Opa räusperte sich wieder. Später, als man ihn fand, da stellte man fest, dass er einen Herzinfarkt erlitten hatte. Er hatte keine Chance, er ist ertrunken, sagte Otto. Seine Stimme klang ruhig. Er setzte sich etwas auf, zog ein Taschentuch aus seiner Hemdtasche, schüttete die Kerne in dessen Mitte, stopfte es zusammen und wischte sich damit über seine Handinnenfläche, die dunkelrot verfärbt war. Eine Weile saßen wir nur da. Dann fragte ich, warum hat er denn nicht um Hilfe gerufen? Otto stopfte das Taschentuch zurück, diesmal in seine Hosentasche und dann sah er mich zum ersten Mal seit Beginn der Geschichte an. Dann wären sie beide gestorben, sagte Otto und seine Augen schimmerten dunkel und unergründlich. Verstehst du das?

Die Biene setzte sich auf mein Knie, ich spürte ein leichtes Kribbeln, als sie hektisch hin und her krabbelte.

Dann flog sie davon. Ich sah ihr nach.

Irgendwann war Evelin hinausgekommen, lächelnd, die Hände an ihrer roten Schürze abwischend, den Boden unauffällig nach Kirschkernen absuchend, und sie hatte Otto aufgefordert, den Grill anzuschmeißen, der Nudelsalat sei fertig durchgezogen, wir könnten die Würste jetzt auf den Grill legen. Sie streichelte mir über den Kopf, gab Otto einen liebevollen Schubs und die beiden lächelten sich glücklich über meinen Kopf hinweg an.

Später, als ich im Bett lag, da legte ich meine Hand auf den Stich. Er pulsierte unter der Berührung. Die Haut fühlte sich heiß und gespannt an.

Ich hatte das Gefühl, zu erfrieren.

60

Jochen stürmte an mir vorbei, sein Handy lag auf dem Tisch, niemand, den ich kannte, hatte ein Handy, nur in den Filmen, im Kino, da hatten die Menschen ein Handy, er drückte einige Tasten, sprach schnell, sprach bestimmt, sah mir dabei in die Augen und legte dann auf.

»Elli …«, begann er. Seine Hand hielt immer noch das Telefon. Mit der anderen stützte er sich auf die Stuhllehne. Seine Stimme war fest und ruhig.

»Nein«, unterbrach ich ihn.

»Der Arzt kommt«, sagte Jochen.

»Ich werde nach oben gehen«, sagte ich.

Bob Marley verstummte. Ganz plötzlich, als hätte jemand den Stecker aus der Stereoanlage gezogen. Was passierte hier? Ich drehte mich um, ging durch den Flur, die Treppe hinauf, sehr langsam, Schritt für Schritt. Ich hörte ein Schluchzen, die Tür zu Marlenes Zimmer war angelehnt, leise schluchzte jemand, ich konnte dieses Geräusch nicht mit Greta zusammenbringen, konnte es einfach nicht, wusste es, konnte es aber nicht. Nicht Greta, nicht Greta. Doch Greta. Ich hielt inne vor der Tür, sah auf die Türklinke, betrachtete den alten abgewetzten Messinggriff, wie würde es aussehen? Hinter dieser Tür? Was erwartete mich?

Greta stand am Fenster. Mit dem Rücken zum Bett, die Arme hatte sie vor sich verschränkt, den Blick auf die zugezogenen Vorhänge gerichtet. Als ich hineinkam, drehte sie sich nicht um.

Marlene lag im Bett. Den Kopf übernatürlich weit nach hinten in das Kissen gedrückt, die Bettdecke bis zum Kinn hochgezogen, den Mund halb geöffnet, als habe sie noch ein einziges Mal tief Luft geholt.

Eine Weile stand ich nur da und betrachtete den Tod.

Dann ging ich zu ihr hin, hörte damit auf, setzte mich auf die leere Seite des Bettes, schwang mechanisch meine Beine hoch und legte mich zu ihr. Drehte mich auf die Seite, legte meine linke Hand unter meinen Kopf, legte meine rechte Hand auf die Bettdecke vor ihrer Brust und versuchte, nicht die Augen zu schließen.

Er sah kalt und hässlich aus.

Minuten, Stunden vergingen.

Das Schluchzen kam von ganz tief unten, es begann fast wie ein Summen, wurde dann lauter und brach sich dann seine Bahn. Es machte Angst und es beruhigte, es gab der Leere in mir einen Raum. Ich lauschte ihm, horchte ihm nach, hörte zu. Es war voller Wucht, grauenhaft, aber wirklich.

Marlene.

All die ungesagten Worte.

Was passiert hier?

Mir dir, mit mir?

Marlene!

61.

»Es ist vorbei, Otto.«

»Ach Püppi, schön, dass du …«

»Es ist vorbei, Otto, verstehst du das?«

»Ach Püppi …«

»Nein, Otto, Marlene ist tot.«

»Püppi …«

»Otto, was machen wir denn jetzt?«

»Püppi, ich … Ich muss den Laden aufmachen …«

62.

Da war nur Schmerz, kalter, tauber Schmerz. Überall, um mich herum, in mir, vor mir, neben mir. Er füllte mich aus, erstickte alles andere, ließ nichts anderes zu, war da, war da, war. Da war Wut, kalte, unfassbar grausame Wut, Wut, die töten wollte, Wut, die zerstören wollte. Mein ganzer Körper war Wut, Hass, Aggression. Da war Trauer, tiefe, erbarmungslose Trauer. Trauer, die so taub machte, dass sie mich nicht mehr fühlen ließ. Alles war, wie es war, alles schien, wie es war, alles blieb, wie es war. Da war alles, da war nichts, ich war gefallen.

In ein Loch.

War ich tot?

Ich kann dir nicht verzeihen, aber ich werde dich immer lieben.

Dieser Satz, immerzu in meinem Kopf, wie ein Karussell, das sich immer schneller dreht und nur ab und zu haltmacht, um die Wut, die Trauer oder den Schmerz einsteigen zu lassen. Und dann sitzen die drei zusammen, eng aneinandergedrängt, durch die Fliehkraft, vielleicht mögen sie sich auch, vielleicht sind sie nur zusammen glücklich, und alles wiederholt sich. Immerzu. Ich kann dir nicht verzeihen, aber ich werde dich immer lieben.

Warum denke ich das?, dachte ich.

Ich schlief nicht mehr.

Alfred saß auf meinem Bett, das linke Ohr war irgendwann irgendwo verloren gegangen, das rechte Auge baumelte nur noch an einem Faden. Ich hatte ihn vom Dachboden geholt. Am ersten Abend. Er saß seitdem auf dem Bett und starrte mich einäugig an.

Das Karussell, immerzu das Karussell, mir war schwindelig.

Ich kann dir nicht verzeihen, niemals.

Aber ich werde dich immer lieben.

Müssen.

Fick dich, Mutter.

63.

Sie stand mitten im Garten. Aufrecht und stolz. Sie atmete ein paar
Mal tief ein, beobachtete, wie ihr Atem Wolken bildete. Sie hatte das
Gefühl, dass all die Härte aus ihr wich, all die Kraft aus ihr heraus-
strömte. Sie stand da eine Weile und dann fiel sie. Ganz langsam
sackte sie auf die Knie. Nach vorn. Auf den Boden.

Und dann rollte sie sich ein. Wie ein Embryo, der sich im Bauch
der Mutter einkuschelt, warm und geborgen, geschützt vor den
Widrigkeiten des Lebens.

Der Hut rutschte dabei von ihrem Kopf. Sie beachtete ihn nicht.
Es war Winter.

64.

Am Montag war Marlene gestorben, am Freitag sollte sie verbrannt
werden. Am Dienstag kaufte ich mir eine schwarze Hose, am Mittwoch gingen Greta und ich ins Kino, am Donnerstag backte Greta vier Kuchen und dann war es so weit. Jochen telefonierte viel,
ständig, bestellte Essen, das keiner aß, und Sophie schlich um mich
herum, wie eine Katze, die um ihr Fressen bettelt. Marlene hatte
es so festgelegt, sie hatte sich für die Feuerbestattung entschieden.
Wir waren etwa zehn Menschen, der freie Redner und die zwei Bestatter inklusive, Sophie, Jochen, Greta, zwei ältere Damen aus der
Nachbarschaft, die gern und oft auf Beerdigungen gingen, Tante
Inge und ich.

Und Otto, aber der zählte nicht richtig, denn er traute sich nicht
in die Kapelle, wo die Feier stattfand, sondern stand die ganze Zeit
neben seinem Auto, draußen im Schnee.

Es hatte geschneit.

Am Montag hatte es begonnen, am Abend, dicke Flocken waren
zur Erde gesegelt, und ich glaube, Jochen war darüber froh gewesen.

243

Stundenlang hatte er Schnee geschippt. Auch bei den Nachbarn, vielleicht waren die Damen auch deshalb hier, ich wusste es nicht, ich würde es nie erfahren, es war wohl nicht wichtig.

Wir hatten keine Anzeige geschaltet, Marlene hatte das nicht gewollt, aber sie hatte Briefe geschrieben, Greta sprach davon, nebenbei, sie hatte die Briefe zur Post gebracht, einer ging an den Verlag, ein anderer an eine alte Freundin aus Kindertagen, die meisten Adressen sagten ihr aber nichts, sagte sie. Ich bekam keinen.

Die schwarze Hose drückte am Bund, sie war zu eng, aber sie war schwarz, im Laden hatte ich mich bequatschen lassen, die Verkäuferin war laut, aufdringlich und dumm gewesen. Die Hose mache einen richtigen Knackarsch, das sehe echt geil aus, hatte sie gesäuselt, und als ich antwortete, ich bräuchte sie für die Trauerfeier meiner Mutter, da hatte sie sich an ihrem Kaugummi verschluckt und war wortlos weggegangen.

Auf dem Weg zum Friedhof, Jochen fuhr, Greta saß neben ihm auf dem Beifahrersitz, irgendwas irritierte mich an ihr, ich kriegte es aber nicht zu fassen, da sah ich sie zum ersten Mal. Richtig.

Die Kreuze. Es waren zwei, in etwa einem Kilometer Abstand waren sie am Straßenrand in die Erde getrieben worden. Vor ihnen lagen Blumen, und noch etwas anderes, ich konnte es so schnell nicht erkennen, aber ich sah sie.

Zum ersten Mal bewusst.

Tausende Male war ich in meinem Leben auf dieser Straße bereits gefahren, es war eine Landstraße, die Marlene gern benutzt hatte, der Weg auf ihr war zwar länger, aber sie verkürzte den Stadtverkehr. Sie war ein kleiner Geheimtipp, sie führte an einem Wald vorbei, an Feldern, an einem großen alten Gutshof, viele aus unserem Ort nutzten sie, um in die Stadt zu kommen, manchmal führte sie jedoch in den Tod.

Die Kreuze waren dunkel und klein, die Blumen welk und grau.

Einen kurzen Augenblick überlegte ich, ob die Menschen, die dort gestorben waren, wohl auch dort lagen, am Straßenrand, unter dem Kreuz, begraben, wo es endete, dann verwarf ich den Gedanken.

Sie trug keinen Hut.

»Wo ist dein Hut?«, fragte ich.

»Das alles hier ist eine riesengroße Scheiße«, sagte Greta, ohne sich umzuschauen.

»Bitte«, bat Jochen.

Wir gingen hinein und setzten uns. Der Sarg stand vorn neben dem Rednerpult, ein Strauß weißer Lilien lag auf ihm, im Hintergrund lief leise *Love Will Tear Us Apart*. Ich fand es komisch, aber Greta sagte, Marlene habe es, verdammte Scheiße noch mal, so gewollt. Jochen lächelte dünn, ich sah, wie Sophie ein Taschentuch aus ihrer Tasche holte.

Plötzlich war Lars in meinem Kopf. Jemand hustete, der Redner trat nach vorn.

Niemand weinte.

Erst am Ende, als alle aufstanden und der Sarg zwischen uns aus der Kapelle getragen wurde, da sah ich, dass sich eine der älteren Damen mit einem rosa Spitzentaschentuch über die Augen wischte.

Die Urnenbestattung sollte ein paar Wochen später stattfinden. Anonym. Auch das war Marlenes Wunsch gewesen. Kein Platz zum Trauern, kein Ort, wo Blumen auf kalte Erde treffen, kein Platz, an dem man sich versammelt, um …

Ja, was?

Zu Hause gab es Kaffee und Apfelkuchen, Kirschtarte, Sahneschnitten und einen Mandel-Orangen-Kuchen, der laut Greta missglückt war, das sei ihr aber Scheiße noch mal, egal, es hätte ohnehin niemand Hunger. Jochen ging auf die Veranda, um zu telefonieren, Tante Inge half in der Küche und Sophie und ich setzten uns im Wohnzimmer im Schneidersitz auf das Sofa, tranken Kaffee und aßen. Der Kuchen war trocken und krümelte. Ich hatte Probleme, ihn zu schlucken. Sophie hustete. Eine der älteren Dame fragte nach der Toilette, ich hatte völlig vergessen, dass sie noch da waren, Sophie sagte etwas, stand dann auf und ging mit ihr aus dem Zimmer.

»Jutta«, sagte die andere ältere Dame.

»Was?«, sagte ich.

»Jutta, du kannst Jutta zu mir sagen«, wiederholte sie. Sie saß in dem Sessel am Fenster, ein Teller mit einem kleinen Stück Apfelkuchen lag unberührt auf ihrem Schoß.

»Ach so«, sagte ich.

Am Montag ging ich wieder zur Schule. Am Dienstag schrieben wir einen Bio-Test, der Lehrer hatte Mitleid und gab mir eine Drei. Am Mittwoch sah ich Lars im Flur, er sah mich nicht, er sah wunderschön aus, diesmal wirklich, am Donnerstag traf ich mich mit Sophie, wir lackierten uns die Nägel schwarz und hörten Nine Inch Nails in Dauerschleife.

Am Freitag fand ich ihren Koffer.

Ich war gerade von der Schule nach Hause gekommen, er lag auf meinem Bett. Alfred saß neben ihm, als bewachte er ihn.

Es war ihr Koffer.

Ich erkannte ihn sofort.

Ich ließ meine Schultasche zu Boden fallen, setzte mich auf mein Bett, schob Alfred etwas zur Seite und griff nach dem Zettel, der auf dem Koffer lag. Langsam faltete ich ihn auseinander, meine Hände zitterten leicht, in meinem Mund war ein säuerlicher Geschmack.

Ich merkte erst, dass ich schrie, als Greta in mein Zimmer gestürmt kam, Sophie folgte ihr auf dem Fuß, beide verharrten eine Sekunde, überrascht, geschockt, die Situation erst mal begreifen wollend. Dann stürzten sie auf mich zu, Greta griff nach meinen Armen, Sophie hielt meinen Kopf, sie hielten mich fest, zogen mich in ihre Arme, die eine von hinten, die andere von vorn, sie hielten mich fest, hörten meinen Schreien zu, still und stumm und ausdauernd und dann wurde es dunkel.

Irgendjemand machte Licht.

Und der Koffer war verschwunden.

65.
HEUTE

Und jetzt sitze ich hier. Dreizehn Jahre später. Ich sitze hier, und es ist fast so, als wäre die Zeit stehen geblieben. Ich sitze auf dem Bett und neben mir liegt der Koffer meiner Mutter. Ungeöffnet. Der Zettel fehlt, ach ja, der Zettel. Ich habe keine Ahnung, wo er hingekommen ist, was mit ihm passiert ist. Hat Greta ihn weggeschmissen? Hat Sophie ihn aufbewahrt? Es ist gleichgültig, denn ich weiß noch genau, was auf ihm geschrieben stand. Die Buchstaben haben sich in den Teil meines Gehirns gebrannt, der niemals vergisst, auch wenn er es manchmal gern möchte.

Ich habe damals Abi gemacht und angefangen zu studieren. Sophie hat ebenfalls ihr Studium angefangen und wir haben uns aus den Augen verloren. Es gab kein Drama, keinen Streit, es verlief sich einfach, das, was man Freundschaft nennt, Liebe, die Liebe ging verloren. Einfach so, ich habe sie nie vergessen. Ich habe nur die Erinnerung an etwas, was Ewigkeit heißt. Es ist, wie es ist. Ich habe keine Freundschaften, heute, jedenfalls keine, die tiefer gehen als ein gemeinsames Essen oder einen Theaterbesuch. Eine Zeit lang war ich traurig, ein Teil von mir ist es heute noch, aber es ist eben, wie es ist. Alles andere kostet Kraft. Ich habe die Lieben meines Lebens, Holger und Emma. Ich habe das Wissen, dass Greta da ist, irgendwo, je nachdem, wo sie gerade arbeitet, und ich habe meine Disziplin und meinen Willen.

Das reicht.

Bisher reichte das.

Ich werde ihn öffnen. Ich werde ihn vielleicht schon heute öffnen. Ich glaube, es ist jetzt Zeit. Es muss jetzt sein, der Koffer steht neben mir. Er sagt nichts, er ist stumm, er sieht schrecklich schmutzig aus, alt, ich habe Angst.

Warum ich ihn damals nicht geöffnet habe?

Ich weiß es nicht mehr.

Oder doch?

Vielleicht war es die Angst davor, was drin sein würde. Vielleicht war es das Glück, dass sie doch noch an mich gedacht hat. Vielleicht war es die Schuld, die mich schon damals in ihre Arme gezogen hat und wollte, dass ich sie durch mein Leben trage.

Otto ist zwei Jahre nach Marlene gestorben. Er ist abends zu Bett gegangen und ist morgens einfach nicht mehr aufgewacht. Die Putzhilfe fand ihn in seinem Bett. Er war bereits kalt und steif, aber Tante Inge sagte, er habe friedlich ausgesehen. Erlöst. Angekommen.

Ich glaube, wir tragen den Schmerz unserer Mütter, unserer Väter, unserer Großmütter und unserer Großväter mit uns, in uns. Jede Generation hat ihre Schatten, hat ihre Koffer, wir tragen sie weiter, wahrscheinlich ist das so, ein Gesetz, das unabänderlich gültig ist, immer gültig sein wird. Wir geben die Lasten weiter, tragen sie, mal mehr, mal weniger gut, und versuchen zu verstehen.

Und scheitern.

Immer?

Ich habe Lars nie wieder gesehen. Nach dem Abi ist er weit weg gezogen, seine Tante hatte ihm eine Zivildienststelle in einem Kinderheim vermittelt, wo sie arbeitete. Ein einziges Mal hatte er noch versucht, mit mir zu sprechen. Wir hatten Basketball bei Frau Paulsen, ich stand im Geräteraum und sollte die Bälle holen und er kam dazu.

Das war am 3.3.1998 gewesen, um 11.05 Uhr.

Er sagte, Elli, können wir reden? Ich sagte, nein. Und ging an ihm vorbei in die Sporthalle.

Die Siebzehnjährige in mir liebt ihn immer noch.

Und jetzt sitze ich hier. Dreizehn Jahre später. Als wäre die Zeit stehen geblieben. Als wäre nichts passiert, als wäre ich noch genau dort, wo ich nie hatte sein wollen.

Es ist alles gesagt. Ich stehe nackt vor dem Spiegel, starre auf das, was übrig geblieben ist, von mir, und kann nicht mehr zurück.

Ich heiße Elli und ich lebe.

Das Display meines Handys leuchtet auf. Eine SMS von Holger: *Ich liebe dich. Soll ich uns einen guten Wein zum Abendessen besorgen?*

Ich starre einen Moment lang auf die Buchstaben. Lese einmal, dann noch einmal. Weiß, dass es Zeit ist.

Mit einem Ruck setze ich mich auf. Ich lege den Koffer auf die Seite, drehe ihn etwas, sodass ich gut an das Schloss komme, und lasse es aufschnappen.

Einen kurzen Moment verweile ich, beide Hände auf dem alten Leder, schließe meine Augen und spüre, wie das Herz in meiner Brust pocht.

Dann klappe ich den Deckel hoch.

Epilog

Ich weiß jetzt, wir wurden uns verstehen.
Mama, es ist Zeit.
Ich lass dich jetzt los, ja?
»Ja.«

Quellen

1. Clawfinger: *Do What I Say*
2. Garbage: *Only Happy When It Rains*
3. R.E.M.: *Everybody Hurts*

Danksagung

Ich danke Schwarzkopf & Schwarzkopf,
insbesondere Maren, Oliver und Ulrike. Von Herzen.

Und ich danke Christian und Luise.
Ihr seid der Grund, mein Grund.

Danke.

SCHICKSALSSPIELER

ZWEI LIEBENDE. ZWEI PERSPEKTIVEN. ZWEI GENERATIONEN. ZWEI, DIE GEGEN DAS SCHICKSAL AUFBEGEHREN.

SCHICKSALSSPIELER
ROMAN
Von Tina Janik
312 Seiten, Klappenbroschur
ISBN 978-3-86265-288-4 | Preis 14,95 €

Wenn die Liebe eine Naturgewalt ist, ist dann eine Windrose zarte Liebkosung? Ein Vulkanausbruch leidenschaftliche Begierde?

In Japan gibt es einen sehr alten Buddha. Über seinem Haupt befand sich eine herrliche Tempelhalle, die die erste Sturmflut mit sich riss, und auch den zweiten Tempel verleibte das Meer sich ein. Also beschlossen die Menschen, ihren Buddha unter freiem Himmel anzubeten, und fortan blieb die Flut aus. Musste die unheilvolle Liaison zwischen Tempel und Meer erst enden, um Buddha und Mensch glücklich zu machen?

Auch Lola und Ryo stecken in einer solch fatalen Dreiecksbeziehung. Nacht für Nacht sehnen sie sich nacheinander. Doch es liegen Kontinente zwischen ihnen. Bedeuten diese eine unüberwindbare Distanz oder sind Lola und Ryo tatsächlich füreinander bestimmt?

PAYOFF

RASANT, KOMISCH UND RICHTIG SCHÖN BÖSE – UNTERHALTUNG FÜR RADIOHÖRER UND DIEJENIGEN, DIE ES NIEMALS WERDEN WOLLEN!

PAYOFF
ROMAN. AMELIE BAND 1
Von Christina Haubold
304 Seiten, Paperback
ISBN 978-3-86265-088-0 | Preis 9,95 €

Sabine arbeitet beim Radio, genauer gesagt beim Privatradio. Dort moderiert sie mit ihrem Kollegen Klaus die wichtigste Sendung, die ein Radiosender haben kann: die Morningshow. Ihr Leben scheint also perfekt zu sein. Doch seltsamerweise fühlt es sich ganz und gar nicht so an.

Bitterböse, komisch und ein wenig sadistisch erzählt Sabine von den Geschehnissen in der verrückten Welt des Radios, in der sie im Laufe der Zeit so manche Erschütterung durch Gewinnspiele, Media-Analysen, Weihnachtsfeiern und Wochenendmeetings erlebt. Und als wäre das nicht schon schlimm genug, verliebt sie sich auch noch in einen ziemlich merkwürdigen Typen.

Das Chaos in Sabines Leben erreicht schließlich seinen Höhepunkt hoch über der Stadt – und Sabine tut etwas, was sie nie für möglich gehalten hätte ...

www.amelie-verlag.de

Christina Haacke
DER KOFFER MEINER MUTTER
Roman

ISBN 978-3-86265-340-9
© Schwarzkopf & Schwarzkopf Verlag GmbH, Berlin 2014

Lektorat: Maren Konrad
Titelbild: © Denis Tabler/Hemera/Thinkstock,
© DrAbbate/iStock/Thinkstock
Autorenfoto: © Moritz Thau

KATALOG
Wir senden Ihnen gern kostenlos unseren Katalog
Schwarzkopf & Schwarzkopf Verlag GmbH / Abt. Service
Kastanienallee 32 | 10435 Berlin
Telefon: 030 – 44 33 63 00
Fax: 030 – 44 33 63 044

INTERNET | E-MAIL
www.schwarzkopf-schwarzkopf.de
info@schwarzkopf-schwarzkopf.de